A flor do Taiti

Célestine Hitiura Vaite

A flor do Taiti

Tradução de
Léa Viveiros de Castro

Rocco

Título original
TIARE

Originalmente publicado na Austrália e Nova Zelândia

Copyright © Célestine Hitiura Vaite, 2006

Todos os direitos reservados. Nenhuma parte desta obra pode ser reproduzida ou transmitida por qualquer forma ou meio eletrônico ou mecânico, inclusive fotocópia, gravação ou sistema de armazenagem e recuperação de informação, sem a permissão escrita do editor.

Direitos para a língua portuguesa reservados
com exclusividade para o Brasil à
EDITORA ROCCO LTDA.
Av. Presidente Wilson, 231 – 8º andar
20030-021 – Rio de Janeiro – RJ
Tel.: (21) 3525-2000 – Fax: (21) 3525-2001
rocco@rocco.com.br
www.rocco.com.br

Printed in Brazil/Impresso no Brasil

CIP-Brasil. Catalogação na fonte.
Sindicato Nacional dos Editores de Livros, RJ.

V215f Vaite, Célestine Hitiura, 1966-
        A flor do Taiti / Célestine Hitiura Vaite; tradução de
     Léa Viveiros de Castro. – Rio de Janeiro: Rocco, 2011.

        Tradução de: Tiare.
        ISBN 978-85-325-2617-5

        1. Ficção taitiana. I. Castro, Léa Viveiros de. II. Título.

10-5928
                               CDD–899.4443
                               CDU–821.622.821.6

Para meus filhos: Genji, Heimanu e Toriki.
"Uma mulher feliz significa um lar feliz."
Lembrem-se disso, meninos.

A homenagem de Pito

Pito Tehana desceu da picape no posto de gasolina em frente à confeitaria em Faa'a. Com a bolsa de brim jogada no ombro, ele sorri porque o trabalho acabou. Ainda sorrindo, cumprimenta com um lento movimento de cabeça uma das muitas primas de sua mulher que se encaminha para a loja chinesa, querendo dizer *Iaorana*, tudo bem?

A mulher sacode os ombros com insolência, joga o cabelo para trás e continua andando.

– Essa aí está precisando – resmunga Pito baixinho, cerrando os dentes.

Outra parente da mulher dele passa ao seu lado, mas essa já fez as compras na loja chinesa. Nesse dia, isso significa um pacote tamanho família de fraldas descartáveis e dez bisnagas de pão. Pito meneia outra vez um *Iaorana*, tudo bem? Ela ergue uma sobrancelha, olha bem para Pito e vai embora.

– *Iaorana* aqui, ó! – reclama Pito, e pensa, pronto, agora você tem motivo para ser grossa comigo.

Mas ele está intrigado. Não que espere que os parentes de Materena fiquem encantados ao vê-lo; isso nunca acontece. Mas pelo menos um cumprimento de cabeça! Um pequeno cumprimento, onde foi parar a educação, hein? Não é como se ele pedisse uma saudação ao sol!

Então Pito avista o primo Mori, tocando seu eterno acordeom e bebendo uma cerveja embaixo da mangueira perto do posto de gasolina.

– Mori! – Pito chama. – *E aha te huru*, primo?

- *Maitai, maitai!* – Mori responde, largando o acordeom. Mori nunca ignora Pito. *Enfin*, Mori nunca ignora ninguém. Os dois apertam-se as mãos.
– E aí? – pergunta para Mori, que vê e ouve tudo da mangueira.
– Qual é a história com a família Mahi desta vez?
Mori pensa na pergunta e responde:
– Bem, é com você, *hoa hia*.
– É sempre comigo, o que foi que eu fiz agora?
Depois de hesitar um pouco, Mori despeja tudo.
– A família está dizendo que você não está se importando com o novo emprego da Materena porque ainda não a convidou para ir ao restaurante, e ela já está na rádio há um ano.
Pito olha para Mori sem entender.
– Doze meses, primo – continua Mori. – E você conhece o programa da Materena, é o maior sucesso, merece champanhe, um convite para ir jantar no restaurante. É o programa que mais ouvem no Taiti, primo! – Vendo a expressão de incredulidade de Pito, Mori pergunta: – Você não leu *Les Nouvelles* na terça?
– *Non*.
Mori sacode a cabeça e balança seus dreads, como se perguntasse, você não lê as notícias?
– Tinha um artigo, é oficial, ninguém pode dizer que é apenas uma história. Materena é a estrela das rádios! Mas ela não virou uma *faaoru*, não ficou metida, ela continua a mesma Materena que eu conheço. Ela diz bom-dia, conversa com a gente.
Pronto, Mori disse a verdade.
– O que mais estão dizendo sobre mim?
Pito quer mais informação. O que acabou de saber não basta.
– Você é um grande *zéro*.
– Ah, é? – protesta Pito, com ar de ofendido.
– Está com sede, primo? – Mori se apressa em perguntar, como se pedisse perdão pelo comentário áspero.
– *Oui*, minha garganta está um pouco seca – admite Pito, e senta no cimento.

Pito jamais recusava uma cerveja com Mori. É coisa rara. Não que Mori seja pão-duro com a cerveja dele, mas quando se bebe graças à generosidade da mãe, não se pode sair distribuindo à vontade. Pito bebe alguns goles da cerveja morna e explica o problema. Ele não gosta de comer em restaurante, é simples, *d'accord*? Não quer que alguém tussa na sua comida, cuspa na sua comida, converse em cima da sua comida. Quando se come num restaurante, não se vê o que acontece na cozinha. E, de qualquer maneira, ele gosta de comer em casa, sua mulher é uma cozinheira de mão cheia...

– Qual é o problema? – pergunta para Mori.

– Primo – diz Mori com simpatia. – As mulheres gostam de comer em restaurante de vez em quando. É um programa. Elas vestem um vestido bonito, usam maquiagem e sapatos bonitos... Sentem-se especiais e têm um pouco de descanso.

Pito dá de ombros. Ele também gostaria de ter um descanso e não precisar trabalhar onze meses em um ano. Todos gostariam de ter um descanso, mas isso não quer dizer que as pessoas possam ficar espalhando histórias sobre ele por aí.

– O que me irrita mesmo – continua Pito – é quando as pessoas falam como se soubessem do que estão falando, e elas nem sabem.

Quando diz pessoas, Pito quer dizer mulheres, porque aquelas estão sempre falando, elas nunca calam a boca. "Meu marido fez isso, meu marido fez aquilo. Meus filhos me respondem. Esta noite vamos comer cozido de fruta-pão..." Elas falam na picape, fora da loja chinesa, dentro da loja chinesa, por cima das cercas, embaixo das árvores, à beira da estrada, nos degraus da igreja, no rádio... Até quando estão gripadas e com a voz rouca, elas falam e falam e falam.

Mori dá uma risadinha.

– Tenho certeza de que as mulheres nascem com uma boca especial – diz Pito, fingindo não ver outro olhar enviesado que uma parente por afinidade dispara para ele enquanto passa com suas bisnagas. Mori recebe um aceno amigável. Mori sempre recebe acenos amigáveis.

– Primo – diz Pito.

– *Oui*, primo.
– O que mais estão dizendo a meu respeito? – Pito se prepara mentalmente para mais uma história. Quando se trata das mulheres Mahi, nunca é uma história só.
Mas Mori já falou bastante por hoje, talvez até demais. Seus lábios estão selados.
– *Primo?* – repete Pito.
– É tudo que eu sei.
Muito bem. Já que Mori não quer falar, Pito dirá algumas palavras. Na sua opinião, os parentes de Materena jamais gostaram dele. Percebeu isso nas primeiras visitas oficiais que fez a Materena na casa da mãe dela. Antes disso, os encontros de Pito com Materena eram atrás do banco, embaixo de uma árvore, no escuro e em total privacidade e segredo. Aí Materena ficou grávida e... bem-vindo à família, eh? Assim que ele chegou ao bairro deles, a família Mahi achou que já conhecia Pito Tehana. "Espero que você não abandone Materena depois do que fez com ela", disse um dos parentes de Materena quando o cumprimentou. "É bom você reconhecer o filho da Materena." "É melhor você não fazer Materena chorar."
A primeira vez que Loana viu Pito, a saudação dela foi muito mais curta. "Ah, você chegou." Olhou para Pito com seus olhinhos brilhantes, como se ele fosse um estorvo e não seu genro em potencial, o pai do seu primeiro neto por nascer. "Tire esses sapatos antes de entrar na minha casa."
Pito, naquela época, nunca ficava muito tempo, dez minutos bastavam. Tinha de economizar um pouco de energia para os jornalistas que esperavam por ele à beira da estrada. "Você não liga para o bebê da Materena", diziam eles. "Estamos vendo isso nos seus olhos. Você pelo menos levou uns cobertores de presente para a criança? Não se dança tango sozinho, você sabe. É preciso duas pessoas."
Pito não acreditava no que estava ouvindo! Sua experiência dizia que um taitiano fazendo a coisa certa (com isso Pito queria dizer visitar a garota que tinha engravidado) é homenageado como um

ari'i, um rei! A família da garota oferece uma cadeira para o pai do bebê sentar, e alguém (em geral a avó) lhe dá algo bom para comer, como biscoitos... camarões fritos se ele tiver sorte. Isso aconteceu com dois irmãos de Pito. Mas tudo que Pito recebeu da família de Materena, ele conta para Mori, foi *tutae uri*. Merda de cachorro.

– Aposto que podia escrever um livro com todas as histórias que a sua família inventou sobre mim nesses anos todos – disse Pito.

– É verdade – diz Mori, sorrindo.

Aue, se Pito soubesse! Ele poderia escrever uma enciclopédia inteira!

– Incrível. – Pito termina de beber sua cerveja, agradece a Mori e se levanta. – A sua família pode falar o que quiser, eu não ligo.

– Talvez devesse, Pito. – O sorriso de Mori desaparece.

– Um homem pode homenagear sua mulher de outras maneiras. Não há necessidade de ir a restaurante nenhum.

– É verdade, primo – concorda Mori, simpático com Pito mais uma vez. – Um buquê de flores, uma...

– Eu homageio a minha mulher do meu jeito – continua Pito, com um sorriso malicioso que conta histórias compridas. – E sem reclamações até agora.

Pito vai andando para casa, com a cabeça erguida.

– Você fala de homenagem... – Mori diz sozinho, pega seu acordeom e toca uma música romântica, aquela sobre Rosalie e por que foi embora.

Rosalie, canta Mori,

Elle est partie...

Não sabe por que se lembrou dessa música. Simplesmente lembrou-se.

E se você a vir, traga-a de volta pra mim.

Toda a segurança necessária

Com a primeira aula de direção muito nítida na cabeça, Materena abre seu programa de rádio às oito da noite em ponto, logo depois do programa de Ati de músicas românticas dedicadas aos ouvintes.

— *Iaorana*, amigas! — É a saudação alegre de Materena, seguida de um agradecimento especial a todas as mulheres que telefonaram na noite anterior para contar suas histórias no rádio, e depois as tecnicalidades necessárias, como informar os dois números de telefone da rádio. E então ela pula direto para sua história de abertura.

— Amigas. — Ri Materena no microfone. — Tive minha primeira aula de direção hoje e vou contar uma coisa para vocês... *Aue*... era uma coisa que eu queria há muito tempo, mas não tive segurança para tentar até hoje...

De fato, o pé de Materena tremia na embreagem, de tão nervosa que estava. Mas conseguiu encerrar a aula passando as marchas sete vezes e deixando o carro morrer apenas cinco, e com uma baliza satisfatória de ré, na frente de uma lanchonete cheia de gente comendo sanduíches.

Bem, de qualquer modo, essa é a história de Materena, e agora apela para as ouvintes contarem suas histórias pessoais de superação do medo, histórias de seguir adiante e de adquirir segurança.

— Vamos nos inspirar, hein? E agradeço antecipadamente, amigas.

Materena costumava pedir também aos ouvintes, mas logo desistiu do sexo masculino. Nem uma vez sequer um homem pegou o telefone para ligar para ela, aliás, Materena não se surpreenderia se descobrisse que nenhum homem escuta seu programa.

Põe para tocar uma música suave para dar às ouvintes uma oportunidade de telefonar, depois recosta na cadeira e olha ansiosa para as duas assistentes atrás da janela de vidro, pensando, como sempre: e se ninguém ligar? Tem muitos pesadelos em que isso acontece. Está no estúdio, espera, espera, mas ninguém telefona porque o filme que está passando na televisão é muito mais interessante. Mas aquela noite, como sempre, tudo corre bem. As assistentes fazem sinal com os polegares para cima, indicando que os telefonemas estão chegando.

A primeira ouvinte confessa a Materena que três meses antes teve coragem suficiente para tacar fogo no pinto do ex-marido, como sonhava fazer havia anos. Não fez isso por vingança, nem ódio, ela insiste. Só queria mostrar para o ex como o filho deles se dera bem na vida. Era seu jeito de dizer a ele: "Você lembra o que disse para mim quando foi embora com aquela mulher esquelética que não sabe cozinhar? Que meu filho seria um vagabundo? Meu filho é bombeiro, tem medalhas e cartas de recomendação! Quem foi que salvou seu pinto hoje, hein? Por acaso não foi meu filho?"

Outra ouvinte ficou *fiu* de reclamar para o marido do presente de Natal que recebeu da mãe dele. "Um vidro de xampu barato! É isso que eu valho para ela? Eu, a mãe dos netos dela? A mulher que cozinha, arruma, lava, faz tudo?" E o marido dizia "*Aue*, é a lembrança que conta", mas, para a ouvinte de Materena, na maioria das vezes é justamente a lembrança que é o problema. Por isso acabou criando coragem e deu para a sogra um vidro de xampu barato no aniversário dela, seu modo de dizer, "*Voilà*, é isso que você vale para *mim*: menos de trezentos francos, um pacote e meio de arroz". Neste Natal, a ouvinte ganhou um par de brincos de pérola muito bonito.

Outras histórias se seguiram. Histórias de mulheres que conseguiram um novo emprego, clarearam os dentes, abriram uma firma, compraram sapatos novos, tiveram um filho, ganharam um talão de cheques, um novo significado na vida.

— *Iaorana*, Juanita! — As ligações continuam chegando. — E qual foi a grande mudança na sua vida?

– Estou me divorciando do meu marido.

– Juanita – diz Materena como se falasse com uma amiga –, por que resolveu se divorciar do seu marido? Conte-nos a sua história.

Materena recosta na cadeira e fica escutando.

Para começar, Juanita gostaria de informar a Materena e às outras mulheres que estão ouvindo que ela ficou casada seis anos e já fazia três que planejava separar-se do marido. Sempre pensava, no entanto, em que as pessoas iriam dizer, a família dela, a família dele, os amigos. E quanto aos votos do matrimônio? Amar e obedecer ao marido e ficar com ele não importa o que acontecesse, na doença e na saúde, até que a morte et cetera. Apesar disso nunca disse ao marido que aceitava que ele a tratasse como se ela tivesse a palavra IDIOTA tatuada na testa.

– Ele só é meu marido no papel – diz Juanita. – Se fosse realmente meu marido, não me deixaria em casa com as crianças o tempo todo para ir surfar. Às vezes penso que a prancha de surf é a esposa dele. Ele diz que surfar é a religião dele, mas quando tem de desafogar as necessidades, eu é que sou a religião. Qual é? E ele nunca me ajuda com a casa, com as crianças... *rien de quelque chose*. É como se eu fosse sua escrava.

Dois meses atrás, na cama, na véspera do marido de Juanita sair para mais um programa de surf, Juanita disse que queria conversar com ele sobre os problemas conjugais que estavam tendo. No mesmo instante, ele começou a berrar: "*Merde!* Você é um pé no saco, sabia? Pare com essa masturbação mental!" Então ele chutou o cobertor e deu as costas para a mulher que chorava.

Por isso Juanita está se divorciando do marido. Ela sabe que sua mãe ficará muito decepcionada, porque é de uma geração que não espera grande coisa do marido. Mas trata-se da vida de Juanita. Ela quer um marido de verdade, um homem de verdade, não um boneco vivo. Juanita continua falando, e Materena continua dizendo *oui*. O *oui* de Materena significa: "Estou escutando, menina, continue, dê mais informações." Enquanto isso, as assistentes de Materena que estão atrás do vidro passam o dedo pela garganta, querendo dizer, corta! Corta agora!

Ah hia hia, essa é a parte mais difícil do trabalho para Materena. Cortar as pessoas, especialmente cortar uma mulher que está desabafando daquele jeito, mas Materena tem de ser justa com as outras mulheres que telefonam, não pode deixá-las esperando muito tempo, senão elas acabam desligando e mudam para outra estação.

Quando começou a trabalhar na rádio, Ati explicou que o tempo máximo que uma pessoa podia ficar no ar era quarenta e cinco segundos, porque esse é o tempo que alguém leva para contar uma boa história. Mais do que isso é só floreio. Juanita já estava falando fazia quase um minuto e meio.

Materena chega para frente e, suavemente, diplomaticamente, diz:

– Juanita, vamos ver se a próxima ouvinte tem uma história que possa ajudá-la. Continue ouvindo a Rádio Tefana, nós precisamos ajudar umas às outras.

– *Pardon* – diz Juanita, dando risada. – Eu falo demais, Heifara sempre diz isso.

Ufa, Materena sente um grande alívio porque Juanita não ficou irritada, diferente de outras que ligavam; uma senhora que não parava mais de falar sobre a falta de respeito com os idosos hoje em dia, e Materena disse a ela (diplomaticamente) que o tempo tinha acabado.

Eh, bem, não se pode satisfazer a todos.

Materena agradece a Juanita, aperta o botão e é conectada imediatamente à próxima ligação de uma mulher que não quer dar o nome e tem uma única coisa a dizer para Juanita.

– A vida não é um conto de fadas, o príncipe não continua charmoso para sempre, ele volta a ser um sapo.

A ouvinte seguinte recomenda que Juanita não jogue o travesseiro pela janela e se lembre do que a conquistou em Heifara no início da história deles. Não foi o surf dele? O sal na pele? Ela não se vangloriou para as amigas "Imaginem só! Meu namorado é surfista!"?

– Acontece – continua a ouvinte, com voz maternal – que o que nos atrai no início é o que pode nos irritar mais tarde, mas não precisa se separar por isso, minha *chérie*.

A outra tem uma solução.

– Por falar em travesseiros, estou casada há onze anos e meu marido é marido de verdade, não uma obra em construção. Ele varre, pendura as roupas na corda e parece uma galinha com os pintinhos com as crianças, é como se ele tivesse parido os meninos! – A mulher suspira, como se não acreditasse na própria sorte. – Depois que ele tem seu *parara* – ela continua –, sai com os amigos, por exemplo, gasta o dinheiro dele, enxota as crianças, zomba das minhas cicatrizes de guerra...

– Cicatrizes de guerra? – Materena quer saber.

– Bem, minhas estrias – explica a ouvinte, rindo, e Materena ri também.

Ela continua.

– Então, quando o meu homem fica desse jeito, pego o meu vidro de ylang-ylang e jogo algumas gotas no travesseiro dele à noite, enquanto ele dorme.

A mulher jura que o perfume do ylang-ylang provoca alguma coisa no cérebro dos homens, porque quando o marido desperta na manhã seguinte, olha para ela espantado e exclama: "Quem é essa linda mulher na minha cama?!" Depois disso, ele fica como se estivesse hipnotizado, elogia a mulher e faz tudo que ela pede. Às vezes ela nem tem de pedir. É o mundo ao contrário!

A mulher de sorte já usa esse truque há dez anos e, para sua informação, irmãs, este é o endereço onde ela compra religiosamente sua poção mágica duas vezes por ano.

※

Na manhã seguinte, ao passar pela minúscula loja Óleos e Sabonetes, Materena vê cinquenta mulheres, muitas com bebês no colo, espremidas umas contra as outras e transbordando para a calçada. Há mulheres grandes, mulheres pequenas, mulheres de meia-idade, mulheres jovens, mulheres que nunca ouviram falar da mágica ylang-ylang até a noite anterior, no programa de Materena. Materena raramente chega a ver suas ouvintes. Por isso foi até lá. Ela não precisa de poção nenhuma, seus filhos já estão crescidos. Por algum motivo, ela também suspeita que a mulher que telefonou para a rádio na véspera está dentro da loja, atrás do balcão, na caixa registradora.

– Ei – Materena chama uma jovem perto dela –, você está aqui para comprar ylang-ylang?

– *Oui*, mas não é para mim, é para a minha irmã – ela se adianta sem olhar para a mulher que tem o dobro da sua idade.

– Ah, e ela tem filhos? – pergunta Materena.

– *Oui*, cinco, mas não é a poção que vai salvá-la.

– *Ah, bon?*

A próxima pergunta que Materena tem na ponta da língua é: e o que vai salvar a sua irmã? Mas não se pode fazer perguntas demais para pessoas que não se conhece. Não é educado. No rádio passa, mas não nas ruas.

– Os homens são como as frutas – diz a jovem mulher de rosto sério, como se realmente soubesse do que está falando. – Como dizem os franceses, há as maduras e as não tão maduras. – Ela olha para Materena e balança a cabeça com firmeza, como se dissesse, sim, é isso que eu penso. – Poções – ela diz – são para as supersticiosas. Eu acredito mais no poder da mente.

Ainda o homem

A história principal da Rádio Coco no *quartier* dos Mahi continua sendo que Pito não merece Materena. Para começo de conversa, ela é boa demais em comparação ao marido; ele não foi bem educado. Você jamais ouviria aquele "*Iaorana*, aqui, ó", da boca de Materena! Além disso, a casa em que Pito mora pertence a Materena – parte da herança da mãe dela – enquanto Pito não tem nem um punhado de terra em seu nome. E mais, Materena ainda parece jovem, dá para imaginar que ainda tem trinta e poucos anos, mas os parentes não podem dizer o mesmo do marido dela – ele não está envelhecendo nada bem. E agora Materena está aprendendo a dirigir!

Também consta da história que Materena tolerou o marido inútil anos e anos porque queria um pai para os filhos dela, já que cresceu sem o próprio pai, só com tios. Mas agora seus filhos já são adultos, estão vivendo a vida deles. Materena não precisa mais de Pito.

Ah, ainda bem que Pito não é do tipo de levar fofocas a sério. Outro homem teria entrado em pânico, cedido à pressão e reclamado para a esposa que os parentes dela eram muito horríveis com ele. Mas Pito tem nervos de aço. Vai ser preciso muito mais do que fofocas para derrubar sua autoconfiança.

Por isso hoje, com sua habitual pose autoconfiante, Pito desce da picape, não em Faa'a, mas em Punaauia, de onde ele é, para ver como está a mãe dele e tudo o mais; para ter certeza de que mama Roti continua viva.

Ali está a loja chinesa Ah-Ka à beira da estrada, e Pito sente-se em casa imediatamente, porque na realidade está. Já comprou milhares de pirulitos chineses nessa loja chinesa quando era menino. Era bem menor na época, naqueles dias maravilhosos, os donos da loja chinesa confiavam nos pequenos, vendiam fiado para eles. Hoje em dia, querem o dinheiro da garotada primeiro.

Mas pelo menos não permitem mais que as crianças comprem bebida para os avós. Pito lembra de ir à loja chinesa quando tinha oito anos para comprar um litro de faragui para o avô. Ele dizia, "É para *grandpère*", e Ziou, o chinês, exclamava incrédulo: "O seu avô continua *vivo*, com tudo que ele bebe?"

Pito tinha parado embaixo da bananeira mais adiante cem mil vezes, à espera da picape para ir à escola, ao mercado, encontrar com seu *copain* Ati, ou com alguma menina pela qual se interessasse. Mas o velho que costumava beber vodca e falar sozinho ao lado da bananeira morreu – na cama dele – quando Pito tinha dez anos. Ele era tio-avô, cantor bem conhecido em toda a Polinésia francesa, admirado por sua voz de tenor. Realmente tinha pulmões extraordinários, mas a mulher dele fugiu com um jardineiro. Fim de carreira. O cantor virou bebedor.

Fora isso, pouca coisa tinha mudado ali no *quartier* dos Tehana. As tias, agora mais velhas, continuavam pendurando as roupas na corda, regando as flores, tagarelando sobre cercas de hibiscos, varrendo as folhas, cuidando dos bisnetos, sempre atarefadas. Pito passa pela fileira de casinhas de fibra vegetal, olhando fixo para o caminho de terra. Espera passar despercebido, mas é claro que isso é impossível.

– Pito *iti e*!

Pito levanta a cabeça e acena para a tia Philomena, uma das oito irmãs do pai dele, de quem mama Roti menos gosta, porque fala, fala e não diz nada, e também faz perguntas demais. Parece que tia Philomena costumava ser muito calada e quieta quando jovem, mas Pito acha difícil acreditar nisso.

– Vem aqui um minutinho – cacareja tia Philomena, abrindo os braços para o sobrinho. – Que negócio é esse de andar de cabeça baixa, olhando para o chão, hein? – Ela dá um abraço tão apertado que quase estrangula Pito. – E então? Como vai a vida em Faa'a? Como está Materena? E a mãe dela? Como vai Ati? E você, como está? Ouvi dizer que Materena é uma grande estrela agora, hein? Quanto estão pagando para ela na rádio? Mais do que quando era faxineira com certeza, hein? Eu quis trabalhar na rádio quando era jovem, mas seu tio disse que não era lugar para mulher, você acredita? O mundo mudou, não é? Quando é que vão dar uma limusine para Materena? Quando eu era jovem, queria aprender a dirigir, mas seu tio disse que carros não eram coisa para mulher, você acredita? O mundo mudou, hein? *Aue*, estamos todos envelhecendo, Pito, e você também! Lembro quando era um bebê, você engoliu uma cavilha que saiu com a sua *caca* dois dias depois! Sei que você não acredita em mim porque sua mama disse que é impossível um bebê cagar uma cavilha, mas eu vi a cavilha com esses meus olhos mesmo. *Enfin*, você veio visitar sua mama? Que bom. Ela parecia meio adoentada a última vez que a vi. Mas como se sente por ser casado com uma estrela?

A tia para de falar e agora espera uma resposta do sobrinho.

– Uma estrela? – Pito dá risada. – Materena continua a mesma.

– Deixe de se fazer de bobo, Pito, todo mundo que trabalha na rádio é bem conhecido, mas Materena é a mais popular. E só está na rádio há um ano! Imagine daqui a dez anos! Ela vai ser mais conhecida do que Gabilou. Eu gosto do programa da Materena na rádio, falam de coisas que eu entendo, como vida, amor, juventude. Eu disse para Tonton escutar, mas você conhece seu tio, ele só gosta de ouvir aquela música doum-doum dele.

Tia Philomena para de falar e respira bem fundo.

Muito bem, é agora ou nunca!

– *Allez*, tia – Pito interrompe logo –, vejo que está ocupada. Estou indo.

Antes de ela recomeçar o discurso, Pito se afasta, balançando a cabeça e concordando com o que ela diz, já de costas.

Tia Maire, regando as flores com seu último bisneto dormindo profundamente no carrinho ali do lado, faz Pito parar dois metros adiante. É a irmã mais velha e a mais magra, a cunhada de que mama Roti mais gosta porque ela quase não fala.

– Pito! – tia Maire dobra a mangueira para estancar a água e dá um beijo enorme no rosto do sobrinho. – Que gentileza a sua vir visitar sua mama, *haere*, vá... não deixe mama esperando, e dê os meus parabéns para Materena pelo primeiro ano na rádio.

Pito promete que dará e continua andando, mas tem de parar de novo alguns metros à frente, por causa de outra tia, e mais outra, depois mais outra. Finalmente chega à casa onde deu seus primeiros passos, bebeu sua primeira cerveja, fumou seu primeiro *paka* e perdeu sua virgindade com a amiga de uma prima.

Tinha dezesseis anos e ela mais de vinte. Era a grande paixão para Pito, mas ela o largou por um homem mais velho que trabalhava no banco. Pito ficou meses desconsolado, e depois disso passou um tempo meio obcecado por mulheres mais velhas. De frente para uma mulher mais velha numa picape, ele ficava hipnotizado observando enquanto ela enrolava um cigarro, lambia o papel e o avaliava com os olhos, como se dissesse, aposto que gostaria que eu fizesse isso com você, hein, garoto? Pito engolia em seco. E fantasiava durante semanas sobre aquela mama sexy.

Enfin, lá estava mama Roti à porta da casa, comunicada da visita do filho pelas exclamações das cunhadas. Ele foi se aproximando, ela olhou para ele de cima a baixo e disse:

– Você está ficando gordo.

Nada de *Iaorana*, como vai, obrigada por lembrar que estou viva.

– Estou igual à semana passada, quando você me viu.

– Onde está a minha Materena?

Sua Materena, hein? Pito faz pouco, lembrando-se da noite em que virou a mesa da cozinha na casa da mãe depois que ela disse coisas sobre Materena que não agradaram aos ouvidos dele. Pratos e copos se espatifaram no chão bem diante do olhar horrorizado de mama Roti, mas pelo menos ela entendeu o recado de Pito: não fale mal da mãe dos meus filhos.

Pito estava bêbado, e para mama Roti não faltava muito, e é bem possível que a troca de palavras tivesse ficado um pouco exagerada, mas ambos aprenderam uma lição valiosa aquela noite: não bebam juntos.

– Materena está na cidade tendo aula de direção.

– Aula de direção? – Mama Roti fez uma careta como se acabasse de ouvir uma história absurda. – E depois? Vai tirar passaporte? Ela pelo menos tem um carro?

Mama Roti conhece muita gente que tem aulas de direção e não possui sequer um carro. Qual é a utilidade disso? Pito informa para a mãe que na verdade, sim, Materena tem um carro. Ela comprou o Fiat de mama Teta dois dias atrás, para pagar aos pouquinhos, conforme a tradição taitiana. Mama Teta não precisava mais do Fiat, já que fora promovida a motorista de um micro-ônibus para o seu lar de idosos. Assim, pode levar seus clientes para Papeete para fazerem os checkups médicos e para programas especiais como o bingo.

– Você está com muitos cabelos brancos, Pito. – Mama Roti não liga para o carro de Materena. – Qual é o problema? Está estressado?

– Já tenho cabelos brancos há três anos.

Mama Roti olha bem nos olhos do filho.

– Talvez seja hora de você entrar na linha e fazer alguma coisa.

– Fazer alguma coisa? – pergunta Pito, imaginando o que a mãe está inventando agora. – O quê?

– Não sou eu que tenho de dizer – retruca mama Roti. – Materena não é minha mulher. Eu não sei do que ela gosta. Pito, você era tão bonito antes, mas agora parece muito velho e nem é avô ainda.

– Eh?

– Quando olho para você – mama Roti suspira, profundamente preocupada –, é como se você tivesse dez netos.

– Eh? – Pito repete, e pensa, é isso que o filho ganha quando lembra que a mãe está viva? Críticas e jogos de adivinhação?

– *Aue* Pito. – Mais suspiros de mama Roti. – Olhe-se no espelho, o antes e o depois, hum?

Duas horas mais tarde, diante do espelho, Pito está fazendo a barba. Ele se barbeia quando há um enterro, um casamento, um batizado, uma reunião no trabalho e quando deseja sua mulher. Depois de fazer a barba, Pito esfrega o corpo todo com sabão, se perfuma com água de colônia no pescoço... e num instante se faz belo como um príncipe.

Passa rapidamente pela cabeça dele que quando é a mulher que está a fim, ela não precisa de truque nenhum para atrair o marido. Apenas olha daquele jeito para ele, aquele olhar que diz *coucou*, olhe bem para mim, estou a fim! E é melhor o marido estar a fim também, senão ela fica desconfiada. "Como você não está a fim? Está com algum problema? Outra mulher?" Esse mundo é cruel, *oui*, mas Pito não vai desperdiçar o tempo filosofando sobre isso. Está ocupado demais com os preparativos.

Quando Materena chega em casa carregando uma grande caixa, Pito, barbeado, com seu sorriso *uh-huh-huh* engatilhado, e estufando o peito nu, faz pose de fotografia de Mister Universo no sofá.

Materena tem uma explosão de riso.

– O que foi? – pergunta Pito, encolhendo a barriga. – Qual é a graça?

Ainda rindo, Materena põe a caixa no chão delicadamente e massageia os braços doloridos.

– Nem queira saber – diz. – Mas essa caixa está pesada.

– O que foi que você comprou desta vez?

– Uma coisa para guardar coisas. – O que Materena quer dizer é um rack com várias prateleiras. – Com um desconto de 80%.

– Para você, tudo tem desconto de 80%. – Pito dá risada, mas quando vê Materena abrir a caixa, seu coração murcha. – Você não vai fazer isso agora! – Saem da caixa pedaços de metal e plástico. – Não pode esperar um pouco?

Materena lê as instruções de montagem, achando divertido o olhar comprido de Pito.

– Muito bem, muito bem – diz Materena, segurando uma das partes do rack. – *Oui*, junto isso com isso. – Pega outra parte. – Depois faço isso... Está bem, não é a peça certa, talvez seja aquela. *Non*,

também não é essa, certo, que tal experimentar essa outra... *Merde!* Então está bom, acho melhor eu ler as instruções novamente, hein?
– Ela lê de novo. – Muito bem, *oui*, junto essa peça com aquela peça, e depois *non*, ah, *oui*, bobeira minha, é essa peça... *non*... Mas quem foi que escreveu essas instruções idiotas? Muito bem, vamos começar do começo de novo.
– Você tem dois anos de idade? – pergunta Pito, soltando um pouco a barriga.
Materena olha para ele e começa a rir de novo.
– Não posso olhar para você, Pito, você me faz rir com a barriga desse jeito... Tudo bem, Materena, concentre-se.
Pito continua observando, alisando o queixo sem barba. Materena não entende as instruções, é a mesma coisa com o encanamento, a fiação elétrica, a escavação de buracos... Mas Pito não está debochando da mulher, esse não é o momento para aborrecê-la.
– Quer que eu ajude? – ele pergunta docemente, encolhendo a barriga outra vez.
– Isso... – Materena fala sozinha – vai aqui, ou aqui?
Meia hora depois, ela desiste.
– Eu não entendo essas instruções! – rosna para a folha de papel.
– Quer que eu ajude? – Pito pergunta, levantando do sofá com a maior naturalidade possível.
O segredo é não parecer superior. Pito sabe, por experiência própria, por ter ajudado Materena antes – bem poucas vezes –, que quando exibe seu olhar de superioridade, Materena muda de ideia e desiste da ajuda.
Materena lhe entrega a folha com as instruções.
– Deixe-me ver – diz Pito, também da forma mais casual possível, ainda tomando cuidado para não parecer seguro demais. – Talvez essa peça encaixe aqui...
Pito deixa a frase no ar. É claro que ele poderia montar aquele monte de merda de plástico em menos de um minuto, mas sabe que deve para seu próprio bem demonstrar certa dificuldade.
– Acho que encaixa aqui, então. – Ele ergue os belos olhos para a mulher por alguns segundos para ver se ela está olhando para ele.

– Será que, por acaso – Pito continua, feliz de ver que Materena está prestando toda a atenção nele –, esta parte e essa outra não se encaixam?

Quando o rack múltiplo de Materena estava quase montado, Materena já dava sinais bem positivos para o marido. Um pequeno sorriso, olhar doce...

Eh, eh, Pito ri mentalmente. Ainda sou o homem, não precisa se preocupar com isso!

Respirar como você quiser

Ah, um homem não precisa de muita coisa para ser feliz. Comida, sexo amoroso, paz e tranquilidade à noite. Pode respirar como quiser. A mulher está no trabalho. Esta noite, por exemplo, Pito pode relaxar diante da TV sem ter de ficar ouvindo os suspiros e comentários de Materena toda vez que ela passa por ali, dizendo que não pode acreditar que ele desperdice sua vida assistindo a um filme sem pé nem cabeça. Ele pode assistir a um *bom* filme, sem as interrupções de Materena, passando roupa na frente da TV, porque ela também quer assistir ao filme. Ele pode descansar um pouco os olhos no sofá, sem que Materena cutuque seu ombro e sussurre no seu ouvido: "Pito! Está dormindo? Vá para a cama agora, *allez*, não quero ter de carregar você."

Quando Materena conseguiu aquele emprego na rádio, Pito ficou com medo, pensando que ela começaria a se vangloriar, que se tornaria uma pessoa "Eu sou mais eu", mas ela continuou sendo a Materena com quem Pito vive há quase um quarto de século. Ela percorre a casa toda com a vassoura, só que menos vezes do que costumava antes – pelo menos agora deu um tempo para a vassoura. Ela empresta ovos aos parentes que não tiveram tempo de ir à loja chinesa antes de fechar. Ela cozinha, dá risada, reclama, varre as folhas e se estressa quando o bolo de banana sai esquisito do forno. Ela vai à missa, conversa com os parentes, capina os túmulos dos ancestrais, visita sempre a mãe dela... É uma taitiana típica.

E não está em casa. Por isso, assobiando, já que não tem de dar satisfações para ninguém, Pito sai para um encontro noturno muito importante com seus *copains*.

Enquanto isso, no estúdio da Rádio Tefana, Lovaina, quinta ouvinte a telefonar aquela noite, está dizendo para Materena que seu pai é francês.

– Ele veio para o Taiti muito jovem e...

– Prestando serviço militar? – pergunta Materena sem pensar, depois se dá conta de que interrompeu a ouvinte – Oh, descul...

– *Ah non!* – a mulher interrompe Materena, parecendo muito ofendida com a pergunta. – Eu sei que há muitas crianças que nasceram no Taiti, filhas de *militaires* franceses com mulheres taitianas que conheceram nos bares, mas meu pai *é* formado.

Lovaina explica a todos que estão ouvindo que seu pai estava cursando o terceiro ano de direito na universidade quando foi para o Taiti passar umas férias de três semanas. Mas um dia ele conheceu uma linda taitiana no mercado onde ela vendia legumes... e nunca mais saiu daqui, só isso.

– Ah, tudo bem – diz Materena.

– Podemos dizer que papa é agora um francês *tropicalisé* – continua Lovaina. – Ele fala taitiano, come *fafaru*, planta taro, quer ser enterrado em solo taitiano... Ele se sente mais taitiano do que eu.

– Você se considera francesa? – Materena arrisca perguntar. Silêncio.

– Eu não sei quem eu sou – Lovaina sussurra finalmente. – Estou muito confusa com a minha identidade. Meu pai, que é francês, age como se fosse um taitiano. Minha mãe, que é taitiana, age como se fosse francesa. Ela faz o *reuh-reuh* quando fala, ela é uma madame, está sempre citando ditos franceses e, assim que conhece alguém, a primeira coisa que diz é "Sabe, o meu marido é francês, a família dele tem castelos...". – Lovaina dá um longo suspiro. – Quem sou eu? – pergunta. – Metade taitiana, metade francesa... mas aonde isso me leva?

Depois disso, a mesa de telefonia endoidece, e meia hora depois a rádio ainda está recebendo chamadas sobre identidade, especialmente sobre identidade taitiana. As taitianas que não falam taitiano têm o que dizer. As taitianas que não têm tatuagens, que não gostam de peixe cru, que não parecem taitianas, a lista é interminável. Mas todas essas mulheres confusas querem saber uma mesma coisa. O que é ser uma taitiana hoje em dia?

– Ouçam – diz uma ouvinte –, no meu ponto de vista, para ser uma taitiana você tem de falar taitiano, isso é o mais importante.

Outras, porém, insistiam que falar a língua não significava nada, porque qualquer um pode aprender uma língua, mas nem todos podem ter mais de 50% de *toto*, sangue taitiano nas veias.

– Oh – resmunga uma senhora –, sangue é apenas um líquido, o que você precisa é de um coração taitiano, *c'est tout*.

– *Ah bon?* – discorda a outra ouvinte. – Um coração taitiano? Não acho. O coração é apenas um órgão. Para mim, ser taitiano significa pescar e plantar taro... viver como antigamente. Nada de TV, nada de estéreo, nada de carro. *Aue*, ter orgulho de ser taitiano, andar a pé ou remar numa canoa!

Para finalizar, uma ouvinte quer saber o que Materena pensa desse assunto sério. Ela se considera taitiana?

As palavras escapam da boca antes que Materena possa pensar.

– *Ah oui!* Meu pai é francês, mas me sinto 100% taitiana, porque...

Materena faz uma pausa para pensar um pouco. Não quer divulgar informações demais sobre a sua situação na rádio. Nunca conheceu seu pai francês e tem pai desconhecido na sua certidão de nascimento.

– ... porque fui criada como taitiana – diz Materena, torcendo para a ouvinte se satisfazer com isso.

– E o que é ser criada como taitiana? – pergunta a ouvinte.

Materena afasta o microfone para ponderar suas palavras. Quando se trabalha para uma rádio que defende a independência, é preciso tomar cuidado com o que se diz. Materena não quer parecer política. Deseja apenas expressar o que sente. Depois de uma rápida olhada para as assistentes atrás da janela de vidro, Materena começa a explicar com todo o cuidado o que ser criada como taitiana significa para ela.

Significa não comer na frente das pessoas se não puder dividir; demonstrar respeito pelos idosos, por todas as pessoas; lembrar e homenagear os mortos; não assobiar à noite; e não se casar com um primo. Significa ajudar a família; enterrar a placenta do filho na terra, ao lado de uma árvore; cantar; cuidar da terra e do mar; fazer o melhor possível pelos filhos. Significa *pertencer* a uma família. Também significa ser forte e se levantar depois de cada queda. E amar a vassoura – todo o povo taitiano, especialmente as mulheres, adora suas vassouras. Com a vassoura, a mulher pode despachar hóspedes indesejados sem ferir seus sentimentos, varrendo embaixo dos pés deles, e ainda mantém o chão limpo; mulheres taitianas têm orgulho do chão limpo de suas casas. E ser taitiana significa... ser diplomática com os parentes porque você vai esbarrar em parentes dia após dia até morrer, portanto é importante ter uma convivência amistosa com eles. E também, é claro, há o respeito pela mãe.

Quando Materena terminou de explicar isso, fez-se um longo silêncio; ela ficou torcendo para a ouvinte não explodir numa gargalhada e dizer: "Isso, tudo isso, não é taitiano! Isso é cristianização!"

Para grande alívio de Materena, a mulher, comovida, simplesmente murmurou.

– O que você acabou de dizer é muito bonito.

– *Mauururu* – diz Materena, e, antes que a ouvinte pudesse disparar outra pergunta, apressou-se em dizer sua frase costumeira –, vamos ver o que a próxima ouvinte tem a dizer.

Às onze horas, Materena está atônita. Pensava que o Taiti fosse povoado apenas por corajosas mulheres que não se importavam em contar suas maravilhosas histórias no rádio. Não sabia da existência daquelas mulheres mestiças, tão confusas quanto à identidade delas, que tinham a impressão de terem sido cortadas ao meio.

Quando Materena chega em casa, de carona oferecida gentilmente pelo primo Mori, entra na ponta dos pés e pega sua caixa para-nunca-jogar-fora embaixo da cama. Com cuidado para não acordar Pito. Ser taitiana, pensa, é também respeitar as pessoas que

estão dormindo. Mesmo quando elas roncam feito porcos, porque estiveram fora a noite inteira bebendo com seus *copains*.
Essa é a caixa onde ela guarda as certidões de nascimento e os desenhos dos filhos, junto com os primeiros dentinhos, o primeiro cacho de cabelo e outros tesouros parecidos. Ela senta à mesa da cozinha, abre a caixa e tira sua certidão de nascimento. Abre em cima da mesa, alisa com a palma das mãos e olha fixo para aquelas palavras: pai desconhecido. Vira para o lado e volta a olhar para aquela frase, e pensa no homem francês que lhe deu uma covinha na face esquerda e olhos amendoados: Tom Delors.
Tom Delors foi para o Taiti pelo serviço militar e conheceu Loana, mãe de Materena, no bar Zizou. Naquela noite, os dois jovens de dezoito anos dançaram sem parar, se apaixonaram e foram morar juntos pouco tempo depois. O povo do lugar olhava feio para Loana porque naquela época as mulheres dali que brincavam com *popa'a* – pior ainda, *militaires* – tinham má reputação. Eram consideradas vadias que só queriam uma passagem para sair do Taiti.
Pah! Loana não queria passagem para lugar nenhum. Ela simplesmente amava Tom.
Mas Loana largou Tom seis meses depois que eles se tornaram oficialmente um casal, quando ele criticou, na frente de convidados, o frango com lentilhas que ela fizera. Ela sentiu-se muito humilhada. E já estava grávida de cinco semanas de Materena, só que ainda não sabia. Loana esperou Tom procurá-la para pedir *pardon*, e então diria a ele eu o perdoo, mas nunca mais ouse criticar a minha comida de novo.
Tom não apareceu, no entanto, e, como Loana não era do tipo de se rebaixar e voltar, seguiu sua vida. Mais tarde, ao descobrir que havia uma sementinha crescendo em seu ventre, ela chorou até não poder mais. Mas sabia que não tinha volta e resignou-se com o seu destino de mãe solteira.
Materena não para de olhar para sua certidão de nascimento, e diz em voz alta:
– Papa, sinto o desejo de conhecê-lo desde quando tinha nove anos. Tenho quase 41 agora, e estou preparada!

Ela soca a mesa com firmeza.

Neste exato momento, Pito entra na cozinha.

– Acordei você? – pergunta Materena, pronta para pedir desculpas.

– O que você está fazendo? – diz com a voz arrastada, ainda bêbado.

– Pito... – Duas lágrimas enormes saltam dos olhos de Materena. – Eu vou procurar o meu pai.

– Aquele *popa'a*? – Pito zomba e enche um copo de água. – Você pensa que ele vai querer conhecer você?

E, dizendo isso, Pito bebe a água e volta para a cama, sem saber que acabou de ferir sua mulher tão profundamente que ela mal consegue respirar.

Uma mulher –
mas não qualquer mulher

Assim que encostou a cabeça no travesseiro, Pito desmaiou. Acordou na manhã seguinte, bem descansado e alegre, nem sombra de ressaca. Materena não está na cama, o que significa que está na cozinha. Pito pula da cama. Está morrendo de fome! Não seria nada mau um omelete de presunto.
– *Chérie!* – chama carinhosamente.
Nenhuma resposta. Isso é estranho.
Pito encontra a mulher na sala de estar, sentada ereta como uma estátua no sofá.
– Você já comeu? – pergunta, ainda carinhoso.
– Não estou com fome.
Ah, a madame parece não estar de bom humor.
– Você levantou com o pé esquerdo? – provoca Pito.
Materena dá de ombros.
– Está de mau humor?
Materena sacode os ombros novamente, e Pito entende que a mulher não vai falar com ele. Todos os gelos de Materena começam com um dar de ombros, e na maioria das vezes Pito não sabe o motivo. Ele simplesmente tolera. Compreende que isso é uma coisa que Materena faz quando... bem, quando dá na telha. O melhor a fazer é não insistir e deixar a mulher, que não quer falar, sozinha, até ela se sentir melhor e voltar a falar. Então Pito se afasta e vai comer.
Ele está à mesa da cozinha, tomando seu café com biscoitos com manteiga, quando Materena resolve limpar a casa, arrasta cadeiras para cá, para lá, com o rádio ligado a todo volume, e Pito só pensa em uma coisa: escapar dali. Enche a boca de biscoito, engole

o café, põe delicadamente o pote e o prato na pia e sai da casa pela porta dos fundos na hora em que seu melhor amigo Ati está chegando de carro.
– Pito! – Ati o chama e desliga o motor. – O que vai fazer hoje? Quer passear de voadeira?
Pito já está no carro de Ati, prendendo o cinto de segurança. E agora, nesta linda manhã ensolarada de sábado no Taiti, dois amigos de infância passeiam na laguna de águas verdes e cristalinas, passam por mulheres tomando banho de sol nuas em um cais que gritam e correm para se cobrir. Pito e Ati dão risada. Quando eram mais novos, costumavam assobiar e dizer palavras amáveis. Mais velhos, talvez apenas sorriam com saudade.
– Minha mama veio me visitar esta manhã – diz Ati.
– Ah, ela está bem de saúde?
– Ela teve um sonho.

Esta é a história...
Ati abre a porta do seu apartamento e sua mãe vai entrando sem esperar o convite, sem que ele diga entre, por favor.
– Eh – diz ele surpreso –, não está com a sua irmã hoje?
Sábado é dia da mama Angelina passear com a irmã. Sempre foi assim até onde Ati consegue lembrar.
– *Aue!* Olha só para esse *bordel*! – Mama Angelina ignora a pergunta do filho e marcha direto para a cozinha. Pega uma lata vazia de carne de porco com feijão em cima da bancada. – Você comeu isso ontem à noite? – Um segundo depois, mama Angelina está na pia lavando os pratos, balançando a cabeça diante da pilha de jornais enfiada numa cesta. – Por que guarda todos esses jornais? Eles atraem ratos. Você não tem aparecido no noticiário ultimamente. Por que não está mais nos jornais? Você vivia aparecendo nos jornais antes.
Os pratos estão limpos e mama Angelina seca a bancada.
– Não acredito que um homem bonito como você continue *célibataire*. É tão difícil assim encontrar uma mulher no Taiti? Elas

estão por toda parte, abra os olhos. Não vai querer morrer sem deixar herdeiros.

E mama Angelina não para com sua ladainha enquanto transforma a cozinha do filho com a mágica de suas mãos maternais.

Então ela para no meio de uma frase e olha para o filho, que ainda não disse palavra. Sussurrando, ela pergunta se ele está acompanhado.

– Tem uma mulher no seu quarto? Quem é ela? Espero que não seja casada. Você a conheceu na boate? O que eu falei sobre mulheres que vão a boates? De que família ela é?

Ati balança a cabeça.

– Você acha – ele diz – que eu teria aberto a porta se tivesse uma mulher na minha cama?

– Ah. – Mama Angelina parece decepcionada. – Então você passou a noite sozinho? O que você fez? Assistiu à TV? Sozinho... – Olha para o filho com pena. – Venha, vamos conversar, tenho de contar uma coisa para você.

– Vou encontrar Pito daqui a pouco.

– Deixe Pito e a mulher dele cuidarem das coisas deles – diz mama Angelina, arrastando uma cadeira para sentar –, e pense no seu futuro.

Ati senta de frente para a mãe e tamborila na mesa para passar o tempo.

– Não tamborile na mesa desse jeito. Não é educado. – Ati para de tamborilar e recosta na cadeira. – Não se apoie na cadeira assim, vai cair e rachar a cabeça.

Então Ati fica como uma estátua, com os olhos grudados no relógio que faz lentamente tique-taque.

– Mama? – diz depois de um tempo. – E o meu futuro? É para hoje, ou para amanhã?

– Quando foi a última vez que regou suas plantas? – pergunta mama Angelina, examinando as plantas moribundas nos vasos espalhados pela sala de estar. – Elas parecem meio doentes.

– Mama!

– Muito bem... – Mama Angelina respira fundo. – *Voilà*, ontem à noite...

Ati espera, agora um pouco ansioso.

– Eu sonhei – continua mama Angelina.

Ah, Ati fica aliviado. Sua mãe só sonhou. Ela está sempre sonhando. Podia escrever um livro sobre todos os seus sonhos.

– Eu sei que você está pensando que eu poderia escrever um livro sobre todos os sonhos que tenho. Não é culpa minha se sonho tanto.

Mama Angelina lembra ao filho que os sonhos são mensagens e seus sonhos estavam certos muitas vezes. Como quando sonhou que Ati segurava um recém-nascido, e uma semana depois Ati foi padrinho da filha de Pito e Materena. E houve o sonho em que Ati falava num microfone, e menos de uma semana mais tarde ele conseguiu um emprego na Rádio Tefana. Mama Angelina faz o filho lembrar, enquanto Ati faz cara de enfado, que sonhou que ele fazia a mala dias antes de se mudar para aquele apartamento sem vista.

– E a noite passada – ela continua com tristeza –, no meu sonho, vi sua irmã e o marido dela, e...

– Ela estava berrando com ele – diz Ati.

– *Non, non*, ela não estava berrando nada, estava sentada embaixo de uma árvore com o marido, e os oito filhos deles estavam sorrindo e pareciam muito felizes, e você...

– Eu dançava com uma mulher bonita – ri Ati.

– Coisa nenhuma... você estava chorando.

– Eh?

– Você estava chorando – repete mama Angelina, já lacrimosa –, e não havia ninguém ao seu lado, e você estava velho. – Mama Angelina segura a mão do filho. – Ati, talvez seja divertido o que você está fazendo agora, uma mulher, outra mulher, montes de mulheres, mas quem vai cuidar de você quando ficar velho?

– Eu mesmo! – Ele tira a mão das mãos dela.

– Por que você não consegue ficar com uma mulher mais de duas semanas?

— Mama, isso não lhe diz respeito.
— E a sua carreira política?
— O que tem ela? – retruca irritado.
— Ati, escute o que estou dizendo – Mama Angelina diz num tom sério agora. – Nós não votamos em políticos que não têm esposa, filhos. Um político sem família pode falar e prometer coisas, mas ninguém vai acreditar nele e... De qualquer maneira – mama Angelina abana a mão no ar –, eu não vim aqui para falar da sua carreira, vim aqui para falar da sua situação.
— Estou muito satisfeito com a minha situação.
— Você está satisfeito agora, mas daqui a alguns anos... – Mama Angelina suspira, estressada com a situação do filho. – Encontre uma boa mulher para você, Ati.
— Hum – concorda Ati, pensando que o problema com as boas mulheres é que elas já têm dono.
— Você quer que eu encontre uma boa mulher para você? – mama Angelina pergunta, animada.

Ela insiste que sabe o que um homem quer numa mulher. Ela sabe porque viveu com um homem durante mais de trinta anos.

Segundo mama Angelina, a primeira coisa que um homem quer é uma mulher boa, mas tem de ser boa de se ver também. Mas não bonita demais, senão ele vai passar o tempo todo com ciúmes.

Boa cozinheira, mas não há necessidade de ser uma *cordon bleu*... quando cozinhe, a comida seja comível. Organizada, mas não precisa ser fanática por arrumação, porque os homens não têm essa obsessão com ordem, desde que encontrem facilmente as meias e as toalhas.

Não pode ser do tipo que faz ironia ou insinuações. Os homens não gostam das mulheres que deixam as coisas no ar, gostam das mulheres que dizem o que pensam, mulheres companheiras, alguém com quem você possa dar risada depois do trabalho e beber algumas doses. Um pouco masculina na superfície e...

Ati se levanta, querendo dizer obrigado pela visita. Para deixar o recado ainda mais claro, Ati dá um beijo de despedida na mãe.

Mama Angelina levanta lentamente da cadeira e vai embora. Antes, porém, diz ao filho que apesar de todas as mulheres que já teve na vida, nenhuma o amou de verdade porque nenhuma quis ter filhos com ele.

– Quando uma mulher ama um homem – ela diz, segurando a porta com o pé –, ela quer filhos dele. Apresse-se, Ati. Encontre essa mulher.

Quando a porta fecha, ela acrescenta que ele já está com quarenta e três anos e logo ficará estéril.

❦

Essa é a história de Ati por hoje, e, a partir de agora, diz Ati para Pito, ele poderia começar a encontrar mulheres em restaurantes. Na cabeça dele, o restaurante é um lugar ótimo para um homem criar intimidade com uma mulher. Não nos distraímos tanto (nem com tanta facilidade) como quando estamos na cama e ela nos tem presos pelos *couilles*. Agora, Ati não está dizendo que um homem não pode ficar íntimo de uma mulher na cama (porque pode), mas ultimamente anda procurando algo mais.

Ati nunca convidou uma mulher para ir a um restaurante, ele continua. Para o bar, *oui*, para o hotel, *oui*, para a casa da mãe dele, *oui*, para seu apartamento, *oui*, mas nunca para um restaurante. Para ele, os restaurantes são para os casais que já estão casados há tempo demais e para amigos que não são tão íntimos.

– Oh. – Pito sacode os ombros. – Os restaurantes e eu...

Além disso, continua Ati, ele deve ficar longe de mulheres casadas. Mulheres casadas são muito discretas, e são, bem, muito, bem... nem preciso explicar os detalhes. O que Ati quer dizer é que quando uma mulher casada resolve pular a cerca, o homem que ela escolhe vai passar uma noite agradabilíssima mesmo, e depois não tem cobranças na manhã seguinte. Ela não pergunta: "Quando é que você vai telefonar? Você vai me procurar?" Ela simplesmente dá um último beijo apaixonado, aperta com firmeza o nosso traseiro com as mãos, depois pisca, sopra um beijinho e vai embora.

Oui, Ati tem um fraco mesmo por mulheres casadas, mas agora quer algo mais.

– Ah, você tem sorte, *copain* – ele suspira, com uma das mãos no câmbio e a outra apoiada no joelho. – Como uma mulher como a Materena jamais cruzou o meu caminho?

– Experimenta viver com ela – resmunga Pito.

Uma história de fogo no rabo

Em geral, limpar a casa deixa Materena mais calma. Ela usou essa técnica muitas vezes na vida como mãe e esposa, mas o problema é que não há muito o que limpar desde que seus três filhos saíram de casa. Por isso, enquanto tira pelinhos do tapete, Materena continua chocada e furiosa com as palavras que saíram da boca de Pito na noite passada. Ele fez bem de ter desaparecido antes que ela pegasse o facão da cozinha para matá-lo.

Não entendia aquela maldade dele. Por que o pai não ia querer conhecê-la, eh? Ela não é mendiga, não vive nas ruas. E a história dos pais dela não era só uma história de fogo no rabo. Eles tiveram momentos de ternura juntos, Tom e Loana... Será que podia ser realmente verdade que seu marido a subestimasse tanto assim?

Uma lágrima escorre pelo rosto de Materena. Ela fica pensando se um dia será capaz de perdoar Pito completamente.

O telefone toca e Materena vai atender, arrastando os pés com os pelinhos do tapete enrolados numa bolinha. Não está com disposição nenhuma para conversar, mas pode ser um dos seus filhos, querendo falar com ela.

E tem razão, porque assim que pega o fone ela ouve o clique da ligação internacional antes da voz doce da filha saudar.

– *Iaorana*, mamie!

Dos três filhos que vivem longe de casa, a que mais telefona é a filha.

– Eh! – Materena sente-se imediatamente muito melhor. – Tudo bem, *chérie*?

– Estou bem, mamie, e você?

— Está tudo bem, *chérie*. *Alors*, quais são as novidades?
Bem, as novidades são as mesmas, os estudos estão ficando mais difíceis, outros quatro alunos abandonaram o curso, mas Leilani está determinada a conseguir seu diploma de medicina, ela sabe que nasceu para salvar a vida das pessoas. Fora isso, ela continua com seu emprego de meio expediente na livraria, tem falado com o irmão Tamatoa e fez uma nova amiga... Leilani não para de falar, e Materena sabe que é só uma questão de tempo para ela retornar ao assunto preferido: o ex-namorado que deixou para trás para poder realizar seu objetivo na vida.

Hotu, dentista sexy: bonitão, um rapaz sensato que já passou anos estudando no estrangeiro. Hotu isso, Hotu aquilo, fabuloso campeão de remo, mais sexy do que ele é impossível. Hotu, que Materena está proibida de procurar porque ele pode pensar que Leilani quer espionar a vida dele; mas, ao mesmo tempo, se Materena souber de alguma coisa sobre Hotu nos jornais (como anúncio de casamento, por exemplo), Materena deve imediatamente dar a notícia a Leilani.

E sem dúvida Materena deve ir visitar Hotu pessoalmente se Leilani morrer. Leilani disse isso, de brincadeira, duas semanas antes! Ela gostaria que seu corpo voltasse para o Taiti, é claro, e que Hotu cavasse a cova para ela. Ela quer que o suor escorra pelas suas costas sexy, e lhe dá permissão para dar-lhe um último e apaixonado beijo na boca. Ele não tem de agir com deferência no enterro dela, beijando-a na testa. Deve beijá-la na boca!

— Mamie — tagarela Leilani —, comprei o perfume que Hotu usa.
— *Ah bon?*
— *Oui*, e uso um pouco nos pulsos quando vou para a cama, cheiro os pulsos e respiro Hotu... fecho os olhos e vejo...
— O que você vê?
— Não posso contar! — exclama Leilani.
— Ah... é assim, eh?

Dando risada, Leilani também admite que sempre que vê um homem com o corpo parecido com o de Hotu, seu coração faz *bip-bip*! Ontem ela estava caminhando para a livraria onde trabalha, quando viu um homem fazendo sinal para um táxi. Ele era alto, estava com um jornal enfiado embaixo do braço e, de costas, era um pouco parecido com Hotu. Leilani ficou paralisada, lá mesmo no meio da calçada, as pessoas passavam por ela e esbarravam em seus ombros. Ficou lá plantada como um coqueiro. E seu coração fazia *bip-bip*! Depois disso ficou muito tentada a ligar para Hotu, só para ouvir a voz dele, mas os dois tinham combinado de não telefonar um para o outro porque isso tornaria as coisas mais difíceis, só que... Ah, ela sente uma saudade louca dele.

– Mamie, tenho certeza de que você sabe do que eu estou falando, deve ter sido a mesma coisa para você quando papi estava na França prestando serviço militar.

– Menina, isso já faz muito tempo – diz Materena, mas ainda se lembra daquela época.

Ah oui, era obcecada por aquele garoto Pito Tehana, com quem costumava encontrar-se na rua, embaixo da árvore de fruta-pão, atrás do banco. Isso foi antes de ele partir para fazer o serviço militar na França. E naqueles dois anos inteiros, Materena se manteve fiel. Não olhava para nenhum dos outros rapazes. Não era nem a namorada oficial de Pito naquela época, apenas uma menina que ele conhecia e que era louca por ele.

Por dois anos, Pito ocupou a mente de Materena. Podia estar cortando cebola ou dobrando roupas e então o via, sem mais nem menos. Às vezes ele estava sorrindo, às vezes piscando o olho. Outras vezes a beijava na boca. E todos os dias, por dois anos inteiros, Materena pedia a Deus para enviar sinais de que Pito pensava nela também. Até rezava.

– Você reza? – Leilani pergunta, como se achasse engraçado a mãe rezar.

– *Oui*, eu rezava. Ajoelhava diante da Virgem Maria Mulher Compreensiva e rezava sempre do mesmo jeito. Por favor, faça Pito voltar para mim, por favor não deixe que ele se apaixone por uma menina lá na França, amém. Sabe, sua avó ficou muito preocupada. Um dia ela me disse: "Menina, você anda rezando muito.

Espero que não esteja pedindo para a Virgem Maria Mulher Compreensiva fazer nenhum milagre."
– Bem, suas preces foram atendidas – disse Leilani rindo.
– Seu pai não mandou nem um cartão-postal para mim.
– Ah, papi não é do tipo de enviar cartões-postais, só isso. Eu nem sei se ele sabe escrever – Leilani apressa-se em acrescentar. – Não como você, eu quis dizer. Para alguém que teve de deixar a escola aos catorze anos para trabalhar de faxineira, você escreve bem, mamie, e nunca comete erros de ortografia. E você é muito forte, todos gostam de você e tem muitos fãs...
– Eu não tenho fãs. – Materena ri.
– Tem sim, deixe de falsa modéstia, é claro que tem fãs. Se não tivesse, o seu programa já teria saído do ar.
– Ah. – Materena nunca pensou nas ouvintes como fãs.
– E o que mais anda fazendo? – pergunta Leilani.
– Bem, estou aprendendo a dirigir.
– Mamie! Você é uma campeã! *Eh-eh*, pobre papi, ele deve estar se sentindo intimidado por sua causa, mas ele se orgulha de você, ele me disse isso quando ligou para mim semana passada...
– Papi ligou para você? – Materena pergunta, surpresa.
– Bem, *oui*! Não sou só sua filha, você sabe.
Leilani continuou sua história. Na semana anterior, quando o pai telefonou pela primeira vez, ele disse que estava muito orgulhoso de Materena pelo seu programa de rádio e tinha escutado uma vez. *Enfin*, dez minutos. Uma mulher reclamava de um artigo nos jornais sobre um pescador que pescara um atum de 200 quilos. O pescador de sorte estava exultante, ia conseguir muito dinheiro pelo peixe. Mas então ele descobriu que seu peixe estava com ovas, e o valor do peixe diminuiu drasticamente. "O que os homens estão querendo dizer?", a mulher enfurecida berrou o mais alto que pôde, ferindo os tímpanos de Pito. "Que quando uma mulher engravida, o valor dela diminui?" Pito desligou o rádio e pensou com seus botões, isso não é verdade! As mulheres estão se considerando peixes agora?
– Está vendo? – Leilani dá risada. – Você não pode dizer que papi não está se esforçando para apoiá-la. – A opinião dela é um

grande passo para o pai fazer isso, imaginando que ele deveria estar se sentindo um pouco ameaçado naquele momento. – Mas você conhece o papi, ele é um bom homem, tem um coração enorme.
– Ah – Materena diz misteriosa –, isso quando ele quer.
Materena não está acreditando que Hotu não domina toda a conversa.
– É igual a Hotu comigo.
Ele voltou!
– Você assusta ele? – pergunta Materena.
– Mas *non*, ele é muito seguro, está vivendo seus sonhos, *non*, nós nunca ameaçamos um ao outro, mas olhe só para nós agora... eu estou aqui, ele está aí. Fazendo amor com alguma CABEÇA DE COCO!
– Ah, como é que você sabe disso? – Materena adoça a voz para tranquilizar a filha. – Ele deve estar molhando o travesseiro de tanto chorar por você.
– Mamie, ele é homem – diz Leilani, e suspira resignada: não se pode mudar o mundo, os homens são assim, eles precisam de ação, enquanto as mulheres podem suportar a distância com as lembranças e os perfumes que vão direto para a cabeça.
– Ah, você disse tudo, menina! – exclama Materena.
E ela sabe do que está falando. Quando estava sonhando dia e noite com seu namorado Pito no Taiti, aquele *con* transava com meninas francesas. Segundo Pito, as francesas gostavam muito dos recrutas taitianos que faziam o serviço militar, achavam que eles eram exóticos, com aquela pele lisa, cor de chocolate. Bastava piscar (ainda segundo o próprio Pito), e as meninas pulavam em cima dele.
– Mas nem todos os homens são iguais – acrescenta Leilani. – Hotu e eu tivemos algo muito especial.
– É verdade.
– A nossa história não foi só um caso de fogo no rabo... – A voz de Leilani falha. – Tivemos nossos altos e baixos... como você e papi.
E Materena suspira, um suspiro profundo, vindo da sola dos pés.
– Como todo mundo, *chérie*.

Migalhas

Quando Pito chegou do passeio de voadeira com Ati, no sábado, Materena não estava em casa, e quando foi para a cama depois de um jantar frugal (carne curada direto da lata), Materena ainda não tinha aparecido. Foi uma surpresa boa para Pito abrir os olhos na manhã de domingo e ver Materena ao seu lado. Teve muita vontade de tentar a sorte com ela, mas desistiu. Materena nunca quer fazer amor antes da missa. Se bem que, pensou Pito, eh, talvez ela se interesse se eu fizer isso...

O telefone tocou nesta hora e Materena pulou da cama para atender. Merda de telefone, pensou Pito, não temos um minuto de sossego, são só cinco e quinze! Mais tarde, na cozinha, ele escutou parte da conversa de Materena com Rita. "Eh, eh prima", dizia Materena, "você menstruou outra vez... Rita, não se preocupe, viu? O bebê virá quando estiver pronto, eh? Vocês só estão tentando há cinco meses, às vezes leva mais tempo... É verdade, pelo menos é muito divertido ficar insistindo! *Oui*, prima, vejo você na missa."

Na igreja, Materena ignorou Pito completamente, como sempre faz... quando a família dela está por perto, o marido não existe... e saiu com Rita logo depois da missa.

Quando Pito foi para a cama depois de mais um jantar frugal (carne curada direto da lata), Materena ainda não tinha voltado para casa e ele não ouviu quando ela chegou e deitou na cama no meio da noite. Ela deve ter entrado sorrateiramente.

Pito levantou na manhã seguinte e ela continuava deitada, dormindo de maneira profunda, de olhos bem fechados. Nem parecia Materena, a madame Énergie, aquilo de estar na cama depois das seis e meia da manhã. Mesmo no dia em que voltou do hospital com um filho recém-nascido, Materena já estava de pé às cinco, cuidando das tarefas domésticas: café, pão, omeletes, regando as plantas, muito ocupada.

Pito observa a mulher dele um tempo e acha que ela parece muito cansada. Abaixa-se para beijar a cabeça de Materena, e para. Pode acordá-la. Então, sem fazer barulho nenhum, Pito sai para o trabalho, um pouco preocupado e morrendo de fome. Não havia se alimentado bem aquela manhã. Não havia nada na geladeira.

Agora, hora do almoço, ele está devorando um sanduíche como se dependesse dele para não morrer. Todos os colegas fazem a mesma coisa – o trabalho deixa o homem faminto mesmo –, exceto Heifara, que está sentado, de boca fechada, olhando fixo para o sanduíche comprado na lanchonete ali perto. O fato é que ele andou estranho a manhã toda. Ele não costuma ficar calado daquele jeito.

– Heifara – diz Pito –, *tama'a*.

Heifara olha para ele um minuto antes de resolver se abrir.

– Estou numa situação difícil.

– *Ah oui?* – pergunta Pito, para demonstrar interesse.

– *Oui*, estou numa situação muito difícil – Heifara repete.

Ele olha para os colegas para ver se estão interessados em saber do que se trata, e eles parecem interessados sim. Por isso, Heifara conta a história da sua difícil situação com a esposa.

Ao voltar de suas férias de duas semanas surfando em Huahine, descansado e de muito bom humor, ele sentiu que havia alguma coisa errada. Não ouviu da mulher dele "Oh *chéri*! Bem-vindo ao lar! Senti muita saudade, faça amor comigo!". *Non*. Em vez disso, o que ela realmente disse foi: "Eu quero a separação."

Heifara admite para seus colegas, surpresos, que *oui*, é claro que ficou arrasado. "*Salope*", ele vocifera.

– Sem mais nem menos? – pergunta Pito, confuso.

A última vez que Heifara falou da mulher dele, ela ficava agarrada a ele o tempo todo, louca de desejo. Tudo bem, isso tinha sido seis meses antes, mas mesmo assim... eh? Agora ela quer a separação?

Heifara confirma balançando a cabeça com tristeza e ergue a mão esquerda, a que tem um dedo faltando, o dedo que ele perdeu anos antes, quando a aliança de casamento ficou presa na máquina, feito em pedaços.

Heifara sempre levanta a mão esquerda (desde que perdeu o dedo) a cada instante que fala sobre a mulher. A minha mulher, ele diz, piscando e levantando a mão, como se dissesse, a minha mulher vale eu ter nove dedos em vez de dez. Mas hoje a mão levantada parece dizer: "Eu perdi um dedo porque me casei com aquela vaca!"

Pito se lembra de quando Heifara foi admitido na empresa e o quanto ele irritava a todos. Quando um colega dava conselhos ao jovem recruta sobre segurança no trabalho, Heifara dizia: "É, eu sei." Logo o apelido de Heifara passou a ser "monsieur Eu Sei". Então ele perdeu o dedo, e os colegas disseram "Bem feito, ele nunca escutava o que dizíamos", mas ficaram de olho nele durante meses depois do infeliz acidente. Ninguém queria a perda de outro dedo.

Heifara, de cara triste, continua com a mão mutilada levantada.

Purée, pensa Pito, olhando para o seu colega por baixo dos cílios enquanto acaba de comer o sanduíche, é isso que um homem recebe quando tira umas férias curtas depois de meses trabalhando como louco naquele calor e naquela barulheira, e pelo menor salário da ilha?

– A sua mulher – pergunta Pito curioso –, ela estava aborrecida com você quando você foi passar duas semanas em Huahine?

Heifara informa para a plateia que *non*, a mulher dele não estava aborrecida de jeito nenhum, que estava até com um sorriso de orelha a orelha. "Divirta-se e aproveite!", ela disse docemente quando deixou Heifara no terminal doméstico do aeroporto. "Espero que você pegue milhões de ondas!"

Milhões?, pensa Pito. Quem diz isso é uma mulher furiosa.

– Ela disse... – A voz de Heifara falha.

Ele precisa encontrar as palavras certas para expressar sua decepção, e os colegas não vão apressá-lo. Apenas olham para ele com compaixão, porque ele é jovem. Se Heifara tivesse a idade deles, poderiam dizer "Ah, deixa disso *copain*, você vai nos comprometer". Mas naquele momento os colegas, inclusive Pito, estão pensando, pode demorar o tempo que quiser, garoto, se um dia voltássemos das férias e nossa mulher dissesse "Eu quero a separação", nós... Bem, *purée de bonsoir*, haveria furos nas paredes.

De qualquer modo, Heifara continua, a mulher disse a ele que estava infeliz naqueles dois últimos anos e tentou explicar-lhe isso, mas ele não prestava atenção. "Ela dizia *conneries*", reclama Heifara. Por exemplo, a mulher dele disse que havia tentado – milhões de vezes – explicar para ele que precisava de ajuda na casa. Mas quando Heifara ajudava nas tarefas domésticas no fim de semana, ela sempre ficava irritada. "Saia da minha frente!", resmungava. "Você só está tornando as coisas mais difíceis para mim, tenho mais o que fazer."

Heifara costumava ajudá-la com as compras também, mas nada que punha no carrinho prestava. "Eu nunca compro essa marca!", ela dizia irritada, devolvendo o item à prateleira. Ela disse que tentou – milhões de vezes – dizer para Heifara que ele precisava passar mais tempo em casa. Mas quando Heifara fazia um esforço e ficava em casa, sentado no sofá com ela para assistir à TV em vez de sair para beber com seus *copains*, ela dizia: "Pare de encostar em mim! Estou vendo o filme! Se você acha que é fácil cuidar de duas crianças pequenas o dia inteiro, é porque não tem nada na cabeça!"

De qualquer modo, a mulher disse tudo isso para Heifara no dia em que ele voltou de suas maravilhosas férias de surf. Ela também criticou o cabelo dele (despenteado), o hálito (podre), seus modos à mesa (piores), as roupas que usava (*zéro*), o ronco dele e aquele jeito de escutar o que ela dizia com apenas uma orelha... Ela o chamou de egoísta e então deu-lhe a notícia do século: "Eu quero a separação. Leia meus lábios. Acabou. Não quero mais ser uma pérola jogada aos porcos."

– O que eu vou fazer, eh? – pergunta o jovem Heifara aos colegas.

Mas os homens mais velhos não têm nada a dizer, nem mesmo Pito, o colega que está há mais tempo com a mesma mulher. Mas todos eles pensam a mesma coisa: "Será que é isso que minha mulher pensa de mim?"

– Por que você não convidou a sua mulher para ir com você nessa viagem de férias?

Essa pergunta brotou na cabeça de Pito. Ele não sabe por quê, especialmente por saber de antemão o que levou Heifara a viajar sozinho, e os colegas já olhavam de lado para Pito, querendo dizer: "O que é isso? Você ficou louco? Se a mulher vai junto, as férias deixam de ser férias!"

– Minha mulher comigo? – Heifara dá uma risada discreta. – Você ficou louco?

Ele explica que, para início de conversa, a mulher teria ordenado que ele deixasse suas pranchas de surf em casa e, em segundo lugar, teria mudado o destino da viagem de férias para um lugar como o Havaí, por causa das compras. E aí Heifara ia ter de passar suas férias tão suadas seguindo a mulher dele de uma loja para outra, carregando sacolas de compras cheias de *conneries* baratas.

– Ela adora *conneries* baratas – diz Heifara. – Está sempre comprando *conneries* baratas como cestos de plástico, há cestos de plástico pela casa toda, e cheios de *conneries* baratas como frutas de plástico. Quem guarda frutas de plástico em cestos de plástico? Maçãs de plástico? Bananas de plástico? Ela adora recipientes de plástico também, mas de quantos recipientes plásticos alguém pode precisar, eh? Acho que não são centenas. Ela tem obsessão por coisas de plástico.

Os colegas meneiam a cabeça, mas é hora de voltar ao trabalho. Eles não são pagos para ficar ouvindo histórias complicadas.

Meia hora depois, Heifara continua falando de sua mulher para Pito, o colega mais próximo dele, mas agora a voz triste ficou amarga.

– Então ela disse – Heifara fala entre os dentes, transpirando sobre uma tábua de madeira: – "Sorria! Não faça essa cara triste, quando olho para você tenho vontade de lhe dar um tapa!" E aí eu disse: "E que motivo eu tenho para ficar feliz? Você arruinou a minha vida, *salope*. Você tem a casa, você tem as crianças, e eu tenho *peau de balle et variété*! Porra nenhuma!" E então ela disse: "Você deveria ter escutado o que eu dizia quando teve a chance de fazer isso." Então eu disse: "Eu estava sempre lá ao seu lado, *salope*, paguei todas essas coisas de plástico." E ela disse: "As mulheres não se importam com coisas. As mulheres querem amor! Elas não querem ser migalhas!" Então eu disse: "As mulheres não ligam para coisas de plástico?" E ela disse: "Ah, pelo menos dessa vez você não ficou surdo!" Então eu peguei todas aquelas coisas idiotas de plástico, as porras das bananas de plástico, as porras das maçãs de plástico, e joguei tudo fora pela janela da cozinha, e aí ela começou a berrar como uma alucinada: "Pare! Minhas frutas não fizeram nada contra você! Pare!" E então eu disse: "Achei que você tinha dito que as mulheres não ligam para coisas de plástico...?" Ela cuspiu no meu rosto, eu a agarrei pelo cabelo e...

Pito, preocupado, levanta a cabeça.

– E – Heifara continua, com a respiração pesada –, e então ela disse: "Toque em mim e meu pai vai transformar você em carne moída." Soltei o cabelo dela e fui para a cama, e no dia seguinte essa *salope* disse...

– Heifara – Pito, aliviado, interrompe. – Preste atenção no seu trabalho.

– Estou prestando – Heifara tranquiliza o colega e continua falando, olhando para a tábua que está serrando. – Então ela disse que o advogado informou a ela sobre o direito que tinha sobre 60% do meu salário. E aí eu disse: "Diga para o seu advogado que vá se foder." Então ela disse: "Se você não me der 60% do seu salário, vou denunciá-lo ao tribunal." Eu disse: "Sua *salope*", e ela disse: "É melhor cuidar da sua língua, senão pode esquecer de ver as crianças nos fins de semana." E eu disse... – Heifara interrompeu a frase.

Pito olhou para ele.

– E eu não disse nada. Se não vir meus filhos, eu morro. – Os lábios de Heifara tremem.

O jovem pai está prestes a fazer um drama, por isso Pito dá um rápido e afetuoso tapinha em suas costas e volta ao trabalho. Enquanto isso, as lágrimas brotam dos olhos de Heifara.

– E então eu disse: "Por favor, me dê mais uma chance", e ela disse: "Onde você estava quando precisei de você? Tentei salvar o nosso casamento, mas você não se importava, e agora é a minha vez de não me importar." Então ela começou a falar sobre as coisas que eu tinha dito para ela anos atrás, quando éramos só namorados... Mas eu nunca disse que ia levá-la para Paris um dia. Nunca disse que ia escrever o nome dela na minha prancha de surf. Ela é maluca. Eu disse: "Você está completamente maluca." E ela começou a berrar como uma condenada: "Não diga que eu sou louca!" Eu disse: "Cale a boca, *salope*." E...

– Sabe, ela tem razão – diz Pito.

– Quem? – pergunta Heifara.

– A sua mulher, como é mesmo o nome dela?

– Juanita?

– *Oui*, ela, sua mulher.

– O que tem a minha mulher?

– Ela está certa.

– Sobre o quê?

– Você às vezes presta atenção no que fala? – Pito olha para o colega e pensa que aquele garoto precisa de umas aulas. – Regra número um, nunca chame uma mulher de *salope* quando estiver falando com ela.

– E se ela for mesmo uma *salope*? – pergunta Heifara.

– Regra número dois, aprenda a calar a boca e a ouvir.

– Você faz isso? – pergunta Heifara, muito sério. – Com a sua mulher?

Pito tem de pensar antes de responder.

– Depende da situação.

– Você tira férias sem a sua mulher?

– A minha mulher não gosta de nada que eu gosto.

Com isso, Pito está se referindo a pesca, futebol, ler revistinhas na cama e beber no bar.

Mais tarde, já na picape a caminho de casa, Pito pensa naquelas férias que tirou anos atrás... Devia ter sido há doze anos, porque Moana quebrou o braço no dia anterior... De qualquer maneira, quando ele chegou em casa, Materena deu gelo nele por três dias e ele não perguntou por quê. Ele simplesmente aguentou. E houve aquela outra vez...

Ao mesmo tempo Pito, aos sete anos, está dizendo para a mãe dele que precisa ir para a escola de roupa vermelha no dia seguinte.

– Você está me dizendo isso agora? – a mãe cansada pergunta com os dentes semicerrados.

– Eu falei da roupa vermelha no domingo, mas você estava ao telefone com o seu namorado! – A criança não se importa se tem gente escutando.

Quando Pito desce da picape, ele já resolveu o que vai fazer. Sim, vai passar suas próximas férias, dali a poucos meses, com a mulher. Vão ao cinema para assistir a um filme de kung fu, vão pescar e beber no bar, ler as revistinha de Akim na cama e fazer sexo. O que quer que façam, vão se divertir muito, juntos.

Pronto, está decidido, e como Pito resolveu isso a sério mesmo, vai revelar seus planos maravilhosos para Materena assim que chegar em casa. Vai assumir um compromisso. Um compromisso sincero – na opinião de Pito – não se faz por qualquer coisa, e certamente não serve para se ganhar alguma coisa no fim. Quando assumimos um compromisso, as palavras se tornam sagradas, deixam de ser apenas palavras.

Por exemplo, quando Pito diz para Materena que vai levar o lixo para fora, ele não está se comprometendo de verdade, são apenas palavras para ela deixar de pegar no seu pé, ou para levá-la para a cama. Quando diz a Materena que vai subir na árvore de fruta-pão para pegar uma fruta-pão para ela, também não é um compromisso, são apenas palavras para ela deixar de pegar no seu pé, ou para levá-la para a cama.

Pito seria o primeiro a admitir que muitas vezes disse a Materena, *oui*, vou fazer isso, mas acabou não cumprindo sua promessa porque, bem, porque se satisfez antes, ou então esqueceu.

Mas quando Pito diz alguma coisa com toda a convicção, pode contar com ele, 100%. Quando Pito diz que vai pôr comida na mesa, ele cumpre. Quando Pito diz que continuará no emprego até se aposentar, como homenagem ao seu querido tio que arrumou aquele emprego para ele, ele cumpre. Quando Pito diz que vai cortar a grama do jardim da mãe até o dia em que ela morrer, ele cumpre. E quando Pito diz que vai passar as próximas férias com sua mulher, é isso que acontece.

Pito encontra Materena no quarto da filha deles, olhando fixo para o mapa-múndi pregado na parede.

– Ah, você está melhor. – A voz de Pito é mel puro e o sorriso dele é enorme, carinhoso. – E para qual país está olhando, madame?

Materena, com os lábios apertados e olhar ameaçador, de mau-humor, sacode os ombros e sai do quarto, jogando o cabelo na cara do marido quando passa por ele.

– Estava pensando em passar minhas próximas férias com você, *chérie*! – Pito diz, seguindo a mulher para fora do quarto.

– *Non, merci!*

E ela bate a porta.

Pito fica parado diante da porta fechada, atônito. Essas mulheres! Não importa o que ele faça, é sempre errado. Zangado, Pito abre a porta e vai para a cozinha. Materena está sentada à mesa da cozinha, mastigando um pedaço de pão.

– Se é que entendi direito – Pito diz com frieza na voz –, você não quer que eu passe minhas férias com você.

Materena engole o pedaço de pão e dá de ombros.

– Sabe, Pito, eu costumava desejar que você passasse suas férias conosco, eu e as crianças... Aliás, eu desejava uma porção de coisas. – Ela joga as migalhas de pão na palma da mão. – Agora não desejo mais nada.

Gelo

Isso nunca aconteceu antes na vida deles, um gelo de cinco dias. Três dias era o máximo que Materena tinha conseguido, depois cansava e fazia algum comentário sobre o tempo, dando a Pito a chance de se redimir do que tivesse feito ou deixado de fazer. Naquelas outras vezes, Pito nunca ficava triste quando a mulher dava esses gelos nele porque podia fazer o que quisesse e ela não dizia nada. Podia deitar no sofá como estátua durante horas, e Materena agia como se ele não existisse. Mesmo assim, no terceiro dia Pito sempre ficava contente quando o gelo acabava. Não é muito divertido a sua mulher não falar com você.

Mas cinco dias! Cinco dias... e por quê? Pito está muito confuso. E ultimamente Materena anda suspirando demais, não aqueles suspiros aborrecidos que ela dá com os olhos rolando nas órbitas quando ela está... bem, aborrecida. *Non*. Os suspiros dela agora são profundos e compridos, como os que a mãe de Pito costumava dar... muitos, entre os berros... quando Pito era criança. A mãe dele dava suspiros profundos e compridos, um depois do outro, e berrava: "Quando o coração suspira... quer dizer que não tem o que deseja!"

Pito tinha até perguntado para Materena aquela manhã por que ela estava tão aborrecida com ele, e ela o olhou demoradamente, um olhar que dizia: "Se eu tenho de explicar tudo para você..."

Atônito, Pito foi trabalhar sem se sentir muito bem e, enquanto esperava a picape, ele viu Loma do outro lado da estrada acenando muito simpática para ele. Pito achou aquilo muito estranho, Loma

acenando para ele daquele jeito, por isso não acenou de volta. Então ela gritou de lá.
– Você continua no horizonte? Pensei que Materena tivesse substituído você por um chinês rico!
Então ela riu às gargalhadas, como se aquilo fosse uma piada. Por sorte, Pito estava acostumado a ver Loma boca grande anunciando coisas estúpidas, senão ele teria ideias terríveis e começaria a importunar Loma para conseguir informações sobre o tal chinês. Mesmo assim, o rosto de Pito devia estar com uma expressão meio desesperada, porque mais tarde, na picape, duas mulheres olharam para ele cheias de pena.
Assim que Pito chegou, ele adotou a cara normal de trabalho, aquele tipo que não revela absolutamente nada. Jamais levava seus problemas para o trabalho, diferente de algumas pessoas que conhecia. No que dizia respeito a Pito, tudo que acontecia em casa (de bom ou de ruim, especialmente de ruim) não era da conta de ninguém mais.
Posicionado em segurança atrás da serra, Pito lançou-se ao trabalho, ignorando o sofrimento de Heifara. Cada um com seus sofrimentos, *s'il vous plait*.
Agora Pito está na recepção para usar o telefone no meio do dia.
– E não demore, está bem? – diz a recepcionista Josephine.
O telefone da recepção é usado apenas para recados breves, não para longas histórias familiares. Pito tranquiliza Josephine. De qualquer maneira, ele nunca fala mais do que trinta segundos ao telefone. Não é homem de telefone.
– Para quem você está ligando? – pergunta Josephine por curiosidade, já que Pito nunca usou o telefone da recepção antes.
– Minha mulher.
Isso é tudo o que Pito vai dizer. Josephine não precisa saber que ele está ligando para a mulher para saber se ela quer que ele compre alguma coisa no mercado. Como taro... ou um grande e suculento melão.
– Ah. – Josephine volta para sua datilografia. – Está tudo bem?
– *Oui*, é claro que sim – Pito diz com firmeza.

– Ah... que bom – Josephine comenta, e diz ainda que está aliviada de saber que Materena continua a pessoa maravilhosa que sempre foi. Ela não deixou a fama subir à cabeça (e continuou com o marido que não ganha muito e não é muito inteligente, só que isso Josephine não diz para ele).

Mas ela diz para Pito que Materena deve ter um monte de admiradores agora, eh?

– Eh? – pergunta Josephine de novo.

– Ela sempre teve admiradores. – Pito dá uma risadinha forçada. – Não é só agora.

– E ela ainda cozinha para você?

– *Oui.*

– Que bom. – Josephine sorri. – Você tem muita sorte. Outra mulher teria dito para você cozinhar a sua comida agora que ela é uma estrela e pode ter qualquer homem para cozinhar qualquer prato que ela prefira e beijar seus pés ao mesmo tempo. – Josephine para e pensa um pouco. – Espero que você saiba dar valor à Materena.

– Eu dou – Pito afirmou, e foi telefonar para a casa dele.

– Diga que eu desejo *bonjour* para Materena – acrescenta Josephine.

Pito meneia a cabeça assentindo e espera Materena atender o telefone, o que ela faz depois do terceiro toque.

– *Iaorana!* – canta Materena num tom bem-humorado, e Pito sente um alívio enorme.

– Materena – Pito sussurra docemente ao telefone, de costas para a recepcionista que é toda ouvidos. – Estou ligando para saber se você... – Pito para de falar; tem alguma coisa estranha ali. Materena continua falando.

– Não estou em casa no momento, talvez esteja lá fora regando as plantas, ou então na loja chinesa, mas não vou demorar muito. Deixe o seu recado depois do sinal. E não se esqueça de dizer o número do seu telefone!

Bip. Pito desliga.

– O que houve? – pergunta a recepcionista.

— Era a secretária.
— Por que não deixou recado?
Josephine arregala os olhos e balança a cabeça em sinal de desaprovação. Diz para Pito que ela também tem uma secretária eletrônica, e detesta quando as pessoas desligam em vez de deixar um recado, como se deixar recado fosse como pedir a lua. Josephine continua falando sem parar sobre quantos parentes dela tentaram convencê-la de que não valia a pena ter uma secretária eletrônica, mas qualquer taitiano inteligente sabe que, em relação aos telefones, você precisa ser seletivo, senão não se faz nada. Não devia ser assim, Josephine explica para Pito, que está parado como uma estátua perto da porta. Ah *oui alors*, as pessoas que têm telefone não deviam ter de atender rezando para ser alguém com quem elas queiram conversar, e não uma prima que alugue seus ouvidos durante horas, eh?
— ... Eh? — Josephine insiste.
— *Oui* — ele concorda, e foge porta afora.

❀

Depois do trabalho, Pito resolve ir visitar seu irmão Frank, e lá está o Range Rover estacionado na frente da casa, portanto ele está em casa. Ótimo. A cunhada Vaiana está na varanda bebendo um martíni com suas *copines*. Ela usa um chapéu de pandanus gigantesco e mexe com a mão para lá e para cá para exibir seus anéis, enquanto a outra mão está delicadamente pousada no peito como se dissesse: "Eu não podia acreditar... eles estavam realmente falando sobre *moi*!"

Pito sabe onde encontrar seu irmão, mas quando se vai visitar Frank Tehana, primeiro é preciso avisar à madame, senão ela reclama e fica resmungando dias e dias sobre a falta de respeito da família dele.

— Ele está na plantação de tomates — Vaiana avisa friamente ao cunhado.

Ela sempre adorou Pito e o chamava por apelidos carinhosos, "meu repolhinho, meu tesourinho", até que uma noite, depois de alguns drinques, ela pulou em cima de Pito para roubar dele um pedaço de carne e ele a empurrou. Vaiana nunca mais o perdoou.

Pito se esgueira entre as bananeiras e encontra o irmão confortavelmente instalado numa esteira, fumando *paka*, com um pacote tamanho família de batata frita e uma garrafa grande de Coca-Cola ao lado.

– Pito!

Um abraço, tapinhas carinhosos nas costas e um cigarro *paka*. Frank sabe como receber a família. Sabe receber qualquer pessoa, aliás.

– A sua mulher ainda pensa que você está plantando tomates?
– pergunta Pito, acendendo o cigarro.
– Não falo da minha plantação com Vaiana.
– Ah. E no mais, tudo bem?
– Tudo bem, irmãozinho, e você? Tudo bem?
– Tudo bem – diz Pito.

Fim da conversa. Os irmãos só fumam. Nunca foram faladores, aqueles dois. Quando crianças, Frank, o mais velho da tribo, e Pito, o mais novo, conversavam um com o outro só com as mãos, as sobrancelhas, os olhos e com grunhidos, e sempre se entenderam muito bem.

– Venha comer.
– Pega um copo de água, *ha'aviti*, rápido, que estou com sede.
– Pssssiu, nem uma palavra sobre as minhas plantações para mamie, senão vou ter de te dar um olho roxo.

Apesar do *parau-parau* limitado, Pito sempre se sentiu muito íntimo de Frank. Pito sentia a mesma coisa em relação aos outros irmãos, Tama e Viri. Mas então chegavam as cunhadas, e tudo mudava. Se Pito queria conversar com Tama, podia, mas só no portão da casa da mulher de Tama. Ela não gosta de visitas. Se Pito queria conversar com Viri, podia, mas só pelo telefone da mulher do Viri – ela não gosta de visitas. Pelo menos com Frank, a única coisa que Pito tinha de fazer era bater continência para a madame.

– Você foi visitar o papi? – pergunta Pito.

Um movimento de cabeça que significou *oui*, um sorriso nostálgico que significou ainda sinto saudade do papi.

Pito suspira: eu também.

O pobre pai deles não podia sentar um minuto sem que a mulher dele começasse a berrar para ir a algum lugar e fazer alguma coisa. Pito tinha a impressão de que a missão da mãe dele na vida era ver o suor na testa do Frank pai vinte e quatro horas por dia, não bastasse ele ter três empregos para poder comprar as coisas lindas que ela achava que merecia.

Uma manhã, uma semana depois da circuncisão de Pito, quando um menino supostamente se torna homem, Pito disse para o pai (que ficou imediatamente de pé quando mama Roti berrou "*Frank!*") que ele podia descansar, se quisesse.

O pai respondeu.

– Filho, tudo que um homem quer na vida é paz.

Três meses depois, ele morreu.

Depois do enterro, mama Roti pôs o colchão deles ao lado do caixão e deitou lá, olhando fixo para o marido morto e se debulhando em lágrimas. Ela chorou sem parar duas semanas inteiras. Sentava à mesa da cozinha com seu vinho tinto e acariciava a aliança nova e brilhante, cantando elogios ao seu Frank *chéri*, que tinha se casado com ela no leito do hospital.

– Meu amor, volte para mim – lamentava mama Roti. – Sou o céu sem estrelas, a árvore sem raízes, a flor sem pétalas.

Pito ficou com dor de ouvido. Para ele, tudo aquilo não passava de hipocrisia. Sua mãe estava apenas repetindo os versos de uma canção.

Pito enfia a mão no pacote de batata frita que o irmão estende para ele, pensando na vida miserável que o pai teve. Por outro lado, talvez ele fosse um daqueles homens que não conseguisse funcionar sem uma mulher do lado, para dar ordens e instruções.

– Hum? – diz Frank, passando a garrafa de Coca-Cola.

Pito bebe um gole, aliviado de não ter acabado como o pai. Diferente de seus três irmãos que não podem nem peidar sem permissão das mulheres. Ah, é verdade, ele balança a cabeça, ele tem seu orgulho. Batalhou muito para estar onde está hoje, o homem da casa.

Mas será que conquistou isso mesmo? Ou será que simplesmente desempenha esse papel porque Materena deixa? Porque... bem, porque ela não é do tipo que grita e fica dando ordens para todo mundo, como a mãe dele.

Agora que o *pakalolo* está começando a fazer efeito, Pito entende com bastante clareza que Materena é tudo que a mãe dele não é. Para começo de conversa, cozinha muito bem, é organizada e asseada. Sorri muito, é paciente... e não julga as pessoas. Ela é, sem exagero nenhum, a pessoa mais adorável que Pito já conheceu em toda a sua vida.

❦

Mais tarde, ao entrar em casa, meio embriagado, mas muito relaxado, Pito se descobre desejando que sua mulher gritasse com ele só aquela vez. Ele quer saber o que fez de errado.

Amor por um homem

Materena encontra prima Tapeta a caminho da loja chinesa. Tapeta, carregando suas bisnagas, já está de saída.
– Prima! *E aha te huru?*
Elas se dão dois grandes beijos no rosto e um grande e carinhoso abraço.
– E como vai a nossa Rose no país dos cangurus?
Hoje é a vez de Materena iniciar o interrogatório sobre as filhas ausentes.
– Canguru, canguru – ri Tapeta. – Vou contar uma coisa, prima, os únicos cangurus que Rose vê estão nos cartões-postais e nas toalhas de mesa. Fora isso, a minha Rose continua passeando por Sydney com a bebê Taina-Duke no carrinho, com esperança de esbarrar em alguém da ilha.
– *Ah oui?* E aí?
– Até agora, porque nossa Rose está marcando, ela já encontrou vinte e cinco maoris e doze samoanos.
– É mesmo? Nenhum taitiano?
– *Non*, parece que todos os taitianos vivem no Taiti ou na França, pobrezinha, eh? Mas a história que eu queria contar a você hoje, prima, é que no último sábado Rose foi de carro para o mercado fijiano para comprar fruta-pão.
Materena dá risada. Rose costumava reclamar da dieta de fruta-pão, e Materena dizia à sobrinha: "Um dia, Rose, você vai adorar a fruta-pão, como sua mama e eu adoramos."
Bem, depois de passar anos reclamando da dieta de fruta-pão (apesar de Tapeta sempre ter se esmerado muito para variar o cardápio, fazendo fruta-pão frita, fruta-pão grelhada, fruta-pão cozi-

da etc.) Rose subitamente sentiu necessidade de se conectar com a fruta da sua infância. Seu estômago desejava a fruta-pão. Sua boca podia até sentir o gosto da carne quente e macia da fruta-pão cozida quando derrete na língua e você quer comer mais, mesmo quando está saciado.

Mas quando ela finalmente chegou ao mercado fijiano depois de três acidentes que ficaram por um fio (porque, explica Tapeta, lá na Austrália eles dirigem do lado errado da pista), Rose ficou muito decepcionada de ver uma coisa amarela e aguada que não se parecia em nada com a fruta-pão. Segundo sua experiência de taitiana, fruta-pão é verde e firme, e redonda como uma pequena bola de futebol, ou uma manga grande. Não é amarela nem tem aquela forma esquisita.

Perguntou para o vendedor:
– Tem certeza de que isso é fruta-pão? Esse formato é muito estranho.

E logo o homenzinho fijiano já estava berrando com ela.
– Claro que é fruta-pão! Pensa que eu não sei como é a fruta-pão?

Rose acabou comprando aquela coisa amarela e aguada, assou no forno, provou e cuspiu. Não sabia ao certo se o gosto estranho tinha algo a ver com o fato de ter assado a fruta-pão num forno elétrico, em vez de um forno a gás, ou se aquela fruta-pão estava simplesmente podre.

– O que você acha, prima? – pergunta Tapeta.
– Tenho certeza de que a fruta-pão estava boa, mas Rose não gostou porque não era a mesma fruta-pão que ela comeu a vida inteira.

Tapeta balança a cabeça concordando.
– A nossa fruta-pão é especial, eh?
– *Ah oui*, acho que é.
– Sabe, estou economizando para pagar a passagem da minha filha e da minha neta – continua Tapeta. – Todo dia de pagamento eu guardo algumas moedas numa meia e escondo a meia numa sacola de papel, e depois escondo essa sacola de papel em... – Tapeta para de falar. – Isso é segredo, está bem, prima?

– Claro!

– Escondo o saco de papel embaixo do colchão porque se o imprestável do meu marido vir o dinheiro, é claro que vai gastar com bebida.

– Por que você simplesmente não põe o dinheiro numa conta, num banco? – Materena sugere.

Tapeta admite que até aquele dia só economizou cerca de duzentos francos, e não é muito, levando em conta que a passagem de avião custa mais ou menos trezentos mil francos. Mas é um começo.

– Não quero que a minha filha e a minha neta fiquem presas na Austrália por problema de dinheiro – ela diz. – Se a Rose quiser voltar para casa, ela pode. O dinheiro é problema meu. Rose diz para mim: "Mamie, eu amo o meu marido." Mas prima – diz Tapeta, parecendo muito preocupada –, o amor não dura.

– Hum.

– Amor por um homem, quero dizer – explica Tapeta.

– Eu entendi.

– Ligo para minha filha todos os dias e todas as noites.

Na minha cabeça, Tapeta esclarece, não pelo telefone. Na cabeça e no coração.

– Talvez seja melhor você parar de ligar, prima. – Esse é o conselho do dia de Materena. – A vida dela é na Austrália agora. Dê à Rose uma chance de se adaptar.

Tapeta suspira e o suspiro significa *oui*, eu sei.

– Mas estou muito preocupada, prima. Minha menina está lá sozinha. Não tem emprego, não tem dinheiro, ninguém para ajudá-la com a neném, ninguém para defendê-la. Está à mercê do marido. Ele pode fazer o que bem entender com ela, e ela não pode dizer nada.

– Prima – diz Materena, pondo a mão no ombro de Tapeta para tranquilizá-la –, você conhece a sua Rose. Ela não é do tipo de deixar alguém pisar nela. Quando não concorda com alguma coisa, ela põe a boca no trombone.

– *Eh hia tamari'i...* – Tapeta dá uma risada forçada. – E como está a sua Leilani na França? – É a vez de Tapeta demonstrar interesse.

— *Aue*, a mesma coisa, prima. Ela está se sentindo sozinha.
— Ela não tem amigos?
— *Oui*, tem, mas o que ela realmente quer é a família.

Materena prossegue dizendo que Leilani cresceu reclamando que tinha tias demais, espiões demais, ouvidos demais, perguntas demais na vida dela, mas agora Leilani gostaria de ter alguns parentes morando por perto. Oh, Leilani não gostaria que eles a visitassem todos os dias, mas seria bom saber que tinha alguns primos ou tias não muito longe. Queria estar mais amiúde com Tamatoa também, mas ele vive ocupado demais com os seus compromissos de militar. Materena não diz nada sobre as idas de Tamatoa às boates, como Leilani costuma contar para ela. Tapeta pode pensar que o passatempo do sobrinho é outra coisa.

— *Eh-eh*. — As lágrimas afloram nos olhos de Tapeta. — E Hotu?
— Eles fizeram um pacto.

Toda a família sabe do pacto de não telefonar, não escrever e não visitar que existe entre Leilani e Hotu.

— Ah. — Tapeta meneia a cabeça. — É melhor assim. Leilani tem os estudos dela, poderá ter quantos homens quiser assim que se formar. Hotu não é o último homem da Terra... mas andei pensando, prima. — Tapeta dá uma espiada para trás. — Não vá rir de mim, só vou perguntar para você porque você sabe muitas coisas... Quando alguém morre em outro país, como é que a alma encontra o caminho de volta para a terra natal? Quando penso na alma da minha filha vagando e vagando por toda a eternidade, sem jamais voltar para o Taiti, fico muito triste.

— As almas nunca se perdem, Tapeta — diz Materena com firmeza.

Para acalmar a prima, Materena lhe conta a história de uma taitiana que foi enterrada no Canadá, no país do marido dela, onde viveu cinquenta anos.

Três dias depois do enterro, a irmã dela a viu no Taiti, parada no jardim próximo da árvore kava onde as duas costumavam brincar quando eram crianças. A mulher morta usava um vestido amarelo, o cabelo estava lindo e o rosto maquiado, de batom, e parecia muito mais jovem do que seus setenta anos. E estava sorrindo aquele sorriso que damos quando sabemos que estamos num bom lugar.

A irmã gritou:

— Teuira voltou para casa! Teuira voltou para casa!

A família inteira se reuniu para comemorar a volta da alma de Teuira em segurança para a terra natal. Pegaram seus *ukuleles*, cantaram, beberam e comeram. Não economizaram em nada. Era como se a mulher tivesse voltado viva para casa.

Quando Materena termina de contar a história, lágrimas escorrem dos seus olhos. Tapeta esconde o rosto atrás das bisnagas de pão e também chora.

Enquanto isso, as pessoas entram e saem da loja chinesa e lançam os habituais olhares curiosos para as duas. Além de rir e fofocar, as mulheres choram do lado de fora da loja chinesa há séculos.

❀

Materena vai caminhando de volta para casa com seu óleo de cozinha, ainda emocionada com a conversa que teve com Tapeta. Ela se imagina tentando explicar para Pito o que ele fez com ela, mas quando o assunto é mágoa (aquela que fere profundamente), Materena acha difícil se expressar. O mais provável é que simplesmente caia em pranto e Pito dê uma risada e diga: "É por isso que você não está mais falando comigo? Pensei que fosse alguma coisa séria." Então Materena daria um tapa na cara de Pito e...

E lá está ele bêbado, deitado no sofá como um zumbi.

Non. É definitivamente do interesse desse homem que Materena não converse hoje com ele. Materena guarda o óleo de cozinha e se lembra de uma conversa que teve com a mãe dias atrás, de como na sua próxima vida ela poderá voltar como lésbica.

E a mãe dela disse:

— Por que esperar?

Ah *oui alors*, por que esperar!

Evocando os fiéis

A primeira vez que Materena pediu a Pito que a acompanhasse a uma boate – a Zizou Bar, onde os *militaires* franceses e as mulheres taitianas se encontravam, e um lugar especial para Materena porque foi onde seus pais se conheceram –, Pito disse:
– Não ponho meus pés naquele maldito bar.

Então Materena teve sua primeira experiência em uma boate com seu primo Mori e divertiu-se muito, pelo menos foi o que disse ao marido quando voltou para casa por volta das dez horas.

Bem, esta noite Materena vai sair para dançar outra vez. A iminente segunda experiência numa boate será na Kikiriri, um clube noturno aberto a todas as nacionalidades (especialmente aos homens chineses com carteiras recheadas, Pito sabe disso). Materena não pediu ao marido que fosse com ela porque, conforme lhe avisou mais cedo, ia com uma *copine*.

– Com quem? – Pito pergunta com a voz doce, pronto para uma resposta mal-humorada de Materena.

Ela tem feito muito isso ultimamente. Ele continua esperando que aquele ditado "Depois da tempestade sempre vem a bonança" se realize.

Materena, porém, não diz uma palavra enquanto põe um vestido que Pito nunca viu antes. Deve ser novo.

– Você comprou um vestido novo?
– Tenho esse vestido há cinco anos!
– Ah.

Pito não pode acreditar que nunca notou aquele vestido verde antes, mas é muito difícil para o homem manter-se atualizado

quanto aos vestidos da mulher. Elas têm tantos! Vestidos com alças grossas, alças finas, bolinhas vermelhas, bolinhas pretas, flores, quadrados, desenhos... É preciso ter uma memória poderosa para se lembrar de tudo isso.
– Quem é a sua amiga? – Pito pergunta novamente.
– Tareva – responde Materena distraída, passando água de colônia nos pulsos. – Ela é da estação de rádio.
– Ela é bonita?
– Ela gosta de dançar.
– *Oui*, mas é bonita?
– Que importância tem se Tareva é bonita? – retruca Materena irritada, calçando os sapatos, seus preferidos porque são muito confortáveis.
– Vai com esse sapato? – Pito pergunta, só para dizer qualquer coisa.
– *Oui*, e daí? É confortável.
– Está meio velho.
– As pessoas não vão conversar com os meus pés.

Com essa afirmação de cansaço e declarando que deve voltar mais ou menos às dez horas, Materena sai.

Pito pega uma cerveja e anda pela casa como alguém que não tem nada para fazer. Para diante da fotografia do casamento no porta-retrato que fica orgulhosamente exposta na parede da sala de estar. Lá estão ele, sua mulher, os filhos quando eram menores.

Pito vai até a geladeira, abre uma nova garrafa de cerveja e continua a vagar pela casa. Examina seu reflexo no espelho (de frente, de um lado e do outro), "Nada mau, meu amigo". Faz dez flexões com os punhos cerrados. "Nada mau, meu amigo", ele sorri, esfregando as articulações doídas dos dedos. Ele se admira no espelho mais uma vez. "Hummm... Nada mau mesmo." Anda pela casa pensando nisso, naquilo, na mulher dele dançando com seu vestido novo.

Eh, Pito vai ligar para Ati e ver o que ele vai fazer, os dois talvez possam sair para dar um passeio.

Ati atende o telefone no terceiro toque.

– *A-llo.*

Ele imposta sua voz de telefone, um misto de mistério e sensualidade, para o caso de ser uma mulher telefonando para ele.

– Sou eu – diz Pito.

Purée... será que é mesmo um hino tocando ao fundo?

– Eh Pito, *e aha te huru?*

– Que barulho é esse? Está vindo do seu apartamento?

– *Oui* – diz Ati, resignado. – Mama organizou uma noite de oração na minha casa – então, falando com os dentes semicerrados, ele acrescenta: – É para me ajudar a encontrar uma boa esposa. Todas as minhas tias estão aqui, elas estão me enlouquecendo com essa música de igreja.

– O que é uma boa esposa hoje em dia? – pergunta Pito, dando uma risada forçada.

Mas logo a mama de Ati está berrando.

– Ati! Nós não vamos ficar nessa cantoria aqui sozinhas! Não somos nós que precisamos de uma esposa!

– Tudo bem então, *copain* – diz Pito. – Vou deixar você voltar para a cantoria.

Depois de algumas palavras de ânimo, Pito fica olhando para o telefone um longo tempo, então recomeça a vagar pela casa, examinando isso e aquilo, o banheiro impecável, a geladeira imaculadamente branca e os vasos de plantas escondendo os buracos nas paredes... Pito roda para cá, roda para lá, vai falar com o presidente... E, enquanto está no banheiro, pode muito bem tomar sua chuveirada. Amarra uma toalha na cintura e vagueia mais um pouco pela casa.

Passado um tempo, ele começa a imaginar a mulher dele dançando com um chinês rico (velho, é claro, e decrépito), e comparando-o com o idiota do marido dela que a deixou sair sozinha, pensando que ela está com uma amiga do trabalho. Ela ri também, joga a cabeça para trás para mostrar o pescoço e o colo para o chinês rico, e você sabe o que significa uma mulher mostrar o pescoço e o colo para um homem, eh? Significa que ela quer ser simpática com ele, é claro!

– E o que você faz? – Materena devia estar perguntando para seu parceiro de dança naquele exato momento, enquanto os dois rodopiavam pela pista de dança, para cá, para lá.

– Oh – responde casualmente o chinês. – Eu sou dono de dez fazendas de pérolas e duas lojas de discos.

Materena lhe daria seu sorriso mais charmoso, e o homem diria:
– Essa covinha que você tem do lado esquerdo é linda...

Pito vai para o quarto arrastando os pés, senta na cama e olha para as roupas separadas para a missa do dia seguinte, que Materena passou e deixou bem arrumadas em cima da tábua de passar. "A minha mulher é muito organizada", pensa Pito com orgulho. Surpreende-se por sentir orgulho disso. Roupas passadas em cima da tábua de passar nunca lhe provocaram aquela sensação antes, mas lá está ele, orgulhoso e impressionado. Viveu dezoito anos com uma mãe caótica e desorganizada. Deve ser por isso.

Às dez horas em ponto, Pito apaga todas as luzes da casa, exceto a da cozinha. Acende um durma-bem no quarto para afastar os mosquitos, pula na cama e fecha os olhos.

Abre os olhos, fecha de novo, vira para a esquerda, vira para a direita, senta na cama, fica imóvel como uma estátua alguns minutos, levanta da cama.

Acende a luz do quarto, pega uma revistinha da sua caixa de revistinhas, pula de novo na cama, afofa o travesseiro nas costas, recosta numa posição bem confortável e começa a olhar os quadrinhos. De vez em quando Pito tem visões da mulher dele na cama com um chinês. Aliás, *non*, é um taitiano, um taitiano jovem e esbelto.

Pito larga a revistinha e fica olhando para a parede. Se alguém conseguisse ver sua aura agora, notaria que brilha, cheia de pontos de interrogação.

Com quem está a minha mulher?

Por que a minha mulher olha para mim como se quisesse me bater?

Por que, quem, como... Para acabar com as perguntas, Pito se força a pensar nas histórias da família. Histórias de família são boas para passar o tempo. Tem a história da sua tia-avó Catherine que deixou o Taiti quando jovem para seguir o marido norte-americano de volta para o país dele, e voltou para casa já velha e viúva. Ela passava os dias varrendo as folhas, chorando por sua ilha que havia mudado tanto, e pedindo beijos e abraços de seus sobrinhos e sobrinhas-netas. Mas tudo que as crianças ofereciam para a estrangeira eram suas testas respeitosas. Ela morreu pouco tempo depois da volta e foi enterrada, segundo seu desejo, ao lado do irmão gêmeo que morrera ao nascer.

E tem também a história de outra tia-avó, essa ficou sem saber, por dois meses, que seu único filho, que tinha se juntado ao Exército francês durante a Segunda Guerra Mundial, tinha morrido combatendo os italianos em Bir Akeim. Por dois meses, a tia-avó ficou imaginando que o filho estivesse bem vivo, herói no deserto egípcio, quando, na verdade, fora atingido no primeiro minuto da batalha. Ela precisou receber a carta oficial, aquela cheia de pedidos de desculpas e traduzida, já que não sabia ler francês. Não sabia ler, ponto final. Apesar dessa defasagem de tempo, o soldado taitiano recebeu uma cerimônia de despedida decente. Era uma situação complicada, um enterro sem corpo – mas os taitianos são famosos por não deixar que nada atrapalhe suas orações. A família do soldado rezou, cantou e pediu para sua alma voltar para casa, voltar para sua terra natal, a *fenua*.

E tem ainda a história de um tio-avô que...

Quinze para meia-noite Pito está ao telefone, falando com a ala de emergência do Hospital Mamao. Ele explica a situação para a enfermeira de plantão, de como a mulher dele foi dançar com uma amiga e disse que estaria de volta às dez, e ainda não havia chegado. Ele explica tudo isso em um tom de voz neutro. Não há necessidade de a enfermeira começar a pensar que ele está entrando em pânico.

– Talvez ela ainda esteja dançando – retruca a enfermeira, zangada. – A sua esposa não seria a primeira mulher a sair para dançar à noite e voltar só na manhã seguinte. Como é o nome dela?

– Materena Tehana.

– *Non*, ela não está na nossa lista, ligue para os hotéis. Adeus.

Na manhã seguinte, assim que os sinos da igreja começaram a tocar para lembrar a todos os fiéis que a missa era dali a meia hora, por isso tinham de se apressar, Materena chegou em casa. Pito, sentado no sofá, foi logo fazendo-lhe mil perguntas, mas Materena tinha de se arrumar para a missa, ela diz, tira rapidamente o vestido verde e vai para o banheiro enrolada numa toalha.

– Aonde você foi ontem à noite? – Pito pergunta e vai atrás dela.
– Eu estava com a minha *copine*, você não vai à missa?
– Você estava mesmo com a sua *copine*?
– Ora *oui*! Por quê?
– E o que vocês fizeram?
– Não é da sua conta.

Materena fecha a porta do banheiro na cara do marido, toma uma chuveirada em tempo recorde, enquanto Pito veste seu terno azul-marinho. Em cinco minutos, ela já está saindo de casa com seu vestido imaculado e branco de ir à missa, cobrindo os joelhos, correndo para a igreja como boa mulher católica, esposa e mãe dedicada, e o marido atrás.

– *Iaorana!* – Os parentes saúdam o casal do lado de fora da igreja.

Os beijos e cumprimentos educados se estendem por um minuto, e agora a madame Agathe, uma das clientes de mama Teta, pode continuar seu monólogo, explicando que cantar na missa eleva sua alma. Madame Agathe insiste que fala por experiência própria, pois é uma mulher que teve muita tristeza na vida e sentiu-se melhor assim que começou a cantar na missa.

Oh, *oui*, meu Senhor, ela sussurra em completa devoção, você pode beber litros de vinho, pode fumar todo tipo de cigarro, pode ter casos de amor, mas nada se compara a cantar na missa com os mais velhos. Quando as palavras amor, perdão, paciência, esperança, força saem da sua boca, você sente uma elevação espiritual. A Luz afasta todas as preocupações, inunda a sua alma e você se ergue, sente-se bem da cabeça aos pés, você...

Para alívio geral, toca o segundo sino, convidando os fiéis a entrar na igreja, agora mesmo, neste segundo, pois a missa já vai começar.

– E você vai calar essa boca – bufa madame Rarahu.

Homens, mulheres e crianças entram correndo, molham o dedo na água benta na imensa concha perto da entrada e fazem o sinal da cruz de olhos fechados, as cabeças um pouco abaixadas em sinal de respeito.

Agora Pito pode sentar no seu lugar habitual, no fundo, perto da porta, com os homens, mas Materena segura a mão dele de repente e o leva para onde ela costuma sentar.

O clã Mahi tem seus lugares reservados naquela bela igreja. É um acordo tácito entre aquela numerosíssima família e os outros beatos, não há necessidade de ter o nome deles gravado nos bancos. Todos sabem que o clã Mahi ajudou a construir aquela igreja vendendo números de tômbola, castanhas do Taiti, mangas, bolos de banana, gelo para esquimós.

Essa parte direita da igreja, de frente para a estátua da Virgem Maria Mulher Compreensiva e o imenso buquê de flores, pertence ao clã Mahi, está bem? O lado esquerdo é da família Teutu, exceto os três primeiros bancos, que são para o coral. Mas as duas partes de trás da igreja são para todos. Bem no fundo, perto da porta, é o lugar das pessoas que entram sorrateiras, sem fazer barulho, meia hora depois de a missa começar, ou das que precisam sair da igreja no meio da missa para fumar um cigarro. E pessoas como Pito, que podem sentir necessidade de descansar os olhos um pouco enquanto o padre delira em seu sermão apaixonado.

– Materena – diz Pito, sentando ao lado da mulher –, acho estranho...

– Psiu – reclama alguém da fila de trás.

Pito se vira para ver quem acabou de mandá-lo calar a boca, e encontra os olhos sorridentes de mama Teta, que põe o dedo na frente da boca e pisca para ele. Pito olha para a esquerda e vê os olhos muito sérios da sogra. À direita, os olhos grandes de mama George que dizem: "Por que está olhando para mim?"

Pito dá um suspiro e olha para os próprios sapatos.

– Psiu.

Pito já vai virando, mas muda de ideia, não está com vontade de olhar para olhos de novo. Em vez disso, olha fixo, como num transe, para seus sapatos imaculadamente brancos, seus dedos, Jesus Cristo, seminu e pregado na cruz com o sangue escorrendo pelas têmporas.

Lembra-se da Páscoa em que compreendeu que Jesus Cristo tinha ressuscitado dos mortos, ah a celebração na vizinhança.

– Jesus Cristo ressuscitou! Ele ressuscitou dos mortos!

E as tias beijando umas às outras como loucas, chorando de tanta alegria. Mas Pito pensou, não é possível, quando alguém morre, fica morto, não pode viver novamente.

Ele pediu à mãe dele mais explicações. Ela disse:

– Jesus Cristo ressuscitou e ponto final, não há nada para explicar!

Os quatro músicos começam a tocar. Isso quer dizer que o padre está chegando. A primeira vez que incluíram música na missa, alguns mais velhos reclamaram.

– Eh, o que é isso? Música na igreja? O que nós somos? Selvagens?

Mas os jovens gostaram muito.

– É! Música! Eu vou para a igreja!

De qualquer modo, a verdade é que, desde que os músicos começaram a fazer parte da missa, a igreja vem atraindo cada vez mais seguidores.

Agora é hora de levantar para receber padre Patrice, com seus ajudantes, e dez mulheres idosas começam a cantar a primeira estrofe da música de acolhida.

– E te varua maitai...aroha ma ia tatou e... Oh Senhor, tenha piedade de nós.

De olhos fechados, com a mão sobre o coração, essas respeitáveis anciãs que amaram uma, duas e até três vezes imploram a misericórdia do Senhor.

Pito, no entanto, nessa hora só consegue pensar que sua mulher não dormiu no seu leito matrimonial aquela noite. E a música vibrando em seus ouvidos é, por alguma razão estranha, *Je suis cocu mais content!* Sou chifrudo, mas feliz! Olha para a esposa que canta sua fé com as mãos postas para oração, com uma expressão serena e tranquila, parecendo demais com a imagem da devota cristã que vive a vida seguindo as regras da Bíblia.

Pito semicerra os olhos desconfiados e se concentra novamente em Jesus. Com toda a certeza, não espera que Materena comungue hoje, ela não teve tempo de confessar seus pecados da noite passada e não é do tipo que peca e, mesmo assim, come o corpo de Cristo para as pessoas não ficarem pensando coisas.

Pito sabe que muita gente faz isso. Ele mesmo já fez isso algumas vezes na vida, mas seus pecados eram pequenos, comparados com pecados grandes como furtar ou transar por aí. O fato é que era sempre o mesmo pecado: beber mais do que o padre.

Pito prevê que muita gente vai ficar chocada quando, em vez de entrar na fila da comunhão, Materena permanecerá sentada, com a cabeça baixa, envergonhada. Mas lá está ela se levantando, com um enorme sorriso, e entrando na fila para comungar com muito entusiasmo. Pito deveria estar aliviado. Ao contrário, está mais desconfiado ainda.

❀

É por isso que, assim que Pito e Materena chegam em casa depois da missa, ele quer pular em cima dela.

– Eu preciso tirar a prova – ele diz, atrapalhado com movimentos febris para abrir o zíper da armadura branca de Materena.

– A prova? – Materena pergunta e dá um tapa na mão de Pito. – Do que você está falando?

– Bem, a prova! – Pito dá uma risada forçada. – A prova que um marido tira quando a mulher dele vai para uma boate e volta para casa na manhã seguinte!

Pito soube disso pela primeira vez muitos anos antes, num bar, em algum lugar de Paris, quando estava fazendo o serviço militar. Parece que o homem não deve confiar nos olhos de uma mulher, pois os olhos de uma mulher podem mentir com facilidade (as mulheres já nascem atrizes, o desconhecido disse para Pito), mas a prova, *he-he*, sempre diz a verdade. Basicamente, o homem deita sobre a mulher...

– Pito! – Materena não vai passar por essa prova de jeito nenhum. Ela olha para o marido com olhos cheios de tristeza e mágoa, e pergunta: – Eu sou só isso para você? Um buraco?

– Um buraco? – Pito pergunta, chocado de ouvir sua mulher falar dela mesma daquele jeito.

Um buraco? Ele ouviu essa expressão muitas vezes antes, mas sempre saindo da boca de homens e sempre se referindo a mulheres de má reputação. "Ah", eles dizem, "o tempo passa depressa com ela na cama, mas ela é apenas um buraco."

– Um *buraco*? – Pito repete.

– *Oui*, um buraco... Você pensa que as mulheres só querem uma injeção antitetânica?

– Materena – Pito continua chocado –, você não é um buraco. Você é a mãe dos meus filhos. Você é minha mulher.

– Sua mulher? – Materena dá risada e mostra o pescoço e o colo para o marido.

Quando uma mulher mostra o colo e o pescoço daquele jeito, rindo como se zombasse dele, quer dizer *tu peux toujours courir.* "Só em sonho!"

Há duas noites, na pista de dança

Muito bem, então vocês na boate Kikiriri, abram alas para as duas *cousines* bonitas, *s'il vous plait*. Materena e Lily estão lindíssimas em seus vestidos *pareu* coloridos (nem curtos, nem longos demais) com alças finas, o cabelo caindo solto nas costas, uma flor tiare [gardênia taitiana e símbolo do Taiti] presa na orelha esquerda, que significa: já sou comprometida.

Tinham programado ser três *cousines* bonitas irrompendo na boate, mas Rita, que seria a motorista daquela noite já que havia parado de beber porque estava querendo engravidar, desistiu no último instante. Preferiu ficar em casa com o marido, assistir à TV, fazer as coisas normais que os casais fazem, descansar das intensas duas semanas que tinham acabado de passar fazendo seu bebê.

E era por isso que havia apenas duas *cousines* aquela noite.

Materena está com sapatos de salto alto brilhando de novos, que Lily gentilmente emprestou.

– Você não vai sair com esse sapato velho – disse Lily ao ver as sandálias confortáveis de Materena. – Para sair comigo, não.

Materena certamente se sente muito privilegiada. Lily jamais empresta seus sapatos. Aliás, Lily nunca empresta nada.

A minúscula pista de dança está lotada de casais que balançam languidamente ao ritmo sensual da versão da banda taitiana de "Guantanamera". Alguns casais, sentados às mesas no escuro, já passaram para o estágio dos beijos. Outros, também sentados às mesas, mas não no escuro, olham fixo para o branco dos olhos – daquele jeito entediado – entre olhadas furtivas para os casais de sorte.

Enfin... ao bar!
— Você vai dirigir, Materena — diz Lily para garantir que a nova motorista não esqueça.
— Você não vai beber demais, eu espero — responde Materena.
— Não quero ter de carregá-la até o carro.
— Eh, talvez eu nem vá para casa com você... — Lily dá uma risadinha.
— Lily...

Com um sorriso largo, Lily vira de frente para a prima.
— E se eu conhecer meu príncipe encantado esta noite?
— Pensei que tinha dito que o seu príncipe encantado não ia estar na boate.
— Ah, mas ele pode estar aqui esta noite, ele estava muito entediado em casa.

No bar, um chinês de cinquenta e poucos anos imediatamente se oferece para pagar um drinque para as belas *mesdemoiselles*.
— *Mesdames* — Materena corrige, procurando a carteira dentro da bolsa.

No seu caso, é ela que vai pagar a bebida, certo? Quando um homem paga uma bebida para uma mulher, ela pode manter expectativas. *Non, merci!* Mas Lily já está entregando uma nota de cinco mil francos para o barman e, antes de Materena poder dizer o que gostaria de beber (um refrigerante, por favor), vê um gim-tônica na mão.

De pé e bebendo o gim-tônica, as primas observam os filmes de amor que passam na pista de dança. Alguns casais se beijam timidamente, enquanto outros enfiam a língua na garganta um do outro. Mãos aflitas sobem e descem pelas costas, mãos casadas se entrelaçam com mãos solteiras. Tudo é permitido naquela boate.

No pódio, os músicos conquistam seu único objetivo, que é manter a pista de dança lotada ao máximo. São cinco taitianos gordos, mas todo mundo sabe que, quando tem música na história, as mulheres taitianas ficam encantadas, não importa a aparência dos músicos.

– Prima – Lily confessa no ouvido de Materena –, meu príncipe encantado é um historiador.
– *Ah bon?* Como você sabe?
– Fui consultar uma vidente duas semanas atrás e ela me disse que o homem da minha vida é historiador. Ela viu o meu homem na bola de cristal. Havia muitos livros em volta dele.
Lily fala de livros bem mais volumosos do que a Bíblia, não de revistas.
– *Ah bon?* – E Materena cai na risada.
– Por que está rindo?
– Eu não sei!
– Já está bêbada? Com um drinque?!
Materena olha para o copo. *Oups*, está vazio! É melhor pegar outra dose. Mais dois gins-tônicas, por favor! Outra música lenta, observam de novo os casais se beijando na pista de dança, e aquilo já estava ficando chato para Materena.
Ela examina toda a boate, lembrando-se de não fazer contato visual com os homens. Quando uma mulher olha nos olhos de um homem e ele ergue as sobrancelhas ou faz um pequeno movimento com a cabeça na direção da pista de dança, ela é obrigada a aceitar o convite para dançar. Bem, *non*, não é de fato obrigada, mas é melhor ser diplomática com a recusa. Por exemplo, ela não pode balançar a cabeça, indicando, obrigada, mas não, obrigada, porque se o homem tiver problemas ele irá falar diretamente com ela. Então ele pode começar a abusar dela, dizer que ela não aceitou seu convite bem educado para dançar porque não gosta dos homens taitianos, ou então é esnobe; pior ainda, uma vadia.
Lily fez Materena se lembrar dessas regras quando estavam no carro, a caminho do clube noturno. Além disso, há sempre uma prima para contar uma história de boate, de como um *titoi* muito feio, ou um *titoi* muito velho a insultou porque se recusou a dançar com ele. Por isso, a melhor maneira de recusar um convite para dançar é fingir que não viu o homem erguer as sobrancelhas, não viu quando ele fez aquele movimento com a cabeça na direção da pista de dança, ou então ir correndo para o banheiro como se fosse

uma emergência. Melhor ainda, simplesmente evitar contato visual a todo custo, e era exatamente isso que Materena estava fazendo.

Nesse meio-tempo, mais um gim-tônica, com os cumprimentos de Lily, e Materena começa a sentir o efeito. Ah, já esteve bêbada antes, mas nunca com uma banda de músicos ao vivo, tocando uma canção de amor, uma linda canção de amor sobre a maravilha que é acordar ao lado do seu amado, as manhãs são feitas mesmo para beijar... Materena está se sentindo esquisita e com saudade de Pito. Não do Pito que inspirou sua fúria, há quase duas semanas, graças ao comentário sobre o pai dela não querer conhecê-la; não do Pito que tem sido um *merde* insensível por vinte e cinco anos. Não é desse Pito que Materena sente saudade, *non*. É do Pito no meio. Do Pito que ela amava.

A música romântica termina, os casais continuam abraçados à espera da próxima, torcendo para ser mais uma lenta, mas os músicos atacam uma frenética *tamure*. É hora de dançar de verdade. Os casais se separam, mas isso não quer dizer que o flerte e as provocações tenham acabado. A dança *tamure* é muito sugestiva, uma oportunidade para as mulheres mostrarem aos seus parceiros o quanto são sensuais.

As belas primas Materena e Lily correm para a pista de dança e... ah, elas são, definitivamente, o número um na pista de dança aquela noite, dançando perto uma da outra, rindo, com a cabeça jogada para trás, mostrando o pescoço e o colo, com o cabelo caindo sobre os olhos.

Quando termina a música, elas chutam os sapatos para longe, apressam-se até o bar para mais um drinque e voltam para dançar mais... *tamure*, reggae, foxtrote, *valse*... Dança lenta? Sem problema, as primas podem dançar juntas também, lentamente, os corpos colados, Materena com a mão na cintura da prima, Lily com a mão no ombro de Materena, elas dançam, sorriem, fecham os olhos, sem se importar de serem o centro das atenções.

Os homens dão risadinhas, as mulheres dão um tapa no rosto deles. Os homens assobiam, as mulheres dão um tapa no rosto deles. Os homens ficam olhando vidrados, incrédulos; as mulheres dão um tapa no rosto deles. Enquanto isso, Materena e Lily continuam a se divertir dançando, bebendo e comemorando a noite. Foram lá para se divertir, e é exatamente o que estão fazendo.

Horas depois as primas estão exaustas, excitadas e a motorista de plantão – já bêbada demais para dirigir – despenca numa cadeira perto da pista de dança para respirar um pouco. Prima Lily, também bêbada, mas ainda cheia de energia, continua dançando.

A banda toca "Les Femmes D'Amerique", uma música animada que fala como as mulheres americanas são as mais bonitas, só que para tê-las você precisa ter dólares, enquanto no Taiti é possível tê-las de graça. Viva o Taiti! A ilha do amor! As mulheres taitianas na pista de dança batem palmas com prazer.

Materena, ainda largada na cadeira, pensa quem escreveu essa letra estúpida? Fica rapidamente de pé quando vê a prima abrindo caminho até o palco, empurrando os dançarinos. Em seguida, Lily pega o microfone do cantor gordo. A música para no mesmo instante, e dois seguranças tipo armário correm para tirar a mulher louca do palco.

– Quem escreveu essa letra estúpida? – ela berra. – Eu quero saber! As mulheres não são de graça em lugar nenhum do mundo! As mulheres são...

Lily é carregada para fora do palco antes de poder terminar seu apaixonado discurso feminista, e a levam direto para a porta, onde Materena já está à espera.

– Vamos dormir no carro – diz Materena, levando a prima pela mão.

– *Ah non!* – protesta Lily em voz alta. – Não tenho mais dezessete anos. Não durmo em carros, eu durmo em hotéis, *merci*.

Por sorte, há um hotel não muito longe da boate, um hotel famoso, conhecido como um lugar em que casamentos são destruídos. *Boite à merde*, é como as mulheres o chamam: pote de merda. Mas serve para Lily e Materena, que só precisam de um lugar para descansar a cabeça.

– É um quarto ou dois? – pergunta com educação o recepcionista do hotel, bem desperto e sorridente. Nesse negócio é melhor nunca tentar adivinhar nada.

❀

– Prima? – A cabeça de Materena gira, ela se agarra ao travesseiro e deseja que não tivesse de abaixar a cabeça.
– *Oui*, prima – diz Lily, fazendo a mesma coisa.
– Você já teve experiência com uma mulher?
Materena já conhece a resposta, mas nessas situações é melhor fingir que está no escuro.
– Quatro.
– Quatro!
Materena não sabia que eram quatro mulheres. Materena sabia que existira uma, já que ela pegou as duas na maior paixão, muito tempo atrás (foi um acidente), e pensou que a experiência de Lily com uma mulher tivesse sido uma experiência única na vida, algo diferente para fazer.
– Quatro?
– Quatro – confirma Lily, bocejando.
– Se você tivesse de comparar entre uma amante mulher e um amante homem, quem diria que é melhor?
Lily pensa um tempo, um longo tempo. Será que dormiu?
– Prima? – chama Materena baixinho.
– Não há o que comparar.
Mas Lily acrescenta que suas amantes mulheres eram mais afetuosas e mais carinhosas, e beijavam melhor também, muito melhor. As mulheres se dedicam muito ao beijo, Lily insiste, não é beijo para chegar às vias de fato em tempo recorde, é beijo para dizer palavras. E quando uma mulher abraça você, dá para saber que ela é sincera, pode sentir em cada poro da sua pele. Fazer amor com uma mulher é, bem, pelo menos na opinião de Lily, é mágico, sensacional, tremendamente romântico e doce. Ela não faz você sentir que é apenas um buraco. O buraco não é o centro da relação física entre mulheres. Não existe centro, porque tudo conta.

– Tudo?
– Tudo – confirma Lily. – Elas notam as pequenas coisas, porque prestam atenção, não ficam só pensando no buraco.

Então Lily elabora, ela tem uma pinta no lábio esquerdo e nenhum dos seus amantes homens jamais notou, mas suas amantes mulheres sim... as quatro.

– E você sabe que eu nunca faço amor no escuro.
– *Non*, eu não sabia disso.
– Bem, eu detesto sexo no escuro, eu quero que meu amante veja a minha expressão.
– Hum.

Bem, Materena gosta de fazer sexo no escuro. Para ela, a escuridão é a melhor amiga da mulher, especialmente depois de ter alguns filhos.

– De qualquer modo – Lily boceja –, você entendeu que os homens não prestam atenção?
– Oh *oui*, é o que acontece com Pito...
– Ele tem outras qualidades.
– Quais?
– Você já sabe, prima, está com ele há tanto tempo... Quanto mesmo?

Materena declara a sentença.
– Vinte anos.
– Vinte anos. – A voz de Lily está carregada de... será admiração? – Muitos casais não conseguem sequer passar de seis meses, imagine só vinte anos. Quanto é trezentos e sessenta e cinco dias vezes vinte? Espere, trezentos e sessenta e cinco vezes dez é três mil seiscentos e cinquenta, depois multiplica por dois... meu Deus, você está com Pito há sete mil e trezentos dias! Vocês dois percorreram um longo caminho juntos...

Mas Lily não quer conversar sobre o relacionamento da prima com o marido, que já dura quase um quarto de século.

– Eu não acredito que o amor da minha vida seja um historiador – ela diz. – Desde que seja maravilhoso como o meu pai, é só isso que eu quero, e talvez o meu historiador tenha um lado feminino, quem sabe...

Lily adormece profundamente. Materena fecha os olhos e começa a imaginar isso e aquilo, fazer amor com uma mulher, fazer amor com um chinês rico, fazer amor com os dois ao mesmo tempo... Materena abre os olhos, fecha de novo e lá está seu marido fazendo amor com uma francesa, e ele a abraça com força...

Materena abre os olhos e depois fecha. Ela é uma velha, uma mulher muito velha, fraca e muito frágil, e por algum motivo sua perna esquerda está coberta de ataduras. Cada passo que dá é uma tortura, mas ela continua andando estoicamente até a sala de estar, segurando com as mãos trêmulas, o melhor que pode, uma bandeja com um prato.

– Pito, meu marido – ela diz com a voz rouca para o velho sentado no sofá –, fiz canja de galinha para você.

O velho olha para ela, com sua bengala comprida ele desliga a televisão – evita o sacrifício de se levantar – e pega a bandeja.

– *Maururu* mulher.

A velha se abaixa para receber um beijinho no rosto e faz uma careta porque as costas doem, mas ela quer tanto aquele beijo que insiste. Seu querido marido está ocupado demais chupando a sopa, nem sequer nota.

Materena abre os olhos e fecha outra vez.

Dessa vez é tudo completamente escuro. Bom, ela precisa do seu sono de beleza. Amanhã é dia de missa.

Homem de terno andando na chuva

Segundo Heifara, quando uma mulher diz para o seu homem que tudo terminou, sem nem lhe dar a chance de se redimir e de reconquistá-la, é porque há outro homem no horizonte.

– Tudo indica – Heifara repete para Pito.

– *Oui* – admite Pito –, tudo indica, mas nem sempre é verdade. Às vezes é apenas tarde demais.

– Mas o homem tem de saber.

E é por isso, explica Heifara, que ele contratou um detetive.

– Um detetive? Por quê? Não tem parentes que possam espionar sua mulher?

– Não quero que os meus parentes se envolvam porque você sabe como é com os parentes, eles distorcem tudo, acrescentam informações, aumentam, exageram... detetives são melhores, eles dizem a verdade, eles dão provas.

Heifara continua explicando que poderia ter contratado dois primos dele que não trabalham, mas o problema é que Juanita conhece a família de Heifara, dos tios às tias, dos primos irmãos aos primos em segundo grau etc. No que diz respeito à família, Juanita tem memória de elefante. Lembra do que todos gostam, não gostam, dos aniversários, das marcas de nascença... tudo.

Se ela percebesse os primos de Heifara andando atrás dela por aí, reconheceria os dois imediatamente, mesmo se estivessem disfarçados, e desconfiaria que deviam estar espionando sua vida sob as ordens do ex-marido. Logo estaria ao telefone berrando com Heifara, chamando-o de *bizzaroid* e ameaçando enviar alguns parentes dela ao endereço dele... Acabaria numa enorme confusão familiar. Por isso é melhor mandar os detetives para a arena.

— E ele tem muito trabalho no Taiti, esse seu detetive? — pergunta Pito, de pura curiosidade.

— Oh *oui*. — Depois de abaixar a voz um tom, Heifara continua. — Você sabia que a taxa de infidelidade no Taiti é algo como 60%?

— Sessenta por cento?

Pito sempre soube de infidelidades (três dos seus tios foram pegos no ato), mas não sabia que a taxa era tão alta. Pensou que fosse mais ou menos 30%.

— Sessenta por cento — confirma, taciturno, Heifara. — E sabe quem costuma ser infiel?

— O marido?

Pito não fala por experiência própria, mas pelo que ouviu falar na família.

— *Non*, a esposa.

— A esposa!

Non, Pito não acredita nisso. Simplesmente não consegue imaginar suas tias sendo infiéis. Suas tias são santas! Elas criaram os filhos, limparam a casa, lavaram as roupas, cozinharam, foram à missa. Depois criaram os netos, limparam a casa, lavaram as roupas, cozinharam e foram à missa.

Mas Heifara insiste que 60% das mulheres casadas traem os maridos porque, segundo o detetive dele, as esposas costumam sentir-se insatisfeitas. Elas são mulher, mãe, cozinheira, faxineira e chega um dia que explodem. Saem para procurar em outro lugar, arrumam as malas ou expulsam você de casa.

❀

Dois dias depois...

Pito sabe, com certeza, que, se Materena expulsá-lo de casa, ele não vai morar com a mãe dele. Uma noite com ela e ele quase enlouqueceu, nem acredita que viveu com aquela mulher doida dezoito anos. Talvez seja apenas essas coisas que fazemos quando somos jovens, suportamos nossa mãe e seu jeito esquisito porque não sabemos de nada. Mas um homem de uma certa idade, como Pito que já tem quarenta e dois, *sabe* que a grama é mais verde do outro lado do muro.

Não que tenha realmente feito as malas para mudar de volta para a casa da mãe a noite passada. *Non*, ele apenas foi para lá com duas cervejas. Mama Roti ficou bastante chocada de vê-lo à sua porta.

– O que você está fazendo aqui? – ela perguntou.

– A minha mulher está me maltratando, vou dormir aqui esta noite – ele respondeu.

Mama Roti não ficou nada satisfeita.

– *Aue* – ela disse –, não significa que você pode vir aqui me incomodar. Eu tenho os meus hábitos. Resolva os seus problemas com a sua mulher. Eu aconselhei você a fazer alguma coisa especial para a Materena.

Pito ignorou a observação da mãe e entrou na casa. Às oito horas já estava pronto para ir embora, mas ficou porque... bem, não sabia mais para onde ir. Pensou em ficar com um dos irmãos, mas aí tinha o problema com as mulheres deles. Depois pensou em ficar na casa de Ati, mas Ati está em missão para encontrar uma esposa adequada para ele, e o que menos precisa naquele momento é de um macho aterrissando em seu apartamento. Então Pito pensou em ficar num hotel, mas não tinha dinheiro, e só receberia dali a três dias. Por isso aturou a mãe maluca.

Ela queimou o cozido (e pôs a culpa em Pito), depois não parou de falar durante o filme inteiro. Por algum motivo, mama Roti achou que Pito precisava saber o que ia acontecer.

– A polícia vai encontrá-lo... A mulher dele vai morrer.

Sempre que Pito exclamava, "Mama!", mama Roti dizia:

– Já vi esse filme.

E além dos comentários irritantes sobre o filme, mama ronca! Pito ouvia os roncos do quarto dele, o quarto que um dia dividira com seus três irmãos. Ele acabou conseguindo dormir por volta da meia-noite, mas despertou às três da madrugada com uma barulheira que vinha da cozinha. Pito levantou e foi ver o que estava acontecendo.

– Não consigo dormir – resmungou mama Roti, arrumando a bateria de panelas e potes nas prateleiras da cozinha. – É tudo assim quando ficamos velhos, o mundo vira de cabeça para baixo.

Pito voltou para a cama e, ao acordar esta manhã, sentiu dor nos dois joelhos, sem motivo nenhum. E a mãe dele disse:

– É porque você não quer se ajoelhar.

Ah *non*, Pito não poderia, de jeito nenhum mesmo, viver com a mãe de novo! E quanto a viver com Materena, ficaria pior, e Pito sabe disso. Quando Pito chegou da casa da mãe dele, Materena não pareceu muito animada. Ela olhou direto nos olhos dele e disse:

– Você voltou? Já?

Por isso ele só tinha uma coisa a fazer. Procurar um corretor de imóveis.

Pito jamais tinha alugado uma casa em toda a sua vida, mas estava se sentindo muito seguro. Seu filho mais novo aluga uma casa em Bora Bora. Ele tem um bangalô na praia, que divide com a noiva. Moana poderia ter uma casa decente e ser proprietário, com os cumprimentos dos sogros ricos, mas ele quer comprar sua casa com o próprio dinheiro.

Ah, se Pito fosse Moana, teria aceitado aquela oferta generosa. Os pais de Vahine só estavam querendo agradecer o genro por ter tirado a filha problemática das mãos deles.

Quanto a Leilani, aquela vencedora, ela costumava alugar um espaço para morar também (com mais seis pessoas, duas dormindo embaixo da escada), mas três semanas atrás havia se mudado. Agora tem um quarto de empregada só para ela, minúsculo (mas suficientemente espaçoso para Leilani), fica em cima do apartamento de um casal de velhinhos. Leilani cuida deles, limpa o apartamento, faz as compras e cozinha para eles, e, em troca, eles cuidam das acomodações dela, incluindo a conta de luz. Na opinião de Pito, é uma trabalheira danada para um quarto minúsculo, sem contar que Leilani também trabalha numa livraria, mas Leilani parecia muito satisfeita com esse arranjo quando comentou com seu pai sobre isso.

– São um casal muito gentil – ela disse. – Eles ainda brigam por pequenas coisas, como deixar a porta da geladeira aberta muito tempo, eles são muito fofos, e fazem com que me lembre de você e da mamie.

Leilani continuou contando que algumas vezes o casal de velhos pedia para ela visualizar os próprios pais velhos e ainda juntos, brigando por bobagens, como fazem há anos. Pito não teve coragem de dizer para a filha parar de visualizar Materena e ele, porque do jeito que as coisas estavam indo...

De qualquer maneira, vamos voltar para a primeira visita que Pito fez na vida toda a um corretor de imóveis, para a qual ele envergou seu terno de casamentos e enterros. E seus sapatos pretos brilhantes (também de casamentos e enterros). A primeira impressão conta muito, até Pito sabe disso, e que impressão ele está causando, andando pela rua em Papeete!

Um taitiano que usa um terno assim num domingo é um católico indo para a missa. Um taitiano que usa um terno assim num sábado é um protestante indo para *le temple*. Mas quando um terno assim é usado em dia de semana, é porque está indo para um enterro. Ou poderia ser, talvez, apenas um taitiano muito importante caminhando de volta para o seu escritório para dar alguns telefonemas importantes, sentado à sua mesa muito importante.

Digamos apenas, com toda a honestidade, que um taitiano usando um terno assim atrai os olhares. E isso acontece com Pito. Alguns olhos estão tristes. Eles dizem: "Eh, eh, meus pêsames." Alguns se enchem de admiração. E dizem: "*Ouh*, você deve ganhar muito dinheiro!"

Os olhares que se dirigem ao homem que entra no escritório de imóveis estão cheios de respeito.

– Monsieur, *bonjour* – diz a francesinha bonitinha de vinte e poucos anos. – Em que posso ajudá-lo?

– Estou procurando uma casa. – Essa voz pertence a um homem de negócios muito seguro.

– Bem, o senhor veio ao lugar certo. – Sorrindo, a recepcionista pega o telefone, disca o número de uma extensão e diz a frase má-

gica. – Tem um senhor aqui que quer vê-lo. – Ainda sorrindo, pergunta para Pito se ele quer um café.
– Ah *oui, merci.*
Essa é a primeira vez em toda a sua vida que uma recepcionista pergunta a Pito se ele quer um café.
– Com açúcar? Leite?
O café já vem, mas primeiro as coisas mais importantes, ser apresentado a Robert Matron, gerente do departamento de vendas, um homem baixinho com o maior sorriso que Pito já viu, dá até para pensar que ele ganhou na tômbola, ou algo assim.
– Por aqui, monsieur.
A mão que toca nas costas do cliente muito importante serve apenas para encaminhá-lo na direção certa.
– *Excusez moi,* minha mesa está uma bagunça! Sente-se, por favor. Bom... – O gerente do departamento de vendas se apressa em tirar os papéis da mesa, esfrega as mãos. – Que tipo de casa estamos procurando?
– Uma casa pequena.
– Ah-ha, e com uma piscina, quem sabe? Para os dias quentes?
– Está bem. – Pito não tem dificuldade de se ver relaxado na borda de uma piscina.
– Uma casa na praia ou na montanha?
– Na praia.
Oui, uma casa com piscina na beira da praia. Imagine só! Mas torce para o aluguel não ser muito alto.
– Eu tenho um bangalô nos meus fichários, mas...
– Ah *oui*, um bangalô! – exclama Pito. – Eu quero um bangalô! *Oui*, me dê um bangalô!
O gerente do departamento de vendas dá um sorriso de orelha a orelha, enquanto estende o braço para pegar um fichário preto em cima da mesa, e abre revelando uma fotografia de um bangalô na beira do mar.
– Não é bonitinho?
Ele divaga sobre o material de construção usado para levantar aquele pequeno tesouro (madeira de lei, que não apodrece), o jar-

dim exuberante (a buganvília roxa parece ter cinquenta anos), o gramado (verde, bem cuidado) e... deixamos o melhor para o final: um ancoradouro!
– Tenho certeza de que o senhor fará bom uso do seu ancoradouro. – O gerente do departamento de vendas pisca para Pito. – Já estou até vendo a sua voadeira ancorada ao lado dele...
– Quanto é?
Pito vai direto à pergunta mais importante. Ele não quer ficar todo animado e acabar descobrindo que não pode pagar o aluguel porque é maior do que o seu salário.
– O preço é negociável. – A voz de Robert Matron abaixa alguns tons. – Estamos falando de 20%, possivelmente 30% de desconto sobre o valor de mercado... – Então, adotando uma expressão de tristeza, ele sussurra: – Houve uma morte na família, o senhor entende.
– Alguém morreu no bangalô!
Aos olhos de Pito, o bangalô se modifica de repente.
Robert Matron faz pequenos movimentos frenéticos com as mãos.
– *Non, non,* absolutamente não, isso eu garanto!
Ele passa a mão numa gota de suor na testa, ajeita-se na cadeira de rodinhas, pois acabou de lembrar que o modo mais rápido de perder uma venda no Taiti é mencionar a palavra morte. Pensava que aquele moderno empresário tivesse superado essa superstição ridícula... Mas uma vez taitiano, sempre taitiano.
– Ninguém morreu naquele bangalô, na verdade ninguém morreu, foi só uma figura de linguagem, o que eu quis dizer foi que...
– Quanto é? – Pito não tem o dia inteiro.
– Trinta. – O gerente do departamento de vendas recosta na sua cadeira.
– Trinta. – As coisas ainda não estão bem claras para Pito. – Trinta por semana? Trinta por mês?
– Perdão? – Parece que o gerente do departamento de vendas não está seguindo o raciocínio do seu cliente.
– Trinta mil francos por semana ou por mês? – repete Pito.

– Trinta mil? – Agora o gerente de vendas parece completamente perdido. – *Excusez moi*, mas estou falando de milhões... trinta milhões.

– Trinta milhões! De onde é que o senhor quer que eu tire trinta milhões de francos? Eu só posso pagar no máximo dez mil francos por semana.

O sorriso enorme desaparece, e o gerente do departamento de vendas se levanta.

– Monsieur, houve um mal-entendido aqui. – E para a recepcionista que levava o café para o cliente muito importante, ele acrescenta: – Monsieur já está de partida.

Mas Pito não vai embora ainda. Até onde ele sabe, só vai embora quando quiser, está certo? E pode me passar esse café.

– Onde estão as suas casas para alugar? – pergunta e toma um gole do café.

– Para alugar? – diz a recepcionista, espiando monsieur Matron com o canto dos olhos arregalados. – Eu pensei...

– Isso mesmo, Bernadette. – A pobre Bernadette é alvo de um olhar ameaçador do patrão. – Você pensou.

– E então? – Pito diz para a recepcionista atônita. – Onde estão suas casas para alugar?

Ela aponta para um quadro de aviso no canto do fundo da sala da frente, quase escondido atrás de uma gigantesca planta artificial.

– Lá, monsieur.

Muito bem, Pito vai dar uma espiada. Ele espia e espia, vê uma casa feia atrás da outra, são todas iguais. Uma caixa de concreto espetada num pequeno bloco de terra. Uma caixa limpa, limpa demais... mas todas as casas para alugar devem ser assim. As pessoas as ocupam e desocupam, como ele pretende fazer – por seis semanas no máximo – apenas o tempo suficiente para fazer com que sua mulher fique com saudade e entenda que vale a pena ficar com ele.

De vez em quando Pito vira para a recepcionista, sentada à mesa dela, ainda meio pálida, abatida, e pergunta o preço.

– Quanto é essa aqui?

O preço também é o mesmo para todas as casas, caro demais, mas talvez ele pudesse pegar um empréstimo no banco. Aqui, esta não é tão ruim. É menos feia, tem mais árvores.
— Eu vou até o meu banco — ele diz para a recepcionista —, e depois eu volto.
— *Oui*, monsieur.
— Preciso preencher formulários aqui? — Pito não quer perder a sua casa.
— *Oui*, monsieur, precisa sim.
A recepcionista ensaia um sorriso. Pega uma pasta em cima da mesa e explica todo o sistema de aluguel, inclusive a condição de um mês de aluguel pago adiantado.
— Um mês adiantado?
— *Oui*, monsieur.
Bem, Pito deve ir ao seu banco primeiro. Põe a xícara de café vazia na mesa da recepcionista, meneia a cabeça rapidamente, querendo dizer até logo, e vai embora.

※

Pito entra no banco a passos largos e vai para o fim da fila. Há um rapaz no caixa que quer retirar trezentos francos.
— Trezentos francos? — a caixa do banco pergunta zombeteira.
— É para pegar a picape — diz o jovem.
— Há apenas duzentos e oitenta francos na sua conta.
— Posso sacar duzentos e oitenta francos?
— O senhor precisa deixar pelo menos duzentos francos na conta.
A caixa, que está toda embonecada como se fosse para um baile, explica que devemos sempre deixar algum dinheiro na conta para evitar que seja encerrada.
— Então eu vou encerrar a minha conta. — Pelo tom de voz, parece que o rapaz está ficando irritado. — Preciso do dinheiro para pegar a picape para casa. Eu moro em Papeno'o.
— Muito bem... encerre a conta. — A caixa digita com todo o cuidado no teclado, para não quebrar as unhas compridas. — Dême setecentos e cinquenta francos, *merci*.

– O quê?
A caixa repete o que disse: setecentos e cinquenta francos.
– O senhor precisa pagar as taxas de encerramento da conta para eu poder encerrar a conta.
– Eu não tenho dinheiro!
Para provar, o jovem puxa os bolsos para fora do short rasgado.
– Então não posso encerrar a sua conta – diz a caixa do banco.
– O que é isso? Uma piada?
– Não sou eu que faço as regras.
– Então enfia suas regras no cu!
A caixa lança um olhar assassino para as costas do jovem, antes de dizer cantarolando.
– O próximo, por favor!
Pobre menino, pensa Pito. Eh, ele resolve dar a passagem para casa ao garoto. Aliás, vai fazer mais que isso. Vai dar ao rapaz quinhentos francos para a passagem e para poder comer alguma coisa no caminho para a casa dele.
– Eh – diz Pito discretamente, com a nota dobrada na palma da mão. – Aqui.
O jovem desesperado aceita educadamente a generosidade de Pito.
– *Maururu* monsieur, vou pagar de volta.
Ele pede o endereço de Pito, mas Pito faz um pequeno gesto com a mão que diz: não se preocupe, garoto. São só quinhentos francos. Tenho mais para receber.
– Estou aqui para pedir um empréstimo pessoal – diz Pito para a caixa do banco, outra jovem bonita toda arrumada como se fosse almoçar com o presidente. – De cem mil francos.
– O senhor está na fila errada – diz a caixa, que parece ignorar o impecável terno de casamento e enterro do cliente.
Ela vê todo tipo de indumentária no seu trabalho e não julga um homem pela roupa que usa. É mais do tipo que julga um cliente pela quantidade de dinheiro que ele tem na conta, e um cliente que precisa fazer um empréstimo pessoal de cem mil francos não é o que ela chamaria de financeiramente sólido.

– Fila errada? – Pito olha para trás, para a fila, que dobrou de tamanho nos últimos dez minutos.
– O departamento de empréstimos é lá em cima.
– Lá em cima onde?
– A mesa de informações é ali.

Resmungando baixinho, Pito vai subindo a escada, entra em outra fila, chega à mesa certa e obtém seus formulários. Para que todas aquelas perguntas? Pito se pergunta mais tarde, quando vai preencher os formulários na mesa de informações sob o olhar atento de uma mama taitiana que parece simpática. Quem precisa saber se eu sou proprietário da minha casa, quanto gasto por semana, se tenho poupança... pergunta um, pergunta dois, se a resposta for não, vá para a pergunta seis, pergunta sete... Apenas deem o dinheiro, seus idiotas!

Todas essas perguntas já estão dando dor de cabeça em Pito, e, para piorar ainda mais as coisas, ele responde a pergunta três no espaço da pergunta quatro. *Merde!* Risca sua resposta e reescreve, com todo capricho, mais uma vez ao lado da pergunta errada. *Titoi!*

– É difícil à beça preencher esses formulários, eh? – diz a mama à mesa de informações para ser gentil. Ela tem uma fraqueza muito especial pelas pessoas taitianas que têm dificuldade de preencher formulários, pois costumava ser assim também. Agora é uma craque no preenchimento de formulários, claro.

– A senhora tem razão – concorda Pito, secando o suor da testa com as costas da mão.

– Por que está pegando um empréstimo pessoal? – a mama pergunta carinhosamente. – Para comprar um carro?

– Um carro? Eu nem tenho carteira de motorista.

Ele explica que só precisa de cerca de cem mil francos para pagar o aluguel de um mês.

– Cem mil francos? Nós não fazemos empréstimos de cem mil francos, é melhor o senhor pedir uma *carte bleue*.

– Vocês não fazem empréstimos de cem mil francos? Que tipo de banco é esse?

A gentil mama taitiana, leal ao seu empregador, aparenta mau humor.
– Todos os bancos são assim.
Merde, todo esse esforço já está irritando Pito. Já basta mal ter dormido a noite anterior, e também estar suando feito um lutador de sumô dentro daquele terno. O que precisa mesmo naquele momento é de uma boa cerveja gelada. Ou melhor, talvez três.

Na cerveja número seis, Pito resolve pegar a estrada, a pé, porque todo o seu dinheiro acabou, até o último centavo. Mesmo quando começa a chover (inesperadamente, como acontece com frequência naquela ilha fértil), Pito continua andando, sem ter para onde ir.

Dois tipos de pessoas caminhando à beira da estrada conseguem carona. As pessoas que gostaríamos de conhecer melhor e as pessoas de quem temos pena. Dá para pensar que um homem taitiano usando um terno em dia de semana e andando na chuva se encaixaria nas duas categorias.

Mas Pito continua andando. Ele não xinga as pessoas que passam de carro e não param, simplesmente vai pondo um pé na frente do outro, como um robô. A distância toda até a familiar Faa'a.

Um certo consolo, mas não no próprio quintal

A expressão "nada de merda no próprio quintal" significa o que significa mesmo: não seja idiota senão você será descoberto, e logo estará enfiado em *caca* até o pescoço. Simplificando, não pule a cerca com alguém que você conhece, ou pior, com alguém que o seu marido ou a sua mulher conhecem. Essa regra também se aplica a qualquer pessoa que more na vizinhança. Se você quer pular a cerca e brincar um pouco, vá para um lugar discreto e escolha alguém discreto.

Quando se trata de coisas desse tipo, Pito não é nenhum idiota. Ele conhece tudo sobre a confusão e o desastre que acompanha essa merda no próprio quintal. Duas de suas primas, que eram irmãs, tiveram uma briga e uma delas (a irmã da mulher traída) perdeu um olho. O que é uma mulher sem os olhos? Que desperdício, e isso por causa de um rápido encontro com o cunhado. Quanto às irmãs, que costumavam ser muito íntimas, não se falaram mais durante doze anos, apesar das inúmeras tentativas das tias para reconciliá-las com orações. E pensar que, quando pequenas, costumavam dizer para todo mundo que, quando morressem, queriam ficar lado a lado.

Você jamais verá Pito levando merda nenhuma para o próprio quintal. Mas quando o homem não recebe nada no seu quintal, ele precisa visitar o quintal de outra pessoa.

Ontem, ali na loja chinesa, Loma lançou-lhe um olhar lânguido; primeira vez na vida, Pito achou Loma linda, de tirar o fôlego. Loma! A mulher menos atraente da tribo Mahi! Mas, naquele momento, ela lhe pareceu muito interessante, e ele já ia corresponder

quando uma voz lá no fundo gritou: "Nada de merda no próprio quintal! E especialmente não com a boquirrota da Loma!"
Mas Pito achou Rita bonita quando ela foi visitar Materena no dia anterior, apesar de ela estar meio feiosa porque – Pito imaginava – estava menstruada. Rita perdeu muito peso desde que começara a tentar engravidar, e Pito nunca a vira tão bem. Pito não sabia que Rita tinha bochechas.

Agora, sentado no bar com seus colegas, naquela tarde quente de sexta-feira, dia de pagamento, Pito começa a ter ideias interessantes, e por que não? Sua mulher não o ama, Pito percebe isso pelo jeito que ela olha para ele, como se ele fosse um moleirão, um idiota. Bem, vamos ver o que acontece quando a mulher olha para o marido como se ele fosse um idiota... e ele vai se divertir!

Mas Pito está mais triste do que revoltado. Está triste porque... bem, quem sabe? Está apenas triste, é isso. Materena mudou muito, ou talvez ele é que tenha começado a notar coisas nela, talvez ela sempre tenha sido arredia e distante, só que ele nunca prestou atenção.

Quando Pito pediu a Materena para emprestar-lhe o carro dela por meia hora, para visitar o irmão dele, Frank, ela negou só porque ele não tem carteira de motorista. Materena não se importava com a experiência de Pito ao volante. Não se importava quando ele dirigia o carro do tio Perete (na estrada mesmo, Pito insistia, e não em qualquer trilha) quando ele tinha uns quinze anos de idade. O tio estava completamente *taero* por ter perdido dois mil francos numa rinha de galo, afogava as mágoas na bebida e disse para Pito: "Menino, leve seu tio de carro para o restaurante chinês. Estou triste. Preciso comer *chow mein*."

Pito voltou a dirigir o carro do tio tempos depois, mas dessa vez para uma reunião de família. O tio estava sóbrio, mas com o pé esquerdo inchado porque pisara num ouriço do mar. Pito também dirigiu o carro da tia Lele... de qualquer modo, para encurtar a história, Pito teve muitas experiências de direção. Mas Materena não ligava para nada disso. O mais importante era ela ser má.

E talvez ela esteja sendo má por querer Pito fora da sua vida para dar lugar ao namorado chinês que ela arrumou. *Oui*, talvez seja esse o motivo. Na véspera, Pito verificou a secretária eletrônica – só para ver, satisfazer a curiosidade. Havia cinco recados, três da mãe dele perguntando a Materena (três vezes) se ela queria comprar um bloco de rifas para ajudar a associação de bingo da mama Roti. Primeiro prêmio: um leitão bem gordo; segundo prêmio: cinco quilos de laranjas tamanu. Terceiro prêmio... o espaço na fita acabou e mama Roti foi cortada. Os outros dois recados eram de Rita (que parecia muito triste), pedindo para Materena que ligasse para ela.

– Jojo! – Pito chama em voz baixa.

Um movimento com a cabeça para a esquerda, a mão no copo vazio e Jojo entra em ação. Jojo, chamado afetuosamente de Siki – uma torre negra de dois metros de força com tudo que tem direito, inclusive dois dentes de ouro –, enche o copo de Pito.

– Eh, Siki – outro cliente habitual diz o que já se tornou o refrão conhecido ali –, quando é que vamos ver uma mulher aí desse lado do bar?

– Este lado do bar não é lugar para uma mulher.

Jojo dá a mesma resposta que sempre deu nos últimos vinte anos. No mundo de Jojo, as mulheres devem ficar confortavelmente sentadas às mesas, curtindo seus drinques, e não no bar, servindo àqueles homens bêbados. Jojo uma vez ficou furioso com um dos clientes que ousou mencionar que ele estava cortando as duas pernas por não ter uma mulher atrás do bar. O cliente disse:

– Uma mulher atrás do bar traz mais negócios. Uma bela mulher, é claro, e jovem também, porque ninguém vai querer ser servido por alguma *meme*, uma velha bruxa.

Jojo levantou esse cliente (literalmente) e expulsou-o do bar, jogou o homem lá fora. No mundo de Jojo, *memes* não são velhas bruxas, são avós muito respeitáveis. Aquele cliente não costumava ir sempre lá, senão saberia do respeito sagrado e santificado de Jojo pelas mulheres. Pode criticar isso e se arriscar por sua conta, mas o fato é que Jojo se tornou um homem muito rico. Era um pobre

garçom Kanak quando emigrou da Nova Caledônia, e agora Jojo é proprietário de um bar, e já pagou a passagem para seus três irmãos com suas famílias para o Taiti. Os irmãos de Jojo são réplicas de Jojo, e as mulheres sabem que, quando querem beber drinques tranquilas, sem serem importunadas, podem ir ao bar do Jojo.
 Veja esta noite, por exemplo. Há cerca de cinquenta mulheres espalhadas pela grande área reservada aos bebedores, juntamente com oitenta homens esperançosos. Um deles é o colega de Pito, Heifara, que ultimamente anda ocupado plantando suas sementinhas em qualquer coisa que se move.
 – Jojo – Pito chama novamente.
 Ele precisa de mais uma dose, mas só recebe um copo de água.
 – Beba isso primeiro – ordena Jojo com sua voz retumbante de não-discuta-comigo. – Depois nós conversamos.
 Pito bebe o copo d'água de uma virada só. Você tem de fazer o que Jojo manda, senão ele simplesmente pega você e joga na rua.
 – Como andam as coisas, meu amigo? – A voz retumbante agora é um sussurro discreto.
 – Está tudo bem.
 – Tudo?
 – Tudo.
 – A família vai bem?
 – A família vai bem.
 Jojo dá um tapinha afetuoso no ombro de Pito e volta aos seus afazeres.
 – A família vai bem – Pito resmunga baixinho, virando para a multidão no bar.
 Lá está Heifara, concentrado numa conversa com uma mulher de quarenta e poucos anos que, neste momento, está dando um sorriso forçado.
 – Pito, onde está você, *copain*? – quer saber um colega. – Não disse uma palavra esta noite.
 – Não estou com vontade de conversar. – Com nenhum de vocês é o que Pito quer dizer.

Tudo bem, já que Pito não está a fim de conversa, ninguém vai falar com ele. Quase toda sexta-feira tem um colega que não está com vontade de conversar, e esta noite é a vez de Pito. Quando acontece isso, ninguém pergunta nada, e a pessoa que não está a fim de falar fica em paz com seus pensamentos. O bar muitas vezes é o lugar em que os homens se sentem liberados para fazer um pequeno *examen de la conscience*, a ir fundo na própria consciência e pensar em coisas importantes como o relacionamento com a mulher, os filhos, os irmãos. De olhos fechados, eles repassam a vida, enumeram seus erros, as promessas que não cumpriram...

Mas Pito não está fazendo nenhuma autoanálise, apenas observa Heifara seguir em frente com seu plano de sedução, que não está indo nada bem, se levarmos em consideração a expressão de tédio no rosto da mulher. Heifara pode estar falando demais. Talvez esteja se exibindo e irritando a mulher. Ela balança a cabeça concordando, mas seus olhos estão em outra parte. Viram para o teto, para outros homens, aqui e ali, e então viram para Pito.

Voltam a mirar o teto.

Viram para Pito.

Aqui e ali, e em Pito outra vez.

Pito não pisca. Apenas olha para ela com seus lindos olhos tristes. Ela ergue uma sobrancelha, querendo dizer "Eh, você aí no bar olhando para mim, por que está tão triste?", e então sorri. Pito retribui o sorriso. Ela sorri de novo e passa a mão no cabelo. Pito nota a aliança. Dez minutos depois, ela sai discretamente do bar enquanto Heifara está no banheiro, olha de forma sedutora para Pito, com aquele olhar que diz: "*Coucou*, olhe bem para mim, estou interessada em você!"

Pito termina com pressa seu drinque e segue a mulher interessada lá fora.

Ela está à espera dele atrás de uma árvore.

– Onde está seu marido? – ele pergunta, com polidez.

– Na Nova Zelândia, entre no carro.

Dentro do carro, acelerando para Tipaeuri, Pito espia sua futura amante com o canto do olho, e vai ficando cada vez menos interessado. Por que será? Quem sabe! Ele não está interessado, porque não está interessado, está certo? Não há nada para explicar. Mudou de ideia, só isso. Aquela mulher simplesmente não parece tão apetitosa como estava no bar. E, além disso, ela tem chulé, não limpa os pés direito. Materena esfrega os pés todos os dias. Com sabonete perfumado.

Além disso, e se essa mulher descobrir quem Pito é – marido de Materena –, e se ela descobrir quem é Materena e começar a espalhar por aí que fez sexo com o marido daquela mulher do famoso programa de rádio? As pessoas vão rir de Materena. Vão dizer: "Ha! Ela pode ter o programa de rádio mais popular do Taiti, mas será que sabe manter o *moa* do marido dentro da calça? Parece que não!"

E mais, pode ser até muito lisonjeiro ser desejado por uma mulher que você não conhece, mas, do modo que Pito encara essa situação, é mais lisonjeiro quando é a mulher que nos conhece até o último pelo pubiano que nos deseja. Isso é mesmo algo de que podemos nos gabar para os nossos *copains*.

– Mudei de ideia – diz Pito calmamente depois de sua análise.
– Pode me deixar em Faa'a?
– O quê?! – a mulher grita, zangada. – Estamos quase chegando à minha casa! Você está pensando que eu sou idiota ou o quê?

Bom, agora mesmo é que Pito não está nada interessado.
– Eh, pare o carro. É uma ordem.

Ela para o carro na frente de uma casa. Todas as luzes estão acesas dentro dessa casa.

– Quem está na minha casa? – A mulher pergunta para seu companheiro, como se ele pudesse saber.

Segundos depois, a porta da frente se abre e um homem sai da casa. Pito suspeita de que se trata do marido, a julgar pelo jeito que a mulher grita e manda Pito se abaixar no banco do carro.

– *Chéri!* – grita, e rapidamente desce do carro. – Pensei que você só voltasse para casa amanhã.

– Eu quis fazer surpresa para você, Suzette. – Pito ouve o marido dizer.

O marido nem pergunta para a mulher onde ela esteve.
– Que boa surpresa! – A mulher parece dizer isso sinceramente. – Estou muito feliz!
Purée, pensa Pito. As mulheres são umas atrizes.
– Sentiu falta de mim? – pergunta o marido.
– Oh *oui*, sinto falta da sua companhia.
– Só da minha companhia? Nada mais?
Uma risada, e Pito desconfia que o marido deve ter dado um beliscão na bunda da mulher, ou alguma coisa assim. Um gritinho, e logo depois o carro começa a balançar para um lado e para outro. Pito suspeita que o casal deve estar transando no capô do carro.
– Vamos lá para dentro – Suzette diz com a voz ardente. – Os vizinhos podem nos ver.
– Eu não me importo, podem ver, se quiserem.
O carro balança de novo, e os ruídos que o marido faz indicam que ele está gostando muito. E então acaba tudo.
– Como estão nossos filhos? – ele pergunta, depois de um intervalo para se recompor.
– Estão ótimos.
– E os netos?
Os *netos*? Pito grita em pensamento. Ela é avó!
– Vamos para casa. – Essa é a resposta de Suzette quando o marido pergunta dos netos. – Estou com frio.
Muito bem, a área está livre, mas, para se certificar, Pito espera mais alguns minutos e então se esgueira para fora do carro e sai correndo. Ele para cinquenta metros adiante para recuperar o fôlego e continua a correr, para de novo, corre, para... até considerar seguro para poder andar. Caminha com seu passo normal. Caminha e pensa nisso e naquilo, naquela pequena embrulhada, e como Materena vai recebê-lo.
A luz está acesa, então quer dizer que Materena está acordada, mas talvez tenha deixado a luz acesa por consideração a Pito, porque resolveu ser simpática, para variar.
Pito respira fundo. Eis o que planeja fazer. Entrar na casa como um homem diferente. Entrar e tomar Materena nos braços, beijá-la

suavemente, apertá-la num abraço e dizer: "Materena... você é a mulher da minha vida, dê-me outra chance." Algo assim.

Pito abre a porta, entra e o que vê é o seguinte: Materena sentada no sofá, chorando a mais não poder, com um bebê adormecido nos braços. Por um segundo, Pito pensa que está tendo uma alucinação. Arregala os olhos, mas Materena continua sentada no sofá, chorando a mais não poder, com um bebê adormecido nos braços.

– Quem é esse bebê?

Materena ergue os olhos chorosos para Pito e beija carinhosamente a testa do bebê.

– Nossa *mootua*.

Fa'amu – alimentar

Tiare, *suposta* filha do filho mais velho de Materena e Pito, Tamatoa, dorme profundamente na cama de sua *suposta* tia Leilani, com travesseiros dos dois lados do corpinho minúsculo. O nome dela, Tiare, nome de flor, a flor branca com perfume adocicado, é também o símbolo do Taiti.

Materena beija suavemente a cabeça do bebezinho, seca os olhos com as costas da mão, suspira e, quando vai saindo do quarto, faz o sinal de "vamos" para Pito. Espera na porta para dar mais uma olhada no bebê que caiu do céu, encosta a porta e sussurra.

– Pito, eu vou fazer um café para nós, precisamos conversar.

Já na cozinha, ela acrescenta, completando:

– Eu sei que você não gosta de conversar sobre coisas sérias, mas...

– Eu faço o café – interrompe Pito, que é a mesma coisa que dizer, pare de falar *merde*, Materena, você lê os pensamentos, ou o quê?

Ele enche uma panela com água, põe no fogão, pega duas xícaras, tira o vidro de Nescafé do *garde manger*, tudo isso sem dizer uma palavra. Enquanto isso, Materena, sentada à mesa da cozinha, explica a situação para ele.

Apenas duas horas antes, Materena estava vendo fotos no álbum de família depois de voltar para casa, ao término de seu programa na rádio, quando alguém bateu à porta da frente. *Oui?*, ela disse e pensou, quem será que vem me visitar a essa hora?

Uma mulher gritou lá de fora.

– Sou eu! Tia-avó de Tiare! Não posso falar muito porque minha amiga está me esperando, e o carro é dela!

Intrigada, Materena correu até a porta, abriu e viu uma mulher com seus cinquenta anos segurando um bebê adormecido nos braços.
– Você é mãe de Tamatoa Tehana? – perguntou a mulher.
– *Oui* – Materena respondeu. – Por quê?
A mulher passou o bebê para Materena, e ela, acostumada a receber bebês de outras mãos, segurou-o automaticamente. Com todo o cuidado, para não acordá-lo.

Agora sobre a situação, a tia-avó teve muito prazer de explicar para Materena, só que tinha de se apressar por consideração à amiga que esperava no carro. Esse bebê pertence à sobrinha-neta dela, Miri Makemo, e o pai do bebê é Tamatoa Tehana. Miri o conheceu em Paris, ela estava lá numa turnê de dança e, bem, seja como for, esses dois jovens gostaram imediatamente um do outro, começaram a *parau-parau*, foram para a cama e conceberam essa pequenina.

Miri voltou para casa da turnê de dança grávida de cinco meses, mas a barriga era muito pequena, não dava para perceber que estava grávida, por isso ela não contou a ninguém. Quando Miri começou a usar vestidos largos, a tia não suspeitou de nada. Apenas achou que Miri tinha resolvido não se vestir mais como uma *pute*, como a mãe dela costumava fazer, saias tão curtas que os homens nem tinham o que imaginar, já dava para ver o que havia por baixo.

Então, há cerca de três meses, numa manhã bem cedo, por volta das duas horas, Miri despertou com dores e berrava tanto que a tia se assustou e correu para o médico que mora a dois quilômetros de distância da casa dela. Aos gritos, ela chamou do portão de ferro "Doutor! Rápido! É questão de vida ou morte!". Quando finalmente conseguiu tirar o médico da cama, duas horas já tinham se passado e havia um recém-nascido na sua casa.

A tia cuidou do bebê porque a sobrinha, que é jovem demais para ser mãe, quando mal acabara de completar dezoito anos, fugiu para Nova Caledônia com um menino (um taitiano, mas que nasceu e foi criado lá, a família dele é dona de uma plantação de laranja) – mas ela já tem bebês demais para cuidar e não é mais nenhuma menina. Por isso ela levou o bebê para a família do pai, para ver se eles podem ajudar e tudo o mais. Ainda bem que Miri contou a história da concepção da menina, senão a tia seria obrigada a entregar o bebê para pessoas estranhas. Materena nem teve chance de fazer qualquer pergunta porque a mulher saiu correndo (a amiga tocou a buzina), mas deu seu endereço para Materena. Elas podem conversar sobre isso em outra ocasião.

A situação é essa, do começo até o fim.

– E você deixou essa mulher louca entregar o bebê para você? Pito não pôde acreditar! Se ele estivesse em casa, teria dito para a mulher voltar no dia seguinte, quando tivesse mais tempo para conversar. Não se chega assim de repente na casa dos outros para deixar um bebê daquele jeito!

– Ela fugiu! – protesta Materena. – O que você queria que eu fizesse, eh? Deixasse o bebê na rua para servir de comida para os cães? Até você chegar, vindo não sei de onde?

– Tamatoa nunca me disse nada sobre uma menina chamada Miri – observa Pito, sentando à mesa da cozinha com as duas xícaras de café.

– E você? Você contou à sua mãe as histórias de todas as garotas com quem foi para a cama na França e no Taiti? – dispara Materena. – A primeira vez que encontrei mama Roti, ela nem sabia quem eu era, e eu já o conhecia fazia mais de dois anos. E ainda por cima, eu estava grávida!

– Na França? – pergunta Pito, e pensa por que Materena inventou de falar da França agora? Isso foi há mais de vinte e cinco anos.

– Ah – diz Materena, abanando a mão na frente do rosto. – Eu não quero falar sobre isso, quero falar sobre o bebê.

– Nós não podemos ficar com o bebê.

Essa é uma ordem do homem da casa. Pito já teve seus bebês, as fraldas, as mamadeiras, as manhas, os choros. Aquilo não poderia começar de novo.

Materena dá de ombros e diz para Pito que realmente não entende por que ele está todo estressado daquele jeito, já que não é ele que vai cuidar do bebê, e, sim, ela. Do mesmo jeito que cuidou dos três filhos deles.

– Você fala como se aquele bebê fosse mesmo a sua neta.
– Eu prefiro acreditar que Tiare é mesmo minha neta, para depois descobrir que não é, e não o contrário, entende, Pito? – Materena bebe um gole de café. – Mas sinto uma ligação com aquele bebê, aqui, no meu *a'au*.
– Você é assim com todos os bebês.

Ele já viu Materena em ação com bebês muitas vezes. Digamos apenas que, sempre que aparece um bebê, Materena se derrete. Ela quer segurar o bebê, ela quer beijar o bebê e ela quer ter outro bebê.

– Meu filho só foi para a cama com aquela menina uma vez – diz Pito. – Por falar em azar.

– Basta uma vez mesmo – retruca Materena. – Uma vez para marcar um ponto... e *aue*, vamos parar de discutir, não vamos chegar a lugar nenhum, devemos conversar sobre o que vamos fazer.

Por volta de meia-noite e vinte minutos, ficou acertado que:

1. Assim que Tamatoa telefonar para a família, e torcendo para ser logo, vão perguntar se ele conhece uma menina que se chama Miri Makemo.

2. Irão visitar a família Makemo antes de Tamatoa telefonar para casa (ele costuma ligar a cobrar sempre que tem vontade), mas Materena pedirá a Leilani para procurar Tamatoa e dizer a ele que ligue para a família.

3. Se houver confirmação de que o bebê é de Tamatoa, então Materena e Pito cuidarão do bebê até Tamatoa voltar para casa, ou até a mãe resolver cumprir seu dever. Também deve-se esperar que Tamatoa reconheça a filha. Tiare não pode ter PAI DESCONHECIDO escrito na sua certidão de nascimento, se seu pai é conhecido. Materena não abre mão disso. E nesse meio-tempo, Materena e Pito serão pais *fa'amu*.

Fa'amu quer dizer "alimentar", a adoção tradicional, uma ajuda para a mãe enquanto ela se recupera. Você alimenta o bebê, veste, dá um teto e também ama o bebê – mas tudo isso tendo combinado que o bebê não é seu. Pertence à mãe. Os pais *fa'amu* só estão de passagem na vida da criança porque a mãe vai voltar e agradecer-lhes profundamente por toda a ajuda que prestaram. Se a mãe não voltar, então o bebê ficará com o pai, mas, se o pai não estiver interessado, bem, então os pais *fa'amu* poderão se tornar pais verdadeiros.

4. Agora, se aquele bebê ainda não foi batizado, será o mais rápido possível. Se o bebê já foi batizado, mas não na Igreja Católica... *Aue*, vamos rezar para Tiare não ter sido batizada ainda.

5. Materena precisa comprar leite amanhã de manhã para fazer a mamadeira de Tiare. A pobre criança chegou apenas com uma mamadeira e as roupas do corpo, mas felizmente Materena guardou grande parte das roupas dos filhos, inclusive seus cobertores e fraldas de pano, em caixas de papelão, para seus netos. Ela está muito contente de ter pensado nisso. Muitas vezes Pito disse para Materena livrar-se de todas aquelas roupas. Ainda bem que ela não deu ouvidos ao marido.

E, com esse acordo verbal, Materena e Pito vão para a cama, ela dando suspiros de preocupação, ele envelhecido cerca de cinquenta anos.

※

Às cinco e meia da manhã seguinte, o velho desperta com choro de bebê. Por um segundo, Pito pensa que voltou ao passado e o bebê chorando é um de seus filhos, então ele se lembra de Tiare. Resmungando, vira para o outro lado na cama e nota que Materena não está lá. Ótimo, pensa Pito. Aquele bebê vai parar de chorar daqui a pouco. Mas o choro vai ficando cada vez mais forte.

– Pito – Materena está parada na porta do quarto, com a neném aos prantos nos braços. – *Bébé* fez caca, vou lavá-la, você vai à loja chinesa para comprar o leite para a mamadeira e uma mamadeira nova também, aquela outra está suja, preciso esterilizar com água fervente. Mal acredito que ela dormiu a noite inteira, deve estar com muita fome agora.

Pito abre um pouco um dos olhos.

– *Allez*, Pito – ordena Materena.
Pito não se mexe. É cedo demais para levantar da cama, Materena pode cuidar de tudo como fazia com os próprios filhos, Pito não está ligando para isso.
– Muito bem, eu vou à loja chinesa – diz Materena, pondo o bebê fedido ao lado de Pito. – Você pode limpar a Tiare.
Pito fica de pé em um salto. Ele não vai chegar nem perto do *derrière* daquele bebê, de jeito nenhum. Prefere ir se arrastando de quatro até a loja chinesa. Por isso, resmungando e xingando baixinho, ele veste o short, calça a sandália, pega dinheiro na bolsa de Materena e sai de casa em um segundo, sempre xingando.
– Pito! – Tapeta, prima de Materena, grita do outro lado da rua.
– É você mesmo? O que está fazendo de pé a essa hora? Materena está doente?
Pito acena de longe, como se dissesse: por que não fala logo de uma vez o que está insinuando, sua linguaruda?
Outra parente por afinidade, dessa vez uma ainda mais linguaruda, Loma, faz Pito parar na porta da loja chinesa.
– Pito? – Loma faz aquela cara de estou chocada, será que estou sonhando? Será que esse é mesmo o Pito, em carne e osso, que está diante dos meus olhos? – O que você está fazendo aqui? – ela pergunta.
– O mesmo que você – diz Pito irritado, e desembesta por uma ala da loja.
Pito olha para trás, e lá está Loma parada na porta, olhando para ele. Se ela o vir comprando leite para bebê e mamadeira, vai... Pito escolhe com muito cuidado uma lata de ervilhas e volta caminhando lentamente para a caixa registradora.
Pronto, meu truque funcionou, Loma foi embora. Não há muito que dizer sobre uma lata de ervilhas. Muito bem, agora Pito pode cumprir sua missão, ele percorre a ala inteira examinando as prateleiras de um lado e de outro, e finalmente, bingo. Encontra a seção de bebês com as fraldas, as mamadeiras, os potinhos de papinha de neném, a parafernália toda. Então Pito pega o que precisa e vai direto até a caixa registradora.

– Que idade tem o seu bebê? – pergunta a jovem, que Pito nunca viu antes, exibindo um sorriso enorme e simpático.

Pito dá de ombros. Lembra que Materena mencionou alguma coisa sobre a idade da neném, mas a informação já escapou da cabeça dele. A moça olha esquisito para Pito, um olhar que diz "Você nem sabe a idade do seu bebê? Você deveria ser fuzilado!".

– *Deux mille et six cent quatre vingt francs.*

Pito não merece mais um sorriso. Recebe um olhar gelado. Bem, de qualquer forma, não há tempo para perder com isso. Há um bebê que precisa ser alimentado. Com as compras numa sacola, Pito corre de volta para casa.

❀

A bebê Tiare está toda limpinha agora, o cabelo bem penteado para um lado, com uma roupinha bonitinha toda florida, da tia Leilani. A roupa está um pouco grande, mas por enquanto tem de servir.

– Toma – diz Materena, entregando o bebê a Pito. – Eu vou fazer a mamadeira.

Minutos depois...

– Toma – diz Materena, pondo a mamadeira na mão de Pito. – Ela parece muito feliz no seu colo.

Pito nem tem chance de reclamar. Aquela mamadeira vai automaticamente da mão dele para a boca faminta da neném. E lá está *bébé* Tiare sugando a nova mamadeira como se fosse a última mamada da sua vida, olhando fixo para os olhos de Pito. Em pouco tempo, a mamadeira está vazia, mas o bebê continua sugando e examinando aquele homem crescido.

– O que foi? – pergunta Pito com um esboço de sorriso. – Você quer me fotografar?

O bebê de três meses cospe o bico da mamadeira e continua olhando para aquele homem alguns segundos. Então dá o mais lindo sorriso do tipo sou tímida.

E é aí que Pito nota a covinha na face esquerda da neném. A covinha que Materena tem e herdou do pai francês.

Bem-vindos
ao nosso humilde bairro

Como a questão do bebê que caiu do céu na noite passada precisa ser resolvida o mais depressa possível, Materena resolve visitar a família materna da pequena agora, hoje. E espera que Pito vá com ela. Primeiro, porque ele seria o avô, mas também porque ela precisa de um homem, caso... Bem, caso a família materna da pequenina seja meio *zeng-zeng*. Materena não quer ter de enfrentar gente louca sozinha.

Também precisa que Pito fique segurando o bebê no carro. Certamente não quer deixar a neném sozinha no banco de trás. E se tiver de frear de repente, e o bebê rola e cai do banco? *Non*, é melhor para todos que Pito vá também.

— Eu sei que sábado é o seu dia — diz Materena —, e você faz o que quer, mas...

— Vou me vestir — esse é Pito dizendo a Materena que ela pode contar com ele.

E esse também é Pito dizendo a Materena que, a partir de agora, toda vez que ela fizer alguma suposição a respeito dele, ele vai provar que ela está errada. Ele se esgueira para o carro com Tiare escondida sob um cobertor de berço que pertencia a Tamatoa — daria até para imaginar que ela é uma criancinha famosa! Materena, posicionada diante do volante do carro, está pronta para partir, e lá vão eles... rápido, antes que um parente veja o que está acontecendo! Agora estão a caminho de Purai, lá no alto das montanhas.

— Você sabe onde é a casa? — pergunta Pito, sentado no banco de trás com a pequena dormindo profundamente nos seus braços.

Materena espia Pito pelo espelho retrovisor.

– É uma casa amarela.
– Uma casa amarela – repete Pito. – Espero que você tenha mais informações.
– Tem um cachorro amarrado a uma árvore na frente da casa.
– E... – Pito ainda espera que Materena tenha outras informações.
– Tem uma picape velha estacionada duas casas adiante da casa deles.
– Uma picape?
– Uma picape vermelha. – Ainda nenhuma informação que preste.
– Não se preocupe, vou encontrar a casa, só tenho de perguntar.
– Perguntar para quem?
– Para as pessoas na rua... – Depois de mais um tempo. – Ah... Acho que chegamos... *Oui*, as casas bonitas... e lá está a loja chinesa, grades nas janelas... Em frente... *Oui*, lixo por toda parte... e crianças também.

Materena diminui a marcha, acena para as crianças mulatas e descalças que brincam na estrada com paus e bolas de gude, algumas empinam pipas, outras comem mangas maduras. Pito olha para essas crianças que espiam desconfiadas a mulher que dirige o carro. Ele observa uma criança que olha para ele como se dissesse: "E você quem é? Dê o fora do meu bairro."

– *Ouh la la* – murmura Materena, ainda avançando bem devagar. – Essas crianças parecem muito sérias.

– Elas não nos conhecem, é só isso – diz Pito, vendo as crianças agora enfileiradas à beira da estrada para dar uma boa olhada no carro que nunca viram.

Ele lembra que fazia a mesma coisa quando um carro desconhecido aparecia no seu *quartier*. Ficava encarando as pessoas no carro com olhar desconfiado também. Uma vez até acenou para eles o punho cerrado com raiva – simplesmente achava que tinha de fazer isso. Era o seu modo de dizer para esses forasteiros: "Nem pensem em vir aqui para criar problemas para nós. Eu vou socar seus olhos."

Mas o *quartier* dele era muito mais limpo do que aquele onde estavam agora. Na verdade, esse *quartier* era nojento. Olha só os cachorros derrubando as latas de lixo, e ninguém liga. Há absorventes higiênicos sujos por toda parte, carros enferrujados abandonados – aquele ali parece que foi incendiado. Imundície por toda parte. O orgulho não mora naquele bairro.

Pito, no entanto, não vai se deixar levar por qualquer prejulgamento. O *quartier* dele também não tem nenhuma casa de cartão-postal. Aos olhos de um forasteiro, o bairro de Pito, cheio de barracos feitos de fibras de palmeiras, também pode parecer um gueto onde moram os sem-esperança. Só depois de conhecer o povo que vive naqueles barracos, você percebe que essas pessoas, longe de serem perdedoras, têm forte senso do que é certo e do que é errado.

– O que vocês estão fazendo no nosso *quartier*? – berra uma das crianças antes de atirar uma manga no carro de Materena.

Materena aperta o freio quando outra criança também arremessa uma manga.

– Droga! – grita Materena.

Atiram outra manga.

– *Droga!* – Materena grita outra vez, mais alto. – Eles vão amassar o meu carro! Pito, faça alguma coisa!

Ele põe a cabeça para fora da janela e emite um rosnado furioso.

– Oi!

E funciona.

– Aqui está a casa amarela! – exclama Materena, aliviada. – E o cachorro, e a picape vermelha... Chegamos... e... Oh, olha só aqueles homens bebendo embaixo da árvore, eles não parecem muito católicos.

Materena estaciona o carro e desliga o motor.

– Ainda bem que você está aqui comigo, Pito. Imagine se eu estivesse sozinha.

Pito dá uma palmadinha carinhosa na bundinha de Tiare e desce do carro. Ele se empertiga todo, com a cabeça bem erguida. É verdade que é um homem segurando um bebê, mas isso não quer dizer que é um *mahu*. Ele é um homem capaz de arrancar todos os seus dentes fora com um único soco, por isso não se aproximem e não o subestimem.

Ele meneia a cabeça cumprimentando a distância os homens mal-encarados que bebem embaixo da árvore. Não é um cumprimento educado. Não é um cumprimento que diz por favor, sejam bonzinhos conosco, porque viemos em paz. É apenas um cumprimento, um aceno que diz vejo vocês, e daí?

Materena agora está ao lado de Pito, e os dois são uma visão e tanto naquela manhã de sábado no *quartier* Makemo. Pito jamais ouviu falar daquela família antes. Talvez nem sejam taitianos.

Os taitianos conhecem o protocolo de boas-vindas à comunidade. Essas pessoas são outro tipo completamente diferente, ou então são apenas *niakue*, taitianos sem modos. Nada de *Iaorana*, apenas olhares fixos. Parece que não passa pela cabeça de nenhum deles receber bem nem sequer o bebê que morou naquela comunidade os primeiros meses de vida.

Que tipo de gente é aquela gente? Mesmo as quatro mulheres ocupadas, lavando roupas em baldes fora de casa, parecem esquisitas. E os bebês engatinhando na terra? Onde está a esteira de pandanus?

– O que vamos fazer? – Materena pergunta a Pito discretamente, dando um sorriso amarelo para as mulheres, que não sorriem para ela.

Naquele instante, um grito corta o ar. É um grito desesperado e vem de dentro da casa. É o grito de uma mulher encrencada. Um homem grita furioso, e esse grito também vem de dentro da casa. É o grito de um homem que está no comando. Quanto mais alto ele grita, mais desesperados são os gritos da mulher, e logo Pito entende que a mulher está sendo espancada, e ninguém corre para socorrê-la. Uma criança começa a chorar e logo depois um garotinho de dois anos, nu, sai da casa, secando os olhos. A berraria deve tê-lo acordado. Ele senta na porta e enfia os dedos nas orelhas.

O homem continua berrando. A mulher continua berrando. E o cachorro amarrado na árvore uiva. Sempre se pode contar com os cães para uivar quando há problemas na comunidade, eles são os mensageiros quando os gritos humanos não se fazem ouvir. Só que esse não é o caso ali.

Bom cachorro, pensa Pito, balançando a cabeça para o cão que, agora, uiva mais alto. Pito espera que os parentes dessa família saiam logo de suas casas, as mulheres gritando: "*E aha tera!* O que é isso?" Prontas para fazer o espancador em pedaços, ou pelo menos implorar e ameaçar até ele parar.

Esse é o socorro no estilo taitiano, que Pito testemunhou muitas vezes na infância. As mulheres gritam como loucas, e uma tia-avó rabugenta chega correndo e berrando: "Quando é que vou ter um pouco de paz nesse mundo, eh? E minhas pernas doem quando corro!" E para o espancador, a senhora idosa e respeitável (ela que faz lindos cobertores, varre as folhas e cuida dos netos) dirá: "Você me envergonha. Está me dando vontade de amaldiçoar você!"

Mas ali, naquele lugar, ninguém aparece, e as cortinas coloridas estão fechadas. É um caso de o que não vemos não nos interessa.

Pito aperta mais Tiare nos braços. A mulher para de berrar e começa a chorar, soluços muito angustiados e de dor. O homem sai da casa. Ele esfrega as mãos, cospe no chão e se junta aos camaradas que estão bebendo.

– Quem é você? – pergunta a Pito e olha feio para ele.

Então o homem reconhece o bebê que Pito segura e sorri.

– Eh, essa é a filha da Miri, é a Tiare.

Ele estende a mão para a cabeça do bebê, mas a mão de Pito é muito mais rápida, sua pegada firme e forte no braço do homem.

Os dois homens se encaram, olho no olho. Os camaradas se levantam, prontos para atacar. As mulheres lavando roupa reúnem a prole e correm para dentro de casa, batendo a porta com força. Materena começa a chorar desesperada.

– Entre no carro, mulher. – Essa é uma ordem de Pito.

Materena corre para o carro e senta no lugar do motorista enquanto Pito solta lentamente o braço do homem. Dá meia-volta e vai andando para o carro. Pode ouvir cada um dos seus passos. Pode sentir os olhares às suas costas. Ele sabe que um homem não deve nunca dar as costas para seus potenciais atacantes, mas às vezes um homem não pode, simplesmente, recuar. Pito abre a porta de trás do carro.

– Pito – diz Materena –, não consigo enfiar a chave, minhas mãos estão tremendo.

– Passe para trás – ordena Pito, e Materena despenca no banco de trás com o embrulhinho de sua preciosa neta, ainda adormecida.

Pito se instala confortavelmente ao volante, dá partida no motor do carro e põe o pé direito no acelerador, para dar o fora daquele lugar o mais depressa possível, sem parecer que está apressado.

Dirigindo bem e um pouco acima do limite de velocidade, Pito se imagina sendo criado naquela vizinhança. Não desejaria isso para ninguém, nem mesmo para seu pior inimigo. Sua neta? Nem pensar.

Fala o homem da casa

Tem um bebê na casa da Materena... rápido, vamos lá ver se é verdade, Loma pode ter inventado a história toda para parecer interessante... Mas mama Teta também jurou ter visto Materena no carro dela segurando o bebê. Pito estava dirigindo, e não é do feitio de Materena deixar alguém que não tem carteira de motorista dirigir seu carro, principalmente com ela dentro. Dirigir sem carteira de habilitação é contra a lei, e Materena sempre obedece à lei. Devia estar completamente obcecada pelo bebê que segurava. Aquele bebê deve ser muito importante, eh? Não deve ser qualquer bebê.

Quem é aquele bebê?

Em menos de uma hora, estava formada uma multidão de parentes curiosos (todos mulheres) na sala de estar de Materena. Quanto à menininha, ela dorme profundamente nos braços de Pito, e Materena, atarefada, providencia comes e bebes. Invadir a casa de um parente não é considerado nada educado, e certamente não justifica limonada feita na hora e biscoitos com geleia, mas, mesmo assim, hoje não é um dia comum.

Hoje é o tipo de dia que as pessoas ficam falando anos e anos e mais anos, podem até plantar uma árvore para marcar o acontecimento. Se não forem servidos comes e bebes, pode ter certeza de que isso também será lembrado, portanto aqui estão seus biscoitos, parentes. Materena até teve de usar alguns copos plásticos da festa do seu casamento, mais de dez anos atrás.

Bebendo e comendo, os parentes se instalam confortavelmente no chão, de frente para Pito e o bebê, junto com a mãe de Materena, que está sentada no sofá. Elas conhecem a história de Tiare ser a suposta filha do filho mais velho de Materena e Pito – o bebê indesejado que foi dado pela tia porque a mãe se mandou, e a tia tem muitos bebês para tomar conta. Essa informação valiosa foi divulgada minutos atrás.

– Ela se parece um pouco conosco – arrisca mama Teta.

– Oh – retruca *meme* Agathe –, é melhor não confiar nas aparências. Meu irmão Thomas, já falecido, tinha nove filhos, mas três não eram dele, eram do homem que varria a igreja e...

– Nós não precisamos escutar a história inteira – *meme* Rarahu se intromete. – Essa sua história não tem nada a ver com a história de agora, aprenda a ouvir. Às vezes tenho a impressão de que suas orelhas não estão grudadas na sua cabeça, porque...

O bebê se mexe, dá um gemido baixinho e imediatamente todos ficam em silêncio na sala. Algumas mulheres que estavam se abanando param com a mão no ar.

– Ela tem uma covinha igual à minha quando sorri – Materena reinicia a conversa.

– Muitos bebês vêm ao mundo com covinhas – a mãe dela diz sacudindo os ombros.

As mulheres concordam, balançando a cabeça. A matriarca falou. Afinal, é seu dever proteger a herança dos seus netos atuais e futuros, os verdadeiros netos, os confirmados, comprovados. Mas alguns parentes acham um pouco estranho ouvir Loma falando daquele jeito, pelo fato de não ter filhos, e tudo o mais. Talvez ela devesse ter mais compaixão.

– Esse é o primeiro bebê com covinha que eu vejo. – Pronto, Pito acabou de resolver dar sua opinião. – Na minha vida – ele acrescenta, para dar mais peso ao que diz.

A sogra lança um olhar irritado para ele.

– Na minha vida *inteira* – Pito esclarece.

As mulheres da família meneiam a cabeça, concordando. É verdade, elas estão dizendo, covinhas são extremamente raras, parecidas com gêmeos, ou com uma pinta diferente num lugar específico. São as mais raras, as pintas diferentes em lugares específicos, aliás são quase sagradas. Deus dá essas marcas, Deus as põe onde importa, Deus decide o nosso destino.

Foi assim quando Deus deu a Loma o rosto do pai dela, as feições do povo Mahi, ninguém jamais duvidou de suas raízes. Ela pertencia ao clã Mahi.

Mas uma covinha, eh? Tem de valer pelo menos a mesma coisa.

– Quando é que Tamatoa vai telefonar? – pergunta *meme* Agathe, se abanando ruidosamente com uma folha de papel em branco.

– Ele vai telefonar quando telefonar – dispara *meme* Rarahu.

– Só estava perguntando, não sei por que você sempre...

O bebê se mexe de novo.

– Toda vez que você abre essa sua boca grande – sussurra *meme* Rarahu –, você acorda o bebê.

– É você, você é que tem voz de homem.

– O quê? – *meme* Rarahu grita alto.

A neném abre seus lindos olhos castanhos, olha para os olhos curiosos em volta, faz gu-gu e sorri para Pito. Depois rola os olhos e volta a dormir.

E pronto.

– Oh... – as mulheres suspiram, sorrindo.

Agora as opiniões mudaram. Pobre bebê, dizem as mulheres. Imaginem só não ser querida daquele jeito, e pela própria mãe! Em pouco tempo iniciam uma discussão acalorada sobre todos aqueles bebês indesejados que crescem sem amor, o que acontece com eles? Eh, eles se transformam em pessoas amargas, rabugentas e tristes também, porque sinceramente, eh, do fundo do coração, ser indesejado assim deve ser a pior maldição que existe, pior do que não ter dinheiro, pior do que não ter um teto sobre a cabeça porque...

Pito resolve pôr a pequena na cama. Quando volta para a sala de estar, a discussão está um pouco mais acirrada, as vozes mais altas, e as duas mulheres mais velhas, incorrigíveis, *meme* Rarahu e *meme* Agathe, estão mais uma vez se engalfinhando. Essas duas não deveriam estar sentadas uma ao lado da outra, pensa Pito. Ele gostaria de mandar uma para um canto e a outra para o outro, mas nunca fez nada parecido antes. Separar duas mulheres mais velhas.

O telefone toca, e todos pulam.
– *Allo* – diz Pito, pegando o telefone antes de todos ali. – *Oui, oui* – ele diz para a operadora, aceitando a ligação a cobrar.
– Mamie? – Tamatoa parece preocupado.
Pito compreende que Leilani deve ter exagerado na urgência para Tamatoa telefonar para casa. Bem, quando se trata de Tamatoa, temos mesmo de exagerar um pouco para provocar-lhe uma reação.
– É o papi – diz Pito.
– Papi? – Tamatoa parece ainda mais preocupado agora. – Está tudo bem?
– Você conhece uma menina chamada Miri? – Pito não vai ficar de rodeios, vai direto ao ponto.
– Miri Makemo?
Não era essa a resposta que Pito esperava ouvir.
– Não posso dizer que a conheço – Tamatoa continua –, mas *oui*, um pouco, eu acho, mas...
A voz de Tamatoa vira um sussurro. Usando uma linguagem de sinais bem educada, Pito pede para as parentes da mulher dele calarem a boca, por favor, mas elas simplesmente o ignoram, e agora Pito mal consegue ouvir uma palavra do que o filho está dizendo, sobretudo pela cacofonia ao fundo, e a sogra é a líder do bando. A única mulher calada por ali é Materena. Como sempre, ela é a única educada, a que demonstra respeito pelas pessoas que falam ao telefone.
– O que você disse? – Pito pergunta ao filho. – Fale mais alto, não estou ouvindo.
– Eu disse, por que está perguntando se conheço Miri?
– Ah, ainda bem que perguntou, sabia que... – Pito vira para as mal-educadas parentes por afinidade. – Eh! – ele grita. – *Mamu!*
Queixos caem e olhos se arregalam na mais completa estupefação, querendo dizer: Pito Tehana acabou de ousar mandar os Mahi calarem a boca? Quem ele pensa que é? Esta casa não é dele! A conversa continua, mais barulhenta ainda, até para pôr Pito de volta ao seu devido lugar.

Então Pito diz para o filho esperar e larga o fone.
– *Allez!* – ele grita mais alto. – *Rapae!* Já para fora! – Acena para a porta. – *Allez!*

O bando se levanta meio hesitante e olha para a dona da casa, esperando que ela diga alguma coisa.

– Preciso ir ao banheiro. – Isso é tudo que Materena diz no momento.

Pito pega o fone e continua.

– Miri teve... – ele começa a dizer, e avisa à sogra que ela pode ficar. Loana corre para ocupar seu lugar no sofá, com um enorme sorriso estampado no rosto.

– Miri teve um bebê, é uma menina e parece que é sua...

Com um movimento de cabeça, Pito indica para mama Teta que ela também pode ficar. Ele sabe o quanto Materena ama sua tia-avó mama Teta, que também corre para ocupar seu lugar no chão, com um sorriso enorme estampado no rosto.

Quando Materena volta para a sala de estar, suas parentes, todas as trinta e sete, continuam no mesmo lugar em que estavam quando ela saiu, e quietas como ratinhos, olhando com admiração para Pito.

– *Oui*, estou ouvindo – Pito diz para o filho, defendendo sua causa.

Ele só foi para cama com Miri uma vez, bem... três vezes, mas todas numa noite só, por isso tecnicamente foi uma vez só, e por isso, tecnicamente, é impossível ele ser o pai desse bebê, ele não teve nenhum relacionamento com essa garota...

E o rapaz não para de falar, apresenta seu lado da história, fala depressa, quase em pânico, culpa a garota por ter sido muito irresponsável...

– O que eu sempre disse para você sobre as suas sementes? – Pito interrompe.

Silêncio.

– Não disse para você tomar cuidado, eh? Não disse que se plantar sua semente na mulher errada, sua vida, sua vida inteira, ficará arruinada?

Silêncio.

A neném acorda, e Materena corre para cuidar dela.

– Se plantar sua semente na mulher errada – Pito repete –, sua... Materena volta com a neném, que agora se esgoela de tanto chorar, como se alguém estivesse torcendo-lhe o braço.

– Sua vida inteira ficará arruinada – Pito continua, elevando a voz para ser ouvido acima dos gritos da criança. – O quê? É claro que o bebê está conosco. Miri? Ela está na Nova Caledônia. Por que o bebê está chorando? O que você acha? Ela está na *merde*, na caca.

Pito quer dizer com isso que o bebê está numa situação de merda mesmo, com uma mãe que fugiu, um pai que nega responsabilidade e uma tia que tem bebês demais para cuidar.

Nesse ponto, Materena encosta em Pito e passa a neném para ele. Ela quer trocar algumas palavras com o filho. A neném se acalma imediatamente.

– Tamatoa? – Materena está pronta para fazer seu discurso. Ah, *oui*, ela vai falar e vai dizer o que lhe passa na cabeça. – Imagine se Tiare não tivesse a minha covinha, eh? Tamatoa, trate de reconhecer esse bebê. Não vou aceitar a minha neta ter Pai Desconhecido escrito na certidão de nascimento. Você deveria ter pensado em tudo isso antes! O quê? Aquela garota amarrou você na cama? Ela o forçou? Hipnotizou você? Tamatoa... não faça que eu fique contra você. Estou avisando! Assim que terminar seu serviço militar, você volta para casa, está entendendo?

E Materena desliga o telefone. É a mesma coisa que a dona da casa berrar: "EU FALEI!" De fato, a dona da casa falou. O pai francês "desconhecido" dela voltou para o país dele depois do serviço militar, e seu avô só reconheceu Loana como filha em seu leito de morte (porque, conforme disseram os parentes, ele queria morrer com a consciência limpa, tinha medo de ficar no purgatório tempo demais. No purgatório, o calor é infernal, todo católico sabe disso), mas Tiare terá o que é seu de direito. Agora, hoje. Por isso Materena bateu o telefone pela primeira vez em sua vida – e o que é mais importante – na cara do filho que ela ama tanto.

A multidão na sala de estar ainda continua em silêncio, chocada. Então uma voz muito séria, pertencente à bisavó da neném, uma mulher da vida antes de se apaixonar por Deus, comenta que, agora que o nome da neném ficou esclarecido, deveriam cuidar da sua educação religiosa.
A neném pelo menos foi batizada?

O padrinho

Os católicos levam a alma de uma criança muito a sério. *Enfin*, esse é o caso na família Mahi de Faa'a. Você jamais verá um bebê não batizado nessa família católica ortodoxa taitiana. Simplificando, o bebê precisa ser purificado do pecado mortal que seus pais cometeram para dar-lhe a vida, e isso deve ser feito o quanto antes. Então acontece o batizado na igreja e depois a festa em casa, onde os parentes cantam, comem e bebem até não conseguir mais ficar de pé.

É isso que se faz. Você marca o dia em que a criança se torna pura e inocente e homenageia os padrinhos. Quanto aos pais, bem, eles já fizeram a parte deles e já foram homenageados com os rituais da recepção do bebê no mundo.

De qualquer maneira, há um bebê impuro na casa. Isso foi confirmado pela própria tia-avó materna da neném, que apareceu uma hora atrás para deixar com Materena a certidão de nascimento da menina, datada de três meses antes. Ela também levou uma carta escrita pela amiga dona do carro, declarando que estava dando o bebê (concebido por Tamatoa Tehana) por motivos familiares.

A situação da alma de Tiare já vai ser corrigida. Mas não na igreja de St. Joseph... Pito acabou de decidir isso.

— Não vai ser na igreja de St. Joseph? — Materena repete como se não tivesse ouvido direito a primeira vez. — Onde vai ser, então?

— Na minha igreja — diz Pito, tamborilando na mesa da cozinha. — St. Etienne.

— Na sua igreja? — Materena ainda não entendeu.

— *Oui*, na minha igreja — Pito reafirma e explica que ele se casou na igreja de Materena, seus três filhos foram batizados na igreja de Materena e que, bem, para o batismo da sua neta, ele gostaria de dar uma chance para a sua igreja, para variar.
— Mas você não visita sua igreja há anos e anos — protesta Materena. — Pito, pense um pouco, é...
— É o quê? Você vai me dizer que a sua igreja é melhor do que a minha igreja?
— Você ao menos sabe quem é o padre de lá?
— Padre Fabrice. Ele me batizou.
— E ele ainda está lá?
— Ora, *oui*!

❀

A mama sentada à mesa do lado de fora da sala do padre é a mesma que costumava olhar feio para Pito na semana em que ele foi cantor do coro da igreja quando ele era criança, e a mama não era mama. Ela avisa para Pito e Materena que padre Fabrice faleceu.
— Eh-eh — diz Materena, franzindo o cenho para Pito, querendo dizer o seu padre está morto e você nem sabia! Não vê que é constrangedor para mim pedir para falar com um padre que está morto? — Eu sinto muito.
— Oh, não sinta — diz a mama, também franzindo o cenho para Pito, com uma expressão que diz: "Você saberia da triste notícia antes se tivesse feito um esforço para visitar a sua igreja de vez em quando." — Ele morreu há doze anos — ela suspira e olha para a neném balbuciando com alegria nos braços do avô. — Ele faleceu serenamente, enquanto dormia.
— Quem ficou no lugar dele? — pergunta Pito, um pouco triste com a notícia.
Ele gostava do padre Fabrice, mas não há por que chorar agora, o padre já morreu há muito tempo.
— Foi o padre Martin que substituiu o padre Fabrice — disse a mama para Pito.

– Bem, então podemos falar com o padre Martin?
– O padre Martin não está mais conosco.
– Ele morreu também? – pergunta Pito.
– *Non*, ele não morreu – diz a mama irritada, como se dissesse: "Você saberia dessa maravilhosa notícia antes se fizesse um esforço para aparecer onde devia estar." – Ele voltou para a França três anos atrás para cuidar do pai dele.
– Oh, isso é maravilhoso – Materena consegue dizer.
– E quem substituiu padre Martin? – Pito quer saber.
– Padre Fabien.
– Podemos falar como padre Fabien?
– *Non*, padre Fabien...
– Está certo – interrompe Pito, que já está começando a ficar *fiu* com isso. – Quem é o padre agora?
– Padre Sebastian.
– Muito bem. Podemos ver o padre Sebastian?
– *S'il te plait* – acrescenta Materena com um sorriso, pisando discretamente no pé de Pito.

Padre Sebastian, que tem uma longa barba ruiva e o nariz quebrado, está no momento verificando a sua agenda e assobiando uma música de discoteca bem animada. Materena vira para Pito e arregala os olhos. Como se dissesse esse é o seu padre? Não parece padre de jeito nenhum, parece mais alguém que acabou de sair da prisão!

O padre franze a testa e diz:
– Infelizmente a data mais próxima que tenho é daqui a seis semanas.
– Seis semanas! – Materena grita baixinho. – Padre – ela implora com sua voz de súplica –, estávamos torcendo para ser semana que vem, não podemos esperar seis semanas porque...
– Infelizmente terão de esperar – padre Sebastian diz, erguendo os ombros.
– Queremos que essa criança seja batizada no domingo. – Pronto, Pito disse sua fala.

– *Este* domingo? O padre bufa como se tivesse ouvido o pedido mais ridículo de toda a sua carreira de padre.

– *Et alors* – retruca Pito. – Trazemos para o senhor mais uma católica e o senhor vai criar caso e dificuldades?

Pito ignora a mão da mulher dele em seu joelho, implorando para, por favor, calar a boca e deixar que ela fale, pois ela tem mais experiência de lidar com padres do que ele.

– O senhor batiza essa criança no domingo, ou eu vou procurar os protestantes.

A mão de Materena agora belisca a perna de Pito, ordenando que ele cale a boca antes de arruinar tudo. Não se blefa com padres. Isso não é um jogo de cartas!

– Entendo que o senhor está muito ocupado, padre. – Essa é a tentativa de Materena amansar o padre. – Podemos esperar um pouco, mas realmente agradeceríamos do fundo do coração se...

– Você está me ameaçando? – O padre não está ouvindo o que Materena diz.

O padre olha fixamente para Pito.

– Eh – Pito revida. – Estou dizendo como as coisas são.

Quem ele pensa que é? Pito raciocina. Um rei ou o quê? Ele é apenas um padre. É função dele batizar os bebês, casar as pessoas e enterrar os mortos. Pito jamais elevou a voz para um padre antes, mas jamais teve um encontro cara a cara com um padre. Ele sempre deixou a discussão cara a cara para Materena, só que hoje ele está ali, e por isso vai dizer o que pensa.

– Qual é o problema de batizar esse bebê no domingo? – pergunta. – O que é preciso fazer?

– Tenho de consultar os padrinhos. – A voz do padre é gélida.

O padre continua falando com a voz gélida e explica que não está querendo criar caso, nem dificultar nada, mas simplesmente não pode batizar a criança sem consultar os padrinhos primeiro.

– Os padrinhos estão bem diante dos seus olhos. – Pito acabou de decidir isso.

Ele olha para Materena, que balança a cabeça concordando.

– Vocês são os padrinhos? – O padre parece muito chocado. – Pensei que eram os pais.

– Nós somos os avós – Materena diz baixinho.

– E os padrinhos – Pito continua firme em relação a isso.

– Onde estão os pais? – pergunta o padre.

Ah, agora, os pais, Pito pensa. Qual será a próxima pergunta? Onde estão os bisavós?

Materena se apressa para informar ao padre a situação delicada. A mãe do bebê está na Nova Caledônia, e o pai está na França.

– Hum. – O padre não parece muito impressionado. – E eles vão voltar para cá? – pergunta. – Imagino que vão, em breve, e juntos?

– Não tenho certeza sobre a mãe do bebê – diz Materena suavemente, agora preocupada com o fato de a informação que acabou de dar para o padre poder prejudicar o batizado da neta. – Mas o nosso filho está...

– Que salada é essa?! – exclama o padre.

– Que salada? – retruca Pito. – Onde está a salada da história?

– Olha para a mulher dele, secando os olhos úmidos. E além de tudo, esse *con* fez a minha mulher chorar! – Que salada? – Pito pergunta de novo, pronto para berrar com o padre por ter feito sua mulher chorar.

Mas a neta agora começa a chorar também, por isso Pito, batendo suavemente no traseiro da neném e falando baixo (bem, quase), diz para o padre que não existe salada nenhuma na história. Algumas crianças têm pais e outras têm avós. É a vida. Não há nada ali para fazer juízo de valor.

– E vocês já foram padrinhos alguma vez? – pergunta o padre, ignorando o discurso não-vamos-fazer-juízo-de-valor de Pito.

– Três vezes – diz Materena, sorrindo.

– E monsieur?

Ah, Pito adoraria poder dizer para esse padre: "O que o senhor quer dizer com 'já foram'? Eu continuo sendo padrinho. Quando somos padrinhos, somos padrinhos até morrer." Mas infelizmente Pito nunca foi padrinho. Ninguém jamais pediu para ele ser. Agora Pito acha que vai ficar humilhado. *Mer-de.*

Pito já pode prever a próxima pergunta do padre. Ah, o senhor nunca foi padrinho, e por que não? Próxima pergunta: Ah, ninguém pediu, e por que motivo? E como Pito saberia, eh? Como é que saberia por que ninguém pediu para ele ser padrinho? Como se ele tivesse tatuado na testa NÃO ME PEÇA PARA SER PADRINHO?

O fato de não ser padrinho nunca incomodou Pito (ser pai foi mais que suficiente, muito obrigado, mesmo que não tivesse feito grande coisa), mas hoje ele queria ter pelo menos uma experiência como padrinho, só para poder pôr esse padre no lugar dele.

– Monsieur?

O padre quer a resposta. Lá está ele sorrindo, farejando a vitória no ar, e Pito tem vontade de socar-lhe a cabeça agora mesmo.

– Eu criei três filhos.

O padre dá de ombros.

– Ainda não respondeu à minha pergunta.

– Nenhum dos meus filhos foi para a prisão.

No que diz respeito a Pito, se o padre não entende por que isso é muito importante para um pai taitiano dizer, então ele não deveria ser um padre. Não no Taiti, pelo menos.

Inesperadamente o padre sorri, seu primeiro sorriso espontâneo, tira os papéis necessários da primeira gaveta da mesa e avisa que está querendo ver a jornada de Pito como padrinho.

– Eu posso ser padrinho? – Pito pergunta só para se certificar de que entendeu direito.

– Claro que pode.

– Este domingo?

O padre olha para Pito com uma expressão que diz ah-como-é-irritante.

Pito devolve o olhar dizendo bem-quem-não-chora-não-mama. Ele viveu toda a sua vida no Taiti. Conhece bem o ritual.

– Este domingo – confirma o padre, dando uma risadinha.

❀

Apesar do aviso de última (última, ÚLTIMA) hora, a tribo Tehana consegue fazer mágica com suas cartolas de pandanus. Só que esse batizado de hoje não é um batizado comum. Não é, por exemplo, o batizado do nono filho de uma sobrinha. É o batizado da PRIMEIRA neta de Pito. E tem mais: Pito é o PADRINHO!

Oui, pode-se dizer que as últimas vinte e quatro horas foram bem caóticas no *quartier* dos Tehana, as mulheres correndo por todo lado como galinhas sem cabeça. Este é um grande dia para orgulho de Pito por ter finalmente conseguido a cerimônia na igreja deles. Todas as outras cerimônias com Pito e sua tribo aconteceram em Faa'a, mas agora, pela primeira vez, a tribo Mahi será a convidada. Eles é que vão se sentir um pouco constrangidos de não serem servidos primeiro e de ter de fazer suas necessidades no banheiro dos outros.

Então há uma azáfama na cozinha, com a faxina para deixar a casa bonita porque, com a perspectiva de tantos convidados, todos os banheiros do *quartier* terão de ficar à disposição. A única coisa com a qual não terão de se preocupar é com o bolo.

E lá estão eles, duas numerosas famílias taitianas reunidas em Punaauia para o batizado de Tiare Makemo que em breve será Tiare Tehana. Mulheres dos dois clãs se entreolham, dão sorrisos forçados por polidez, dizem frases bem-educadas. "Um belo dia para ser batizada, eh, mama Teta?" "Belo chapéu esse que está usando, Loana." "Você perdeu bastante peso, Rita." "Giselle! Esse corte de cabelo é novo?"

E muitos parentes dos dois clãs gostariam de segurar a pequenina com seu vestido branco rendado antes que ela seja purificada, mas a criança só quer uma pessoa, e essa pessoa é o seu futuro padrinho.

Mesmo mais tarde, com a abundância de comida e bebida e centenas de parentes reunidos, o padrinho continua sendo o único que pode segurar a criança recém-batizada sem que ela chore. Até ali, cento e vinte parentes, a madrinha e as três cunhadas de Pito já tentaram segurar a menininha batizada e compartilhar daquele momento, por mais breve que fosse, na sua recente jornada de criança pura e inocente. Mas a neném só quer os braços fortes do seu *parrain*, que brigou tanto para ela ser batizada aquele dia.

Agora é hora de cortar o bolo – não existe festa sem um bolo –, e ele está sendo levado para a mesa de honra nos braços magricelas da tia Vahine da neném batizada. Todos fazem silêncio com medo da mulher de braços tão finos derrubar o bolo.

O silêncio também é de profunda admiração diante daquele lindo bolo, decorado com glacê em forma de flores tiare do Taiti em volta das bordas e com o nome TIARE escrito no meio. Todos concordam que a caligrafia de Moana é a caligrafia de alguém que escreve muito. É muito elegante e firme.

A jovem põe o bolo cuidadosamente na mesa, ao lado do magnífico buquê de flores com um cartaz que diz *Bem-vinda, bebê Tiare! Com todo o nosso amor, tia Leilani e papa*, embora todos saibam que o pai da neném, Tamatoa, não teve nada a ver com isso. Foi Leilani que telefonou para o florista no Taiti e pagou por aquele buquê com seu cartão de crédito.

Vahine esfrega os braços esqueléticos e doídos, e exclama bem alto com sua voz de menininha.

– *Ouf!* Estava com tanto medo de deixar cair o bolo!

A multidão dá risada. Ela não é a única que sente alívio do bolo ainda estar inteiro.

– Gostaria de dizer algumas palavras antes de os padrinhos cortarem o bolo – prossegue Vahine, sorrindo para o sogro e a sogra. Eles sorriem para ela também. Para eles, Vahine fará parte da sua família para sempre, não importa o que aconteça com o filho deles. Ela chegou de avião de Bora Bora especialmente para trazer o bolo. Isso vale mais do que palavras. É uma passagem para toda a vida na família Moana.

– Meu noivo Moana se levantou às três horas dessa madrugada para fazer esse belo bolo para a nossa sobrinha. Ele pede desculpas por não poder vir e estar conosco neste dia tão importante, mas ele está servindo o casamento da filha do prefeito... – Vahine faz uma pequena pausa, e os parentes do seu noivo fazem que sim com a cabeça e se entreolham, querendo dizer, casamento da filha do prefeito? Uau! E ela continua. – Mas Moana está conosco em espírito e... bem, vamos cortar o bolo.

Mas primeiro há muitos parentes, pelo menos os que se orgulham de possuir uma câmera, que gostariam de tirar uma foto desse espantoso bolo.

Então clique, clique, clique e clique. Enquanto isso, o convidado de honra de Pito, padre Sebastian, espremido entre mama Roti e tia Philomena, joga um amendoim para cima e pega habilidosamente com a boca.

Esse truque se aprende na prisão. Todo mundo sabe disso.

Um caminho completamente diferente

A maioria dos padrinhos vai para casa depois de batizar o bebê e leva sua vida até a próxima cerimônia na igreja, a primeira comunhão, quando a criança de oito anos finalmente prova o corpo de Cristo do qual tanto ouviu seus primos mais velhos falarem. Mas Pito não é apenas o padrinho. Ele é também o avô. E o guardião. Ele tem três responsabilidades.

1. Fazer com que sua afilhada cumpra seus deveres de católica.
2. Cobrir a neta de carinho e passar adiante as histórias de épocas antigas.
3. Alimentar, vestir, abrigar a pequenina e todo o resto.

Qualquer homem normal entraria em pânico por ter três responsabilidades ao mesmo tempo, sem falar que elas são contínuas, todos os dias! Pito é um homem normal e está entrando em pânico sim, não precisa se preocupar. Ainda mais esta noite, porque Materena foi trabalhar e ele deve cuidar do bebê porque, bem, ele é o padrinho, ele é o avô e ele é o guardião, e Materena não quis pedir ajuda para a mãe dela. Parece que Loana está envelhecendo, e mais, ela anda muito ocupada com seus encontros de orações. Por isso Pito tem de ficar em casa. Materena não avisou e também não ordenou que ele ficasse em casa. Ela simplesmente apresentou os fatos... sem fazer cara de mártir.

Pito não se incomoda muito com isso esta noite, ele nunca faz nada às segundas-feiras, exceto assistir à TV e se recuperar do fim de semana. Mas e amanhã? Como vai fazer para comparecer aos encontros noturnos com seus *copains*? E quarta-feira, e quinta-feira, eh? E sexta-feira! Como é que vai poder ir ao bar para comemorar o dia do pagamento e o fim da semana com seus colegas? Essas reuniões são o único prazer que Pito tem na vida, além de pescar, passear na voadeira do seu melhor amigo e, é claro, fazer um amorzinho sexy com a sua mulher. Quando ela estiver a fim... e ele torce para ser logo.

– Espero que não seja no próximo século – resmunga Pito sentado no sofá, assistindo à TV e bebendo cerveja.

Ele olha para a neta, bem confortável ao seu lado, e ela dá um dos seus sorrisos irresistíveis.

– Você sorri muito, eh? Nasceu sorrindo, é?

A menininha mexe as pernas para mostrar ao velho como gosta de estar com ele.

– Quando é que você dorme, eh? – pergunta Pito. – São quase nove horas.

Outro sorriso doce. Seria de imaginar que depois de tudo que a neném deve ter passado, ela estivesse com cara de sofredora. Pito dá uma palmadinha de leve nos pés da neta para lhe mostrar que, ora, ele não está zangado com ela, porque, afinal, não é culpa dela. Ela apenas nasceu de uma mulher que era jovem demais para ter filhos, e de um homem que não mora no país. O que um bebê pode fazer nesse caso, eh? *Rien*.

Mas Tiare é muito linda, como é que alguém poderia resistir a ela? Ela é... ah... ela é uma coisa. É definitivamente parte da família, não há como negar a semelhança com a avó Materena, ela é com certeza uma Mahi e uma Tehana também, um pouco. Vamos torcer para ela não herdar nenhuma loucura das mulheres Mahi. De qualquer modo, a cerveja acabou, por isso Pito se levanta para pegar mais uma na geladeira. Nem chegou a dar três passos e Tiare começa a choramingar.

– Eu volto já – diz Pito. – Não estou indo para nenhuma guerra.

Tiare já está chorando. São gritos lancinantes, os gritos que os filhos de Pito usavam para deixá-lo louco, tão louco que tapava os ouvidos com as mãos e pensava: "Não é meu filho que está gritando, é o filho do vizinho." Os gritos de Tiare são como um lamento, um lamento perdido que diz: "Por favor, não me deixe." Pito corre até a geladeira, abre a garrafa de cerveja na quina da mesa e volta para o sofá em tempo recorde.

– Estou de volta – ele diz.

Tiare funga e vira para o velho com olhar de acusação.

– Ah, agora eu estou encrencado, eh?

O bebê vira para o outro lado e suspira.

– Eu só desapareci por trinta segundos – Pito se justifica –, menos de um minuto! – Pito já vai continuar quando lembra que está falando com um bebê. – Por que estou falando com essa criança como se ela pudesse entender? – ele diz em voz alta.

Pito balança a cabeça olhando para a TV e dá uma risadinha.

– *Copain*, você está começando a agir feito uma mulher.

Pito nunca entendeu quando as mulheres conversavam com os bebês como se eles pudessem entender, e Materena fazia muito isso, mesmo quando os filhos deles tinham apenas alguns dias de vida.

– Ah, estou vendo que você acordou – ela dizia. – Teve um sonho bom?

Um dia Pito, que já andava confuso com aquela história de conversa com bebês, perguntou para a mãe dele se ela falava com ele quando era bebê.

– Eu só falo com pessoas que entendem o que estou dizendo. – Foi a resposta de mama Roti. – Não converso com bebês e não converso com cães. Também não converso com estátuas.

Pito dá risada e olha disfarçadamente para Tiare, para ver se ela está dormindo, mas ela continua acordada e de cara amarrada.

– Você já está praticando para quando crescer? – pergunta Pito.

Ele bate com a mão na testa e diz:

– Pare de falar como se ela pudesse entender!

Minutos depois.

– Você continua zangada com papi?

Minutos depois.

– Venha aqui.

E Pito pega a neném no colo e lhe dá uns tapinhas no traseiro. Ela olha para ele com seus grandes olhos castanhos, e Pito se derrete por dentro. Nem se lembra de alguma vez ter sentido isso com os próprios filhos. Na verdade, não consegue lembrar de tê-los segurado daquele jeito. Quando seus filhos eram bebês, Materena estava o tempo todo por perto e só lhe dava o bebê para segurar por alguns segundos, pegava logo de volta porque... por quê? Bem, talvez não confiasse nele. Ela achava que ele deixaria o precioso neném *dela* no chão. Ou talvez simplesmente quisesse segurar seus bebês mesmo.

Deixá-lo com um bebê assim jamais aconteceria vinte anos atrás. Materena teria arrumado um esquema para que a mãe dela fosse ficar com os filhos, ou teria pedido para uma das tias. Melhor ainda, Materena teria aceitado de bom grado a generosa oferta da tia Rita de cuidar de Tiare enquanto Materena estivesse no trabalho.

Mas, embora Materena aceite as visitas de Rita durante o dia na sua hora de almoço para segurar o bebê por alguns minutos, para ajudá-la a engravidar, ela resolveu que esta noite Pito ficará encarregado disso. Além do mais, Materena saiu de casa sem nem sequer criar caso ou dar a Pito um milhão de recomendações. Ela apenas saiu sorrindo e disse:

— Vejo vocês dois quando voltar.

Teve um dia, muito tempo atrás, quando Tamatoa devia estar com uns três anos, Leilani era apenas bebê, e Materena tinha de ir a algum lugar e se ausentar por algumas horas. Naquele dia, por alguma razão, Materena resolveu deixar Pito cuidar das crianças, mas deu-lhe uma lista tão longa de coisas a fazer e de coisas que não deveria fazer (como não dar asa de galinha para seu amado filho porque ele podia engasgar), que Pito ficou muito irritado. Ele brigou com Materena, ela ficou emburrada, Pito gritou com ela, ela pegou os filhos e fugiu para a casa da mãe dela. Pito teve de aturar a cara amarrada da sogra semanas a fio.

Mas lá está ele no comando de tudo. Olha para sua neta e os grandes olhos castanhos da menina olham fixo para ele, como se ele fosse a pessoa mais importante no universo inteiro.

— Vamos dodo logo, está bem? — ele diz e sente que está bem cansado.

Aliás, pode ir mesmo para a cama agora.

– Muito bem, dodo.

Ele carrega Tiare para o quarto da tia dela. O colchão foi posto no chão e está coberto de ursinhos fofos de pelúcia que os parentes de Faa'a e de Punaauia deram para a neném no dia do batizado. Pito empurra com a mão as coisas fofas para fora do colchão. Com quantos ursinhos uma criança pode brincar? E qual é a dos ursinhos de pelúcia? Na sua época, as pessoas não davam ursinhos de pelúcia para os bebês. Mas agora parece que o mundo ficou fanático por ursos.

Pito põe Tiare suavemente na cama, de barriga para cima. Essa foi a única recomendação que Materena deu para Pito: até o bebê completar seis meses, deve sempre dormir de barriga para cima. Ela fez essa recomendação no dia do batizado e explicou por quê. Fez sentido para Pito, e, quando as coisas fazem sentido para Pito, ele obedece.

– *Allez*, princesa, dodo. – Ele cobre a menina com o cobertor.

– Durma bem, vejo você amanhã de manhã.

Pito beija com carinho a testa de Tiare, apaga a luz e sai do quarto. Ela choraminga, Pito para imediatamente e espera. Tiare para de choramingar e ele dá mais um passo. Ela recomeça a resmungar. Ele para, ela para. Pito dá mais um passo, Tiare começa a chorar e não para mais.

Ele entra no quarto de novo, ela para de choramingar. Rosnando, Pito deita no chão ao lado do colchão, com a mão pousada carinhosamente na barriga da neném e ele conta até dez para passar o tempo. Vai até vinte, até trinta, depois quarenta... trezentos e setenta e cinco. Pito pode parar de contar. Escuta a respiração regular da neta. Ela dormiu.

Mas, por medida de segurança, Pito continua imóvel e espera mais alguns minutos.

❈

Parada na porta, Materena olha para o marido que dorme profundamente deitado no chão.

– *Eh-eh* – murmura suavemente, com a mão no coração e lágrimas brotando nos olhos. Há muitas coisas nesse mundo que comovem Materena. Bebês, crianças, canções de amor, filmes românticos, o pôr do sol, bondade, flores, orações... é uma lista bem comprida. Não é difícil levar uma mulher sensível às lágrimas. Mas um homem dormindo no chão, com a mão carinhosamente sobre o bebê, é garantia de provocar numa mulher sensível como Materena mais lágrimas e mais emoções, principalmente se ela ama demais aquele bebê. E apesar do fato de apenas quatro semanas antes ter pensado seriamente em se divorciar daquele homem ali, deitado no chão e parecendo tão adorável.

As pessoas podem dizer que o caminho para o coração de um homem é pelo estômago... ou então, e mais ainda, de acordo com a experiência de Materena, pelo *moa* dele. Mas o caminho para o coração de uma mulher, que também é bem direto, é um caminho completamente diferente.

Amor que não nos deixa raciocinar direito

Materena conta para mama Teta e para as outras seis *memes* reunidas hoje para trabalhar numa colcha, com Tiare bem confortável numa esteira, que o sonho que teve na noite passada foi o mesmo sonho que teve quatro semanas atrás, só um pouco diferente. Ela está na barca, certo, com Pito, os dois estão na amurada admirando o mar azul-escuro, quando Pito cai na água. Não está claro de que maneira Pito cai, mas num momento ele está encostado na amurada ao lado de Materena e, no momento seguinte, ele dá um berro e *plouf*! Desaparece no mar azul-escuro e Materena fica olhando lá para baixo e pensando que é muito triste nunca mais ver seu homem na vida.

As sete mulheres idosas pararam de trabalhar e estão agora imóveis, com a agulha e a linha na mão, olhos fixos na contadora da história, esperando para ver onde a história vai dar.

Então voltemos ao sonho de Materena na noite passada. A mesma coisa, Pito cai da barca, berra, desaparece no mar azul-escuro, mas dessa vez Materena entra em ação e, como fundo, se ouve a música do filme *A pantera cor-de-rosa*.

– Podemos ouvir música nos sonhos? – pergunta *meme* Agathe.

– Claro que podemos! Ela ouviu, não ouviu? – responde *meme* Rarahu. – Mamu, não diga nada. Materena, continue a sua história.

Muito bem, então Materena pula no mar.

– E aí? – pergunta *meme* Agathe.

E aí? Bem, esse é o fim do sonho de Materena.

– Acabou? – *Meme* Agathe parece desapontada. – Esse é o fim da sua história?

– *Meme* Agathe! – reclama *meme* Rarahu. – Você não entende, você nunca entende nada! Há uma mensagem. Antes Materena não pulava da barca, mas na noite passada ela pulou da barca. É uma mensagem.
– É verdade – concorda mama Teta. – Definitivamente tem uma mensagem nisso.
Todos os olhos se voltam agora para a contadora da história.
Qual é a mensagem?
– *Bon*. – Materena ri. – *Bon*.
Agora ela está com uma expressão sonhadora. Noite passada, depois que Materena acordou Pito carinhosamente e ajudou-o a ir para a cama de casal deles, Pito foi muito doce. Ele abraçou Materena com força e murmurou "Materena, minha *chérie*" no ouvido dela, muitas vezes, sem parar. Materena esperava que Pito pulasse em cima dela a qualquer momento, já que não faziam sexo havia quase um mês, mas ele continuou abraçado com ela, sussurrando o nome dela e acariciando seu cabelo.

Foi um momento muito mágico para Materena. Foi como se acabasse de conhecer Pito, como se ele não tivesse pressa de pular em cima dela porque ela era muito especial e ele estivesse com medo de fazer algo errado e Materena fugir.

Então eles conversaram quase uma hora! Fazia anos que não conversavam tanto tempo. Aliás, eles nunca conversaram daquele jeito; em geral, um acabava dizendo alguma coisa que irritava o outro em menos de três minutos.

Para Materena, era como se ele fosse um bom amigo (mas um amigo bom mesmo; um amigo que a fazia sentir, sejamos honestos, um pouco... *en chaleur*). Conversaram sobre os filhos, a neta e como ela é linda, mas também muito voluntariosa quando quer. Pito abraçou Materena mais forte ainda e disse:

– Minha *chérie*, vou tirar minhas férias o mais cedo possível para poder ajudar você.

E então...

– *Alors?* – As *memes* estavam ficando impacientes. – A sua mensagem? Qual é?

– Poderia ser que eu...
– *Oui*, é isso – cinco *memes* apressaram-se em concordar. – Você está apaixonada, está apaixonada, é aquele amor que não nos deixa raciocinar direito, é essa a mensagem, você está amando como quando conheceu Pito... É o grande amor que existe entre vocês dois.

Duas *memes* mencionaram que, realmente, tinham notado algo diferente em Materena hoje, um brilho nos olhos... Mas vamos esclarecer uma coisa, Materena pularia mesmo no mar por Pito na vida real?

Materena pensa um pouco. Será que pularia no mar na vida real? Bem, *oui*, para salvar um dos filhos, é claro que pularia, com certeza absoluta, 100%. Embora eles nadem muito melhor do que ela. E... *oui*, ela pularia para salvar Pito também.

– Provavelmente – acrescenta Materena.

– Eh. – *Meme* Agathe dá risada. – Qual foi a maior loucura que você já fez por amor?

Mais uma vez Materena tem de pensar por alguns segundos. Hum...

– Eu saí escondida pela janela para encontrar Pito uma noite.

Materena explica que isso aconteceu naquela época em que ele nem era seu namorado oficial.

– Isso não é loucura! – grita *meme* Agathe. – Todas nós pulamos a janela para encontrar algum garoto de quem gostávamos!

Ela olha para as outras *memes* querendo que a apoiem nessa, mas só vê olhares sérios que querem dizer fale só por você.

– Querem saber uma das loucuras que eu cometi por amor? – pergunta *meme* Agathe.

Antes que alguém dissesse *non*, não estamos interessadas, ela dispara.

– Eu tingi o meu cabelo de louro!

Olhares de quem não entendeu, querendo dizer é isso? E chama isso de loucura? Pois bem, a próxima!

Bem, *meme* Rarahu andou vinte quilômetros para ver um menino de quem gostava. Fez a caminhada no escuro, sozinha, e isso não foi pouco, porque ela era muito *peureuse* quando jovem. Tinha mais medo do *tupapa'u*, os espíritos errantes malignos, medo não, ficava petrificada de pavor, mas queria tanto ver aquele garoto que superou o medo e andou os vinte quilômetros, recitando orações e olhando para trás a cada dois segundos. Ela foi andando depressa, claro. Aliás, se bem lembra, ela correu, misturando as orações e pensando em histórias assustadoras sem parar, como aquela do bebê de três meses possuído pelo demônio. Então, quando Rarahu finalmente chegou na casa daquele menino, ele estava entretido com outra menina! Por isso Rarahu voltou (e fez a mesma coisa, rezou e correu) e nunca mais viu aquele garoto. Essa foi a primeira e a última loucura que Rarahu fez por amor.

Para mama Teta, a maior loucura que ela fez por amor, amor por um homem, enfatiza ela, foi prometer ao marido em seu leito de morte que seria fiel a ele até morrer. Tinha trinta e dois anos, estava grávida de três meses de Johnno e era mãe de três meninos com menos de dez anos, com um marido que amava demais, mesmo quando era vivo.

O marido moribundo disse, exalando o último suspiro: "*Aita* Teta, não fale assim." Mas mama Teta repetiu a promessa. "Só existe um como você, como posso substituí-lo?" E essas foram as últimas palavras que o marido de mama Teta ouviu nessa Terra. E ela cumpriu sua palavra. Oh, mama Teta não está dizendo que foi uma santa, *non*, ela saía para dançar nas boates a fim de esquecer seus meninos fedidos um tempo e lembrar que ainda era uma mulher. Ela dançava, paquerava e namorava. Mas nunca mais se apaixonou. Continuou fiel ao marido em seu coração. Essa é a história de *mama* Teta (a versão resumida), seguida por outra história e depois mais outra. Todas tiveram sua vez para falar.

❦

Agora Materena, muito inspirada, no estúdio da Rádio Tefana, pede às suas ouvintes para contar as suas histórias. As histórias das loucuras que fizeram por amor quando não podiam raciocinar direito.

As mulheres correm para o telefone para contar suas histórias a Materena e à ilha toda.

Por exemplo:
Mentir para o juiz com a mão em cima da Bíblia para dar um álibi ao namorado. Sim, eu juro sobre a Bíblia e sobre a cabeça dos meus ancestrais que, na noite de catorze de abril, o meu namorado estava na minha cama. Por isso é impossível que ele esteja envolvido no furto de dez toca-discos da loja Sony, em Papeete.

Emprestar dinheiro para um namorado, para ele investir e para depois os dois comprarem um sítio. Mas depois que ela deu o dinheiro para ele, fechado dentro de um envelope, ela nunca mais viu o namorado. A última vez que ouviu falar, ele estava em Rapa Nui plantando flores.

Desistir de costurar, que ela adorava, só porque o namorado estava se sentindo em segundo plano. Muitas vezes ele dizia: "Você ama mais sua máquina de costura do que a mim." A mulher deixou de costurar dez meses e, em seguida, teve de costurar feito louca por cerca de um ano para recuperar o tempo perdido depois de ter acabado com o namorado.

Dar as suas galinhas porque o namorado não tolerava o barulho que elas faziam de manhã. Ela nem parou para pensar como suas galinhas eram especiais, não eram quaisquer galinhas, eram as netas das galinhas da avó dela. Quando a mulher percebeu a loucura que tinha feito, todas as galinhas que dera já tinham sido mortas e comidas. Ela berrou com o namorado por tê-la forçado a dar as galinhas. E deu um soco nele também. Ele fez as malas e foi embora.

Não há por enquanto nenhuma história no front masculino, mas as mulheres continuam telefonando.

Atravessar a nado um canal infestado de tubarões. Depilação com cera. Tatuar as iniciais dele nas costas, abaixo da cintura (Materena conhece essa, pois sua filha já fez isso. Só que não nas costas abaixo da cintura, na mão, para toda a população poder admirar).

Pegar o *ute*, sem permissão, de um dos tios, para dar uma carona, sem carteira de motorista, ao namorado até a casa dele.

Espere um pouco, tem um homem na linha, exclamam as duas assistentes pelo intercomunicador. Um homem! Rápido, faça a conexão. O nome dele é Hotu.

– *Iaorana* Hotu! – saúda Materena, mas com cuidado.

Ela não quer afugentar o primeiro ouvinte que liga para o programa.

– *Iaorana* Materena, *e aha te huru ite poipoi?*

– *Maitai.* – Materena acha a voz doce do rapaz familiar aos seus ouvidos, apesar de não ver o Hotu que conhece há muito tempo. – *Alors?* Qual é a sua história de fazer loucuras pelo amor quando não se consegue raciocinar direito? Conte para nós.

– Estou fazendo a mala para pegar um avião para a França amanhã de manhã – diz o jovem.

Mas ele não chamaria isso de loucura, diria que é coisa natural, o rapaz continua. *Não* pegar aquele avião é que seria loucura.

– Por quem você vai pegar esse avião? – pergunta Materena, embora já saiba.

Ela agora tem certeza de que o homem nessa outra linha é o dentista sexy Hotu, ex-namorado da sua filha.

– Pelo amor da minha vida.

Ohhh, Materena está muito emocionada. Lá está ela, com a mão no coração. As duas assistentes fazem a mesma coisa.

– Quando você resolveu pegar esse avião?

– Esta tarde.

– E o que o fez tomar essa decisão?

– Meu coração... morrendo de saudade dela.

Materena vai chorar dali a um minuto. Acontece que as lágrimas já estão escorrendo de seus olhos.

Está tão contente que Hotu não esteja arruinando aquele momento mágico com um comentário como: "E outras partes do meu corpo também morrem de saudade, *he-he-he.*"

– E o amor da sua vida, ela sabe que você está a caminho?

– *Non.*

Eh hia, agora essa história toda está começando a parecer perigosa. Faz Materena lembrar a história de *meme* Rarahu de percorrer vinte quilômetros a pé no escuro. Materena sabe que não há ninguém no horizonte de Leilani, no momento. Ou que, pelo menos, Leilani não *mencionou* haver alguém, mas isso não quer dizer que realmente não haja ninguém. Leilani poderia estar guardando seu novo segredo, e aí...

    Sem contar com o fato de que Leilani pode querer se preparar emocionalmente para essa grande reunião, lavar seu cabelo e tudo o mais. Então, sem parecer que está querendo jogar um balde de água fria no plano romântico de Hotu, Materena diz para ele que ele deveria dar ao amor da sua vida algumas pistas de que está indo encontrá-la.

    Mas Hotu mantém que preferia arriscar para ver o que aconteceria. Ele só vai ficar em Paris seis dias porque só tem isso, é tudo que pode oferecer. Pelo menos, no momento.

    – Boa sorte, então – diz Materena.
    – Posso dizer uma coisa fora do ar? Que não fique gravado?
    – Espere um pouco, é hora de tocar uma música mesmo.

    E vendo a ocasião especial, ela pede uma música que já foi tocada por muitas bandas taitianas, uma canção que é sempre tocada nos casamentos, uma canção que faz as mulheres quererem segurar seus homens. Por isso, por favor, "Guantanamera" para as damas e para o cavalheiro.

    Fora do ar...
    – Sou eu – diz o jovem.
    – O Hotu que eu penso que é? – Materena pergunta só para se certificar. – Hotu de Leilani?
    – *Oui, c'est moi.* Eh... – como quem não quer nada, Hotu pergunta para Materena se o amor da vida dele está saindo com alguém.
    – Só existe um na cabeça dela, e é você – diz Materena.
    Ela abençoa o jovem, mas ainda deseja boa sorte para ele.
    Enquanto espera a música terminar, Materena pensa se deveria ligar para a filha e avisar a chegada de Hotu, para Leilani poder se prevenir, raspar as pernas, tirar a sobrancelha, comprar um belo vestido, coisas assim. Mas aí estragaria a surpresa de Hotu e, de qualquer maneira, ele já viu a namorada de camiseta rasgada muitos

tamanhos maiores que o dela, completamente descabelada e com as pernas cabeludas.

Não, não é necessário avisar, resolve Materena. Hotu está tão apaixonado por Leilani que nem vai se importar com a sua aparência quando ela abrir a porta.

❀

– Menina? – Materena sorri com ternura, espiando Pito amarrar os cadarços do tênis dele. – Hotu está indo para aí para ver você. Ele já está no avião.
– *AHHHHHHHHHHHHH!!!!* – um grito de prazer. – Mas eu não me depilo há semanas! – Ela entra em pânico. – Não tiro a sobrancelha há semanas também! O que eu vou usar? Preciso me arrumar! Está bem, *nana* mamie!

Essa é a conversa telefônica mais curta que Materena já teve com sua filha. Nem chegou a trinta segundos.

Ímã para atrair mulheres

Com os tênis amarrados e a neta bem segura em seus braços, Pito está de saída para caminhar um pouco pela vizinhança, fazer um pouco de exercício. Pode ser que cheguem até o aeroporto internacional. Quando se tem uma mulher quente, é preciso se manter em forma.

– Cuidado com os cachorros! – Materena avisa Pito quando ele sai de casa.

Mas não é com os cachorros que Materena deveria se preocupar, é com as mulheres! Pois Pito está prestes a descobrir que um homem com um bebê no colo é o príncipe encantado no que diz respeito às mulheres, mesmo que não seja, bem... tão agradável à vista.

Mas não é para ser o príncipe encantado que Pito está levando a neta nessa nova jornada para entrar em forma, o motivo é muito mais simples. Ele apenas teve vontade de tirar um pouco aquele bebê de casa, de levar a menina para o ar livre, para mudar suas ideias e tudo. E há também o desejo de parecer normal.

Do jeito que Pito vê a situação, um homem andando pela rua sozinho provoca desconfiança. As pessoas vão dizer: "O que esse homem faz, andando sozinho por aqui, eh?" As pessoas vão pensar que ele está planejando roubar seus aparelhos de TV, ou pior, fazer algum mal aos seus filhos. E Pito acredita que um bebê possa servir de camuflagem para ele, para andar por aí sem ser notado. Mas, primeiro, um rápido *Iaorana* para Mori, que está sentado embaixo da mangueira no posto de gasolina, como sempre.

– Eh, Iaorana. – Mori se levanta. – E como vai a rainha hoje? – ele pergunta, beijando os pezinhos de Tiare.

A rainha dá risada. Ela adora seu tio-avô Mori.
– E então? – diz Pito. – Qual é a última notícia da Rádio Coco?
Pito já conhece a notícia da Rádio Coco, já que Mori contou para ele ontem e anteontem, mas não faz nada mal ouvir de novo que você é maravilhoso.
– Dizem que você é maravilhoso.
– *Ah bon?* – Pito finge surpresa.
– *Ah oui* – confirma Mori. – Você é maravilhoso, você é o campeão, você é o número um.
– Hum. – Pito se empertiga, todo orgulhoso. – Então não estão mais me apunhalando pelas costas, eh?
– *Non*, primo, as mulheres adoram você.

As mulheres, no caso, é claro, são as parentes por afinidade que nunca acharam Pito grande coisa até recentemente, quando ele se tornou o sr. Mama, cuidando da neta enquanto Materena sai para trabalhar.

Quando a notícia de que Materena tinha nomeado Pito encarregado de cuidar de Tiare chegou à Rádio Coco, os parentes ficaram muito preocupados. O que nossa prima está fazendo, perguntavam. Confiar num homem que não merece confiança, se há tantas mulheres na família que se dispõem a ajudar.

Mas agora já se sabe que Pito pode trocar fraldas, fazer mamadeiras, massagear a barriga da neném para aliviar as cólicas de gases... ele sabe fazer tudo, e sem supervisão nenhuma. Além disso, ele vai tirar suas férias no mês que vem para ajudar Materena com o bebê! Por falar em milagre! *Bon ben*, já que a notícia ainda é a mesma, é melhor Pito começar seu programa de exercícios. E lá vai ele, andando a passos rápidos e já se sentindo um pouco mais saudável.

– Pito!

É mama Teta e sua gangue de seis *memes* aparentemente respeitáveis, todas de vestido de missionária (também conhecidos como mama *ruau* – vestido de velha), tênis e chapéus de pandanus, que avistam Pito e correm para ele.

— *Eh mea ma!* — Pito exclama e pensa: que ótimo, elas vão ficar falando dias, e eu nunca vou fazer meu exercício.

Simultaneamente e com rapidez impressionante, as mulheres tiram seus lenços de dentro dos sutiãs para secar o rosto. Ninguém quer beijar gente suarenta.

Pito cumprimenta a veneranda mama Teta com dois beijos no rosto. Também beija as companheiras dela porque sabe, por experiência, que as *memes* gostam de ser beijadas. Se beijar uma, tem de beijar o bando todo, senão elas ficam tristes. Por isso, *bisous-bisous* multiplicados por sete.

— Para onde vocês estão indo? — pergunta Pito.

Mas ninguém está ligando muito para Pito, ele já é história antiga. O bebê em seus braços é muito mais interessante.

— *Aue!* Ela é tão pequenininha, tão linda, parece uma boneca, posso segurar um pouquinho?

Mas a neném esconde a carinha na camisa do vovô.

— Ela está se escondendo, a pequena *coquine*, vamos, *mistinguette*, dê um sorrisinho para mama Teta.

Depois de um pouco mais de persuasão, mama Teta finalmente recebe o tão querido sorriso.

— *He-he!* — ela se vangloria. — Ela sorriu para mim, é porque ela sabe que tem o meu sangue, que eu sou família.

As outras *memes* empurram mama Teta para chegar mais perto e receber a bênção do sorriso da neném também. Elas arrulham e arrulham, murmuram palavras doces, imploram com as mãos juntas como se rezassem, fazem cócegas nos pés da neném, e logo são trinta parentes querendo se aproximar da bebê Tiare. Os carros que passam diminuem a marcha e as cabeças, inclusive os motoristas, se viram para ver o que está acontecendo. Será um político fazendo corpo a corpo com o povo para obter votos? Uma celebridade que esperava passar incógnita? *Eh non*, é só um homem com um bebê no colo, vamos embora.

Mas aquele não é só um homem com um bebê no colo. Segundo a multidão de mulheres presentes, é um homem que passa para a próxima fase da vida, a fase da sabedoria e da maturidade.

– Ah – suspira uma das companheiras de mama Teta. – Eu já vi isso muitas vezes na minha vida. Quando os homens são jovens, fazem bebês como se fossem livres, mas não se importam, eles querem *permanecer* livres. Então eles ficam velhos e os vemos andando por aí com bebês no colo, e eles até trocam fraldas... Ah, *maitai*, é bom.

– É verdade – concorda outra companheira de mama Teta. – Eu acho que os homens só deveriam se tornar pais quando tivessem a cabeça amadurecida. Há jovens pais irresponsáveis demais por aí, eles não entendem nada, nem a eles mesmos.

– Deveria haver uma lei dizendo que os nossos homens não podem ser pais até terem pelo menos trinta anos.

– Eh, quarenta é melhor.

E não param mais, e Pito está ficando *fiu* com tudo aquilo, sem contar que o jeito como algumas de suas parentes por afinidade olham para ele já o está deixando bastante constrangido. Loma, por exemplo, olha fixo para Pito como se quisesse agarrá-lo. Lily também... Lily que nunca deu bola nenhuma para Pito antes porque ele é casado com sua prima e não é seu tipo, mas esta manhã, por algum motivo, ela está admirando Pito abertamente, como se ele fosse um herói, um bombeiro com medalha por bravura ou qualquer coisa assim. Ela olha, desejosa, para a garotinha no colo de Pito e sorri para ele.

Pito retribui o sorriso de volta, vira a cabeça para uma das companheiras de mama Teta, a mais velha, deve estar com quase oitenta anos, e ela também olha para Pito como se quisesse agarrá-lo, pular em cima dele.

Com breves pedidos de licença, Pito escapa das fãs e caminha o mais rápido que pode, passa pela loja chinesa, os barracos de fibra de palmeira, vira à direita e segue na direção do aeroporto internacional. *Voilà*, finalmente, ninguém o conhece por aquelas bandas. O plano de Pito é dar a volta no estacionamento dez vezes, andando, vinte até se Tiare não reclamar, trinta se ela aguentar. Muito bem, então, vamos para a primeira volta a passos rápidos para fazer o coração bater mais rápido. Vamos, vamos, vamos... *allons y!*

– Oh, que lindo bebê! – exclama uma jovem saindo do carro dela. – Quantos meses ele tem?
– Quatro meses – responde Pito, olhando para a frente.
Ele nem vai se dar ao trabalho de corrigir o erro daquela mulher sobre o sexo da neném. Ele já viu muitas mulheres ficarem aborrecidas quando as pessoas erram o sexo do bebê – é uma menina!, ou, é um menino! –, mas quem se importa com essas coisas, Pito pensa. Não é o fim do mundo se as pessoas pensam que o seu bebê é um menino quando é uma menina, ou vice-versa. São apenas desconhecidos. Não contam.

E agora, vamos dar um pequeno passeio pelo aeroporto, vamos contar os turistas, eh? Lá estão três mulheres jovens, bronzeadas, de cabelo dourado pelo sol, sentadas nos bancos com pranchas de surf e mochilas a seus pés. Elas dão para Pito o maior e mais simpático sorriso, como se o conhecessem muito bem. Ele também dá um sorriso simpático para elas. Mais adiante, duas mulheres negras de trinta e poucos anos, de calça jeans, top branco e sapatos de salto alto, admiram Pito e o bebê que ele tem no colo abertamente. Elas são tão lindas que os olhos de Pito saltam das órbitas. Elas perguntam, com a linguagem de sinais, se podem tocar no bebê.

– Claro que sim! – Pito responde também com sinais. – Toquem no bebê o quanto quiserem.

As mulheres negras se animam, acariciam o braço de Tiare com muita delicadeza, conversam com ela em sua língua, sorriem para o bebê que sorri para elas, exalando o hálito com cheiro de menta sobre Pito, fazendo a cabeça dele girar com o perfume forte.

Pito está no paraíso. Essas mulheres, certamente top models, jamais, nem em um milhão de anos, teriam olhado duas vezes para Pito se ele não tivesse Tiare nos braços. Para dizer a verdade, elas não olhariam nem uma *primeira* vez para ele. Ah, se Pito soubesse disso antes, teria levado seus filhos para muitas caminhadas quando eles eram bebês. Teria ficado mais popular, em vez do bonitão Ati merecer toda a atenção.

Mas as lindas mulheres negras precisam ir agora e, fazendo cara de triste, elas sopram um beijo e outro beijo para o lindo bebê. O avô também recebe um beijo soprado assim, e ele ainda está sorrindo minutos depois, bem depois daqueles anjos terem ido embora.

Quando ele desperta desse devaneio, está diante do café do aeroporto. E quem ele vê sentado lá no fundo? Ati... sozinho.

Isso é estranho, pensa Pito. Ati costuma estar sempre acompanhado, e hoje, além de tudo, parece muito tristonho. É uma mudança do Ati sorridente-com-todos-os-dentes. Ati sorridente-com-todos-os-dentes (porque ele tem um apartamento na cidade, um carro bonito, uma voadeira, mulheres, o pacote completo) de vez em quando irritava Pito. É bom ver Ati parecendo um pouco normal. Mas, de qualquer forma, Pito espera que seu melhor amigo não esteja sofrendo de depressão.

– *Copain?* – Pito dá um tapinha gentil no ombro de Ati e conta as xícaras de café vazias na mesa. Oito.

– *Eh copain!* – Ati exclama sorrindo, mas quando Pito senta com a neta no colo, Ati já está com a cara triste de novo.

– Você está bem? – pergunta Pito.

– Eu não tenho nada – pronto, Ati falou.

– Você não tem nada?

– Nada, *copain*; não tenho esposa, não tenho família, não tenho nada.

Ati prossegue contando que costumava olhar para um homem com filhos e pensava: "Ainda bem que eu não sou ele." Ultimamente, porém, ele anda pensando: "Eu desejo ser ele." Ei, e o marido da irmã dele com sua tribo de oito filhos? Um dia, no ano passado, o cunhado de Ati chegou em casa depois do trabalho enquanto Ati visitava a irmã. As oito crianças correram para o pai e pularam em cima dele, e Ati pensou: "Estou muito feliz de não ser ele. Imagine ser atacado desse jeito todos os dias." Ontem, contudo, o coração de Ati se encheu de inveja do cunhado. Ele pensou: "Imagine ser saudado dessa maneira todos os dias." Quando Ati entra no seu apartamento vazio, tudo que recebe é um olhar de reprovação de suas plantas moribundas.

– Olha só o que você tem, Pito – diz Ati com sua voz triste. – Uma bela esposa, três filhos fantásticos e agora essa princesinha. Olhe para mim, eu serei um velho solitário que assusta criancinhas.

— Ati, você andou bebendo café demais.
Ati não responde.
Pito nunca viu Ati daquele jeito, mas será o primeiro a admitir que Ati está colhendo o que plantou. Pito nem consegue contar nos dedos quantas mulheres seu melhor amigo levou às lágrimas. Centenas? Algumas dessas mulheres eram boas mulheres, dispostas a dedicar a vida inteira a Ati, mas, *non*, Ati tinha de ver se a próxima seria melhor. E o bonitão Ati não está ficando mais jovem, apesar de às vezes acreditar que está, na caça de mulheres cada vez mais jovens. Algumas delas jovens demais – verdes, longe de serem maduras – porque, como disse Ati, o homem tem a idade da mulher que dorme com ele.

— Vou dizer uma coisa, *copain* – declara Ati muito sério. – A próxima mulher que eu conhecer será minha esposa.

— *Ah oui?*

— *Oui*, eu juro para você.

— Você não tem de jurar nada para mim, a vida é sua.

— A próxima mulher que eu encontrar – Ati repete – será madame Ramatui.

— Que tal uma das primas de Materena? – Pito diz brincando. – Assim nós nos tornamos concunhados.

— Em quem você está pensando? – Ati parece interessado.

— Loma? – Pito continua brincando.

— Loma! Você ficou louco?

Pito dá risada e pensa em Rita. Se ela não estivesse com Coco, Pito recomendaria (e muito) que Ati tentasse a sorte com ela. Pito sempre gostou de Rita. Ela tem os pés no chão, é uma pessoa muito boa e ultimamente muito bonita também. Rita perdeu mais peso em sua tentativa de engravidar, algo em torno de trinta quilos! Coco deve estar abominando o dia em que Rita finalmente conseguir engravidar e passar a comer por dois de novo.

— Bem, e que tal a Lily? – Pito lembra que houve um tempo em que Ati gostava de Lily, mas tinha muito medo de chegar perto dela. Ati afirmava, na época, que Lily era muita areia para o caminhão dele e, além disso, ela só gostava de homens de uniforme, com medalhas. Ati ainda tinha vontade de tentar a sorte, com certo estímulo de Pito, mas então soube que Lily vivia partindo corações. E acabou aí, já que Ati também vivia partindo corações. Não se pode ter duas pessoas que partem corações partindo o coração uma da outra.

Bem, pode ser que Lily tenha mudado, como Ati mudou.

– Lily... – Ati olha para o alto, pensando. – *Oui*, eu poderia tentar a sorte com ela... mas ela não parece ser uma mulher que quer ter uma família.

– Veja se consegue levá-la para a cama primeiro – Pito diz e dá de ombros –, depois pede para ela com delicadeza.

– Então você pode arrumar alguma coisa? – pergunta Ati, interessado.

Esse é o Ati dizendo *Oui*, vou me esforçar ao máximo para levar Lily para a cama e depois pedir para ela me dar filhos, com toda delicadeza.

Pito assente com a cabeça. Ele não se importa de bancar o cupido.

– Vamos ter um jantar em casa semana que vem, vou dizer para Materena convidar a Lily... pode deixar comigo.

O novo homem

Cuidar de um bebê nas férias não pode realmente ser chamado de férias, mas não quer dizer que Pito não esteja gostando do primeiro dia do seu tão merecido descanso da labuta, mesmo envolvendo troca de fraldas e preparo de mamadeiras.

É bom ser a pessoa que mais conta, para variar. Pito não está dizendo que Tiare ignora a avó, e não está comparando ninguém, não há comparação a fazer, mas digamos apenas que Pito tem o toque mágico com Tiare no momento. Sempre que Tiare está meio amuada, chorando sem motivo e agitada, Materena automaticamente passa o bebê para Pito. Por sorte, e até agora, pelo menos, Tiare só faz sua encenação quando o avô está por perto. O tempo irá dizer quanto vai durar o toque mágico de Pito.

Agora mesmo Tiare está em cima da barriga do avô. De vez em quando, Pito faz a barriga inchar e a neném sobe e dá risada. Materena, ali perto, trabalha numa colcha de berço para a neta e dá risada.

– Pito eh, você é um palhaço, sabe?

Pito pisca para a mulher e acha que ela está muito linda esta manhã. Ela costumava infernizar a vida dele nas manhãs de sábado. Ele ficava no sofá tentando se recuperar da ressaca e ela resolvia fazer uma faxina caprichada, arrastar a mobília toda, varrer tudo como uma doida. Mas aí está ela agora, bordando tranquilamente o nome da neta numa colcha, com uma expressão serena no rosto e um pouco de ruge na face.

Fizeram uma brincadeira antes sobre nomes em colchas de berço. A maioria dos taitianos tem uma colcha do tamanho de um

berço com o nome deles bordado. Pito tem, Materena também tem, e cada um dos três filhos deles. E agora Tiare. Quando ficarem velhos, Materena disse rindo, andando em círculos num asilo com a colcha nos ombros e esquecendo o próprio nome, eles pedirão para alguém: "Por favor, sabe qual é o meu nome?" A pessoa lerá logo o nome na colcha e dirá: "Bem, se essa colcha é sua, seu nome é..."
Ah, Pito está gostando muito da nova Materena. É divertido o homem poder partilhar uma piada com sua mulher sem que ela fique na defensiva por pensar que ele a está criticando.
Pito agora está pensando naquela noite em que ela não dormiu na cama de casal... Para onde ela foi? E com quem? Eles não tiveram chance de conversar sobre isso desde que Tiare entrou em suas vidas, e talvez também nem quisessem. Pito não perguntou nada, e Materena não confessou. Ele sabe que existe uma confissão. Ele sabe que sua mulher não passou a noite com a amiga inventada Tareva. Ele sabe porque perguntou para ela, uma noite dessas, de modo bem casual: "Como vai Tareva?" E Materena respondeu: "Quem?" Bem, está certo, Materena estava meio dormindo, mas mesmo assim... daria para lembrar de uma amiga com quem tivéssemos passado a noite inteira.
Materena pega o marido olhando para ela.
– O que foi? – pergunta.
– Só estou olhando para você – diz Pito, e faz aquele olhar de hum nada mau...
– Papa, eh... – Materena dá risada.
Ela costumava ter uma risadinha de menina quando era jovem, mas a risada mais aguda (o *hi-hi-hi*) foi substituída por uma risada mais profunda (o *he-he-he*), a risada de uma mama. Não que Pito se importe, é bom ouvir a risada de uma mama, conta muitas histórias. Diferente da risada rouca de uma *meme*, que pode ser meio desconcertante.
Pito tinha muito medo de que Materena se transformasse numa *meme* da noite para o dia depois de descobrir que era avó. Pito já viu esse estranho fenômeno acontecer na própria família. Muitas de suas tias se transformaram em *memes* de um dia para o outro.

Num minuto estavam dando aquela risada sexy de mama, andando daquele jeito sexy de mama, o andar que diz "Posso ter passado dos quarenta, mas continuo com tudo", e no minuto seguinte davam aquela assustadora risada de *meme*, andando devagar com aquele ruído de chinelo arrastando, junto com os suspiros compridos e exaustos. O andar que diz: "Sou uma *grandmère* agora, nem pense nisso."

Felizmente para Pito, Materena continuou uma mama sexy. Continuou com seu passo rápido, o passo que diz: "Posso ter passado dos quarenta, mas continuo com tudo: o amor sexy, a energia, o entusiasmo... o pacote completo!"

Mas é tão bom quando ela fica assim sentada, quieta, para variar. O homem pode olhar direito para sua mulher quando ela está imóvel, como Pito está fazendo agora mesmo. Ele está realmente feliz da mulher dele não ter perdido aqueles tornozelos elegantes. Pito adora tornozelos finos. Ele adora os pulsos de Materena também, são tão pequenos que quase não dá para acreditar que pertencem a uma mama forte e sexy. Quanto ao corpo de Materena, bem, é um pouco maior do que de quando a conheceu, tem mais carne na cintura, mas ela ainda é uma mama sexy.

Pito fica muito grato com o fato da sua mulher ter se cuidado. Muitas primas dele eram bem bonitas quando jovens, mas, assim que puseram o primeiro bebê para fora, começaram a comer como loucas. Todos os pratos tinham de submergir em leite de coco, e cada porção precisava ser multiplicada por duas, às vezes três. Mas Materena...

— Eh, Pito. — Ri a mama sexy. — Pare de olhar para mim como se nunca tivesse me visto antes.

— Sabe quando eu estava na França fazendo o serviço militar? — ele diz.

Por algum motivo, Pito acha que aqueles dois anos incógnitos precisavam ser esclarecidos hoje.

— E eu chorava no meu travesseiro por você e você não enviava nem um cartão-postal, e você tinha seis namoradas, *oui*, eu sei. — A voz de Materena não é de zanga. Ela se conformou com o fato de

que isso aconteceu há muito tempo e ela não era realmente a namorada oficial de Pito.
— Eu não sabia que você estava esperando por mim — diz Pito.
— Eu disse que te esperaria.
— Bem, eu não sabia que você falava sério.
— Pito, você sabia que eu era maluca por você — diz Materena.
— Eu não sabia que você estava falando sério — repete Pito. — Pensei cá comigo, ah, ela deve estar com outro agora, ela não vai ficar me esperando dois anos sem namorar ninguém, ela é uma menina bonita.
— Eu nem olhava para os outros meninos. O único menino que eu tinha na cabeça era você.

Materena larga a colcha alguns segundos para suspirar com nostalgia e confessa que ela sabia, simplesmente sabia, no fundo do coração, que era seu destino ficar com aquele menino Pito Tehana, que era seu destino ter filhos com ele.
— Eu ainda sou o único menino que você tem na cabeça agora? — pergunta Pito, surpreso com a confissão da mulher.

Ele sabia que ela gostava das coisas que ele fazia embaixo da árvore de fruta-pão atrás do banco, mas não tinha ideia de que ela fantasiava ter filhos com ele.

Materena olha demoradamente para ele, um olhar que diz: "Você fez uma pergunta boba." Ah, Pito adora aqueles grandes olhos castanhos, especialmente quando não estão zangados. Pito olha para Tiare, que fixa nele os grandes olhos castanhos, os olhos da avó.
— Tiare tem olhos lindos iguais aos seus — ele diz.
— Olhos lindos? — Materena sorri. — Você nunca me disse que meus olhos eram bonitos.

Ah, e quando ela sorri, tem aquela covinha bonitinha na face esquerda. Pito olha para Tiare novamente, e a menina continua olhando fixo para ele. Ele sorri, e ela automaticamente sorri também.
— E ela também tem a covinha bonitinha igual à sua.

– Covinha bonitinha? Você nunca me disse que a minha covinha era bonitinha.
– *Bon ben*, hoje deve ser o seu dia de receber elogios.
– E eu aceito, *maururu roa*.
Pito espera que Materena o elogie também, mas ela está ocupada costurando.
– E eu? Você vai me elogiar assim também? – pergunta. – Aí nós ficamos quites.
Materena olha bem para Pito. Ele agora está com aquela expressão nada-mau-para-a-minha-idade-eh? E, além disso, ando me exercitando esses dias. Passa meio minuto, e Materena continua a analisar Pito.
– *Allo?* – diz Pito, meio sério, encolhendo a barriga. – Você realmente não está com pressa nenhuma de me elogiar.
– Pito... quando olho para você, eu vejo... – Parece que Materena não tem certeza se deve ou não dizer para o marido o que vê.
– O que você vê? – Agora Pito está preocupado.
Ele sabe que não é mais bonito como era antes, como sua mãe gostava tanto de dizer. *Oui*, a barriga está um pouco *tautau*, e o cabelo meio grisalho, ora, o que você queria? As pessoas não ficam com a aparência de dezoito anos a vida inteira.
– *Alors?* O que você vê?
– Eu vejo um amigo – pronto, Materena falou.
– Um amigo! – Pito esperava um elogio. – Só vê isso? E quanto ao meu corpo, hum? Acha que tenho de andar mais?
– Aos meus olhos, você está bem assim.
– *Ah bon?* Você não quer um homem com mais músculos?
Materena informa ao marido que ela nunca se interessou por músculos, por que se interessaria agora? Quando o conheceu, ele não tinha músculos. Pito informa à sua mulher que, *excuse moi*, ele tinha músculos quando os dois se conheceram. *Non*, insiste Materena, ele era magricela como um prego quando ia comer seu sanduíche na lanchonete onde ela trabalhava. Pito nega isso, e por que ela foi gostar dele se ele era magricela como um prego?

– Você tinha uma coisa... E então, quando me beijou, eu me rendi.

Pito dá uma risadinha.

– Como foi que eu beijei?

– Como você me beija agora.

– E... – Pito está gostando muito daquela conversa.

– Bem, você beija gostoso, seus lábios são muito macios.

– Meus lábios são macios, eh? – Pito está gostando muito mesmo daquela conversa. – O que mais você gostava em mim?

– As mesmas coisas de que gosto agora.

– E... diga...

– Bem, eu gosto do seu jeito de...

– Você... vamos lá... desembucha.

Materena dá risada, sua risada de mama sexy e balança a cabeça.

– Não preciso desenhar para você entender, Pito, você sabe o que eu quero dizer. Mas você está se tornando um amigo para mim porque...

– Então meus lábios são muito macios – interrompe Pito.

Ele não está interessado na história do amigo. Ele não quer ser amigo da mulher dele. Já tem amigos suficientes. Ele quer que Materena fale sobre seus lábios e tudo o mais.

– Eu acho que não amei você antes como amo agora, Pito.

– Eh? – De repente Pito fica confuso.

– Bem, *oui*, eu te amava, mas não como amo agora, sabe o que eu quero dizer?

Non, Pito não tem a menor ideia do que Materena está dizendo!

Ela explica o que está querendo dizer, e é bastante simples. Antes, quando os filhos deles eram pequenos, ela considerava prioridade não deixar o pai dos seus filhos escapar, ela queria um pai à mesa da cozinha, um pai na vida dos filhos, estava preparada para segurá-lo de qualquer maneira. Por mais insensível que ele fosse, quando esquecia o aniversário dela, quando preferia os *copains* a estar com ela... Mas agora as crianças tinham crescido e...

– Você pode me expulsar. – Pito dá risada. – Para ficar com o seu namorado chinês.

– Que namorado chinês?
– O namorado que você conheceu na Kikiriri.
– Pito. – Materena cai na gargalhada. – Eu estava com a prima Lily.
– A noite toda?
– *Oui*, a noite toda, nós dormimos no hotel. – Materena ainda está rindo.
– Por que não me disse que estava com a sua prima em vez de mentir sobre aquela amiga?
Materena larga a colcha para olhar Pito bem nos olhos.
– Pito... você tem ideia do quanto eu fiquei furiosa com você? Estava tão furiosa que queria me divorciar de você.
– Eh?
A sala fica escura um breve segundo, e bebê Tiare, sentindo o susto do avô, começa a chorar.
– *Non, non* – Pito acode depressa, dando tapinhas carinhosos na bundinha dela. – Não chore, *chérie*...
Ele olha para Materena com cara de dúvida e diz:
– Divórcio?
– Divórcio – Materena confirma. – Fazer as suas malas, mandar você de volta para a sua mama e nunca mais falar com você.
– Por quê? O que foi que eu fiz?
– Não foi o que você fez, foi o que você disse.
Pito agora está mais confuso ainda.
– O que foi que eu disse?
– Você não lembra?
Pito vasculha a memória. Lembra que Materena ficou sem falar com ele seis dias porque, conforme ele concluiu, ela estava *fiu* de ver a cara dele, como sempre acontece com os casais. E então ela agiu como se o odiasse por todo aquele tempo, mas...
– O que foi que eu disse?
– Quando eu disse que queria procurar o meu pai, você disse...
– Você quer procurar seu pai? – Essa era a primeira vez que Pito ouvia falar daquele assunto.

– Você disse – continuou Materena: – Você acha que ele vai querer conhecer você?
Pito arregala os olhos atônito, e mais uma vez a bebê Tiare começa a chorar. Pito senta e segura a neném sobre os joelhos. Ele está precisando de ar fresco. Sua cabeça está girando um pouco. *Non*, ele não disse essas palavras para Materena, de jeito nenhum.
– Eu disse mesmo...
Materena meneia a cabeça com tristeza.
– Eu fui *taero*? – pergunta Pito, apesar de já saber a resposta.
Outro movimento triste de cabeça, afirmando.
Pito fica completamente envergonhado.
– Perdão, *chérie*, eu estava...
– Eu já o perdoei. – Materena sorri. – Senão você não estaria aqui hoje, estaria na casa da sua mãe, ficando *taravana*.
– Mas... Materena, seu pai terá muito orgulho de conhecer você! – exclama Pito, assustado de ver que tinha chegado tão perto de ser expulso de casa... e por uma coisa que ele nem imaginava que tinha feito. – Ele vai achar você incrível!
Materena olha para baixo timidamente e dá risada.
– Eu acho que você já me elogiou bastante por hoje.
– Não são elogios, é a verdade. Eu posso ajudá-la a procurar seu pai.
Materena pega a colcha e dá de ombros.
– Tenho muita coisa na cabeça agora. O trabalho, as crianças... A nossa *mootua* sem a mãe e o pai por perto.
– *Chérie*, assim que Tamatoa vier para casa – diz Pito, e pensa aquele menino *vai* voltar para casa, sim –, nós podemos começar a procurar seu pai juntos.
Materena sorri e continua costurando.
– Eh, Pito... uma coisa de cada vez.
Ela gostaria de curtir seu novo homem um tempo primeiro.

O menino de ouro

Depois da chegada de Tiare, Pito foi o homem dos olhos de Materena durante dois anos da maior felicidade. Mas agora há um novo homem na casa – o menino de ouro de Materena, seu primogênito, o adorado filho mais velho, Tamatoa.

Desde que ele voltou para casa, graças ao seu pai que pagou a passagem com seu *carte bleu*, Tamatoa sai para dançar e beber com seus *copains* e primos, e, quando chega em casa, conta com um prato de comida à sua espera na mesa da cozinha. Ele banca o palhaço e faz a mãe e a filha rirem com aqueles passos de dança estúpidos que aprendeu sabe Deus onde. O último número dele aqui é dançar, tirar o pente do bolso de trás da calça jeans e pentear o cabelo enquanto continua a dançar.

Depois de comer, ele deita no sofá na frente da TV como morto... e fica horas assim! É isso, ou então ele sai e passa a noite inteira na boate, dançando seus passos estúpidos de discoteca, volta para casa quando está quase amanhecendo e não sai da cama até o meio da tarde.

Essa situação está deixando Pito maluco. Teve uma conversa sobre isso com Materena esta noite, antes de ela ir trabalhar, e ela disse:

– *Aue* Pito, nosso filho acabou de voltar para casa. Não se preocupe, ele vai ficar bem, pelo menos está em casa toda noite para comer. Não vai para a casa de outras pessoas e não bebe no caminho. Dê um tempo para Tamatoa brincar um pouco.

Tempo para brincar? Ele andou brincando pela Europa inteira meses a fio desde que terminou o serviço militar. E de qualquer modo, Pito não teve tempo de brincar quando se tornou pai. Saiu direto da sala de parto para o emprego, por assim dizer. Ah, é verdade, no dia em que seu precioso filho veio ao mundo, Pito se tornou sério. Não ia dançar nas boates. Trabalhava feito escravo na fábrica, oito horas por dia!

Pito já devia saber que não adiantava reclamar de Tamatoa com Materena. Para ela, ele é um filho muito bom, abençoado o dia em que ele nasceu etc. Depois de dois anos se queixando ao telefone com ele (e para a foto dele de uniforme de soldado que fica na sala de estar) por demorar tanto tempo para voltar para casa e conhecer a filha, Tamatoa se transformou num santo aos olhos da mãe, porque ele agora está aqui. E mais ainda porque ele voltou antes do Dia das Mães.

Se Materena pudesse ver seu menino de ouro agora, pensa Pito. Eles estão em Papeete com Ati e o filho dele para comprar presentes para o Dia das Mães.

Pito olha para sua neta de dois anos que está a cinco metros de distância, com um par de tênis vermelho novo em folha, combinando com o vestido vermelho e as fitas vermelhas nas marias-chiquinhas. Neste momento ela está parada ao lado do pai que entrou na vida dela há menos de uma semana, o pai que está ocupado demais examinando as garotas que passam para poder notar os tênis novos.

– Eh papi, olha meus tênis – ela diz com sua vozinha de criança.

Mas o jovem não escuta, pois está fascinado por um bando de estudantes que passeiam por ali, segurando firme os preciosos cadernos e livros. Ele assobia e diz palavras doces.

– Eh *bella! Bellissima!*

As meninas se viram e riem, e, em seguida, o belo e forte rapaz de vinte e três anos que está apenas de calça jeans dobrada na canela vai atrás delas, com um andar de robô. As estudantes viram para olhar para ele e riem mais.

– Tamatoa! – chama Pito pensando, que ótimo, você enviou seu filho para fazer o serviço militar e se tornar um homem, e mandaram de volta um palhaço. – Olha a *bébé!*

O pai (jovem demais para entender) volta para o lado da filha arrastando os pés, de cara emburrada. Por um segundo, parece que ele vai gritar alguma coisa para o pai, alguma coisa como o que disse para ele na noite anterior e na outra e na outra, e ao telefone muitas vezes.

– Eu não pedi para ter um filho. Os filhos deveriam ficar com a mãe. Miri é uma sem-vergonha de abandonar a filha desse jeito. Não basta enviar brinquedos e fotos dela com seu namorado Godzilla francês... Ele realmente não parece católico, aquele cara. Ela deveria levar a filha para morar com ela na França. Você e mamie não deviam ter adotado legalmente a Tiare. Agora Miri pensa que não tem responsabilidades.

Mas bastou uma olhada para o pai de dentes cerrados para Tamatoa compreender que não era hora de criar caso.

– Merde!

Ati está perdendo o controle. Bem diante de uma pizzaria, e ainda mais num dia tão quente como esse! O suor escorre na testa.

– *Copain, haere maru, haere papu*; vá devagar, vire para a direita.

É Pito falando com a voz calma. Será que é difícil montar um carrinho de bebê? Mas não estamos falando de um carrinho barato que é fácil dobrar, estamos falando de um equipamento de ficção científica, o carrinho de última geração, importado dos EUA. Custou a Ati os olhos da cara. E hoje, um dia antes do Dia das Mães, Ati vai comprar para a mãe do filho dele, a Lily, algo ainda melhor. Assim que ele conseguir pôr aquele *putain* de carrinho de pé.

O lindo menininho de Ati foi concebido na mesma noite em que os pais foram convidados para jantar na casa de Materena e Pito (onde Ati impressionou muito a Lily com seus conhecimentos históricos), e o bebê veio ao mundo oito meses atrás, numa clínica particular.

Naquele dia, que Ati solenemente proclamou ter sido o melhor dia de toda a sua vida, ele teve uma conversa séria com Lily.

– Olha – disse –, mesmo não tendo funcionado para nós, vamos combinar de fazer o melhor possível pelo nosso filho. Ele precisa crescer junto com o pai e a mãe.

Ela respondeu:
— Tudo bem, ótimo. Você pode ter seu filho três dias por semana, eu fico com ele quatro.
— O quê? — Ati esperava uma combinação mais em tempo integral. — Você está falando sério?
— É melhor não reclamar — disse Lily docemente. — Talvez você só veja meu filho dois dias.

Pito disse para Ati não se preocupar demais, que não era a melhor hora para negociar com uma mulher quando ela acabava de ter um filho — claro que Lily logo entenderia que é muito mais prático criar um filho quando pai e mãe vivem sob um mesmo teto. Mas Pito subestimou a suprema capacidade que Lily tinha de organizar as coisas. Menos de uma semana depois do nascimento de Rautini, a combinação bem incomum da mãe dele com o pai já funcionava muito bem.

— Merde!

Ele vira o carrinho de cabeça para baixo e dois pares de olhos confusos examinam os encaixes e as borboletas, *purée de bonsoir*, quem foi que inventou essa coisa idiota?

— Olha o meu tênis. — Uma vozinha diz de novo, querendo chamar a atenção do papa.

Mas Tamatoa não quer saber dos sapatos daquela menininha. Está mais preocupado com as meninas morenas que passeiam por ali. Ah, como sentiu saudade daquelas morenas. As francesas são lindas, mas as taitianas são melhores. Ele tinha esquecido. As taitianas não ficam de mau humor se você desmancha o penteado delas. Quando conheceu Miri Makemo realmente ficou caído por ela, mas era a roupa que ela usava — o saiote tradicional de ráfia e o sutiã feito de metades de coco. Ela era como uma fantasia naquela rua escura de Paris. Ele estava passando e ela estava na rua fumando um cigarro depois do show. Foi ela que chamou a atenção dele.

— Eh? Você é taitiano?

Se ela estivesse usando roupas normais, jeans e camiseta, por exemplo, Tamatoa nem teria olhado para ela duas vezes. Mas ele olhou, e agora está sendo castigado por isso. Depois da noite quente e apaixonada que tiveram, ela perguntou de onde ele era, e ele, *stupido*, deu o endereço do Taiti.

Quando Pito levanta a cabeça, não vê nem sinal do filho, e Tiare está mostrando o sapato novo para um senhor idoso francês que fuma cachimbo, com a *chemise* desabotoada, parecendo extremamente interessado naquela menininha e nos tênis novos em folha.

– Tiare! – A voz forte de Pito é capaz de ressuscitar os mortos.

A menininha olha para o avô imediatamente. Ele move a cabeça num gesto que significa *haere mai*, venha já para cá, e a menina, que sabe muito bem que não deve desobedecer ao avô quando ele está zangado, corre para ele.

– Vá esperar no carro – ele diz e lança um olhar para o velho francês, que dispara balas direto no coração.

O francês assume uma expressão de defesa como se dissesse, mas monsieur, as minhas intenções eram dignas. Mas não se discute com um avô superprotetor.

Agora, de volta a esse ESTÚPIDO carrinho de bebê.

– Por que você simplesmente não carrega o *bébé* no colo? – Pito pergunta para Ati.

– Lily quer...

– Tudo bem – interrompe Pito.

Ele não está disposto a ouvir as instruções de Lily. Ultimamente, sempre que Ati expressa uma opinião, está sempre associada às instruções de Lily. Digamos apenas que tornar-se pai afetou a cabeça de Ati. Ele faz tudo que a mãe do filho dele diz. O desejo de Lily é uma ordem. Ela diz: "Quando levar *bébé* para passear, use sempre o carrinho, você pode segurá-lo da maneira errada e machucar a coluna dele", então amém.

OUI! Até que enfim! O carrinho se abre, e uma explosão de aplausos saúda o feito dos dois, que não tinham percebido, mas estavam entretendo os comedores de pizza.

– Bravo! – exclama a multidão.

Muito bem, vamos às compras para as mamas. Ati empurra o carrinho com seu filho dormindo profundamente, a cabeça e o cor-

pinho preciosos protegidos do sol por uma rede. Pito segura a mão da neta. Uma vozinha diz:
– *Grandpère*, olha o meu sapato.
E Pito diz:
– Seus sapatos são muito bonitos.
Eles entram em uma loja que vende presentes com preços bem razoáveis, na verdade, baratos mesmo. O presente de Pito para sua mama no Dia das Mães é uma bolsa de palha de pandanus. A escolha de Ati é também uma bolsa de pandanus, mas ele diz que ainda não encontrou o presente da Lily.
– Lily não é sua mãe – Pito lembra.
– Só quero comprar uma coisinha para Lily – diz Ati, indo na direção da joalheria. – Algo para demonstrar a minha gratidão por ela ter me dado um filho.
– E se ela tivesse dado uma filha para você? – pergunta Pito, lembrando de como se sentiu quando seu primeiro filho nasceu e era um menino. Ah, ele ficou muito orgulhoso. Talvez Ati sinta a mesma coisa.

Mas Ati informa para o melhor amigo que se Lily lhe tivesse dado uma filha em vez daquele lindo, saudável e dourado bebê menino que ele tanto adora, ele ainda assim seria – eternamente, insiste – grato, porque filho é filho. Lily teve de carregá-lo e de expulsá-lo, arruinando seu corpo. Isso é um sacrifício enorme, explica Ati, a mulher arruinar seu corpo daquele jeito. Ah *oui*, muitos homens que conheceram Lily na época pré-bebê lamentam hoje seu corpo estatuesco. Acabou, dizem eles... para sempre.

Bem, Lily ainda está em boa forma porque era viciada em exercícios anos e anos, e já voltou a praticá-los. Os homens dizem que não é a mesma coisa. Mas Pito seria o primeiro a dizer que, desde que deu à luz, Lily nunca esteve melhor. Tem um pouco mais de carne, o que Pito aprova. Não parece mais o sr. Músculos. Pito segue Ati até a joalheria.
– *Bonjour*.
A mulher de meia-idade atrás do balcão de vidro fareja imediatamente um comprador.

– Temos lindos colares de ouro em promoção. Um ótimo presente para o Dia das Mães por menos de cinquenta mil francos.
– Não é para a minha mãe – diz Ati. – É para a minha mulher.
Pito ergue uma sobrancelha.
– Oh. – O sorriso da vendedora fica ainda maior. – Bem, nós temos colares de pérolas lindos aqui...
Ela leva Ati para outro canto da loja, um armário trancado, fazendo questão de notar o bebê fofo dormindo no carrinho que ele empurra e ignorando por completo Tiare e seus sapatos novos em folha.
– Menina? Menino? – pergunta, como se realmente se importasse.
– Menino.
– Ah, ele é muito bonito, qual a idade dele?
– Oito meses.
– Oh, ele parece muito alerta.
Bebês dormindo não parecem alertas, pensa Pito. Parecem apenas bebês dormindo!
Mas Ati, com um sorriso de orelha a orelha de orgulho, confirma a afirmação da vendedora. *Oui*, o filho dele é muito alerta para a idade, até o médico diz isso.
– E quanto o senhor pretende gastar? – a vendedora diz isso com a voz mais baixa.
– Quanto custa aquele?
Ati já resolveu. Está olhando fixamente para um colar de pérolas negras.
A vendedora corre para abrir o armário. Quer que Ati sinta as pérolas primeiro, a suavidade.
– É como o toque da seda – diz sorrindo.
Ele faz o que ela pede e Pito continua olhando, sente uma pontinha de inveja. Ah, ele adoraria poder dar para sua mulher (que é mesmo sua mulher) um colar como aquele para... para agradecê-la por ter lhe dado três filhos. Uma filha inteligente que estuda medicina em Paris, um filho destinado a ser o maior chef que o Taiti já produziu e um filho que Pito adorava tanto.

Tamatoa é tão... qual seria a palavra correta para usar aqui? Sim... irresponsável. Para Tamatoa, a vida se resume em ser um palhaço. Para Pito, significa ter um emprego e cumprir seus deveres de pai.

Agora Ati quer um cartão, porque um colar de pérolas sozinho não representa nada. Ele deseja escrever algumas palavras de gratidão para Lily pelo menino de ouro que ela lhe deu. Pito concorda balançando a cabeça, pensando que talvez hoje seu filho seja um menino de ouro, mas vamos ver como será daqui a vinte e três anos.

E falando nisso, eis Tamatoa que aparece, sem mais nem menos, do nada.

– Onde foi que vocês se meteram? – grita e abana os braços. – Estive procurando vocês por toda parte!

Eles sentam num banco e esperam Ati.

– Papi? – Tamatoa diz com voz doce. – Pode me dar algum dinheiro para comprar um sorvete? Para mim e para Tiare?

Pito olha para Tiare.

– Você quer sorvete?

Tiare faz que sim com a cabeça, os olhos cintilando de prazer, por isso Pito pega sua carteira.

– E quero o troco, está me ouvindo? – diz para o filho.

– Quer um sorvete também, papi? – pergunta Tamatoa.

Pito balança a cabeça, *non*, ele não quer sorvete, mas é simpático Tamatoa perguntar, mesmo não sendo ele que está pagando, isso é ter consideração.

Minutos depois, ainda esperando por Ati, que não consegue se decidir quanto ao cartão, Pito ouve a neta dar uma risada, e se vira para ver o que está acontecendo. E lá está ela encostando o queixo no sorvete de baunilha como o pai dela está fazendo, para ter uma barba também, e aqueles dois estão exibindo as barbas um para o outro, rindo às gargalhadas. Pito começa a rir também.

– Eh papai – diz Tamatoa. – Você comprou alguma coisa para a mamie? Para o Dia das Mães?

– Sua mãe não é minha mãe – retruca Pito –, ela é sua mãe. Você vai comprar alguma coisa para a sua mãe?

– Mas é claro!
Segundos depois...
– Papi, pode me dar algum dinheiro? Vou comprar um *cadeau* para a mamie.

Pito concorda, pega a carteira, tira as últimas notas e diz:
– Gaste tudo com a sua mãe.
– Todos os cinco mil francos? – pergunta Tamatoa, só para se certificar.
– Compre uma coisa bonita.
– E a minha *maman*? – uma vozinha pequena diz. – Ela não tem um *cadeau*.

– A sua *maman* – Tamatoa começa a responder irritado, mas basta um olhar do pai para entender que é melhor não dizer nada sobre Miri. – Venha com o papa – diz e estende a mão para a pequena, mas a neta obediente olha para o avô primeiro, para ver se pode.

Pito sorri e dá sua permissão a Tiare.

Disciplina, 1, 2, 3

Para o Dia das Mães, Tamatoa compôs uma coreografia especial para a mãe dele, e ela simplesmente adorou. Ele também comprou uma caixinha de joias de criança com uma bailarina que começa a dançar toda vez que se abre a tampa para ela (mas nem mencionou que foi com o dinheiro do pai). Materena jurou que era a mesma caixa de joias que ela usava quando era criança, só que um filho de um dos amantes da mãe dela tinha roubado. Aquela caixinha realmente sobrepujou os presentes do Dia das Mães que Materena recebeu dos outros dois filhos, um diário de Leilani e um buquê de flores de Moana.

Mas o verdadeiro motivo de Materena ter chorado quando desembrulhou o presente de Tamatoa das folhas de jornal foi o filho ter se lembrado do que ela lhe contou, quando ele tinha apenas oito anos, sobre aquela caixa.

– Aue! – exclamou chorando ao ver o presente. – Você não esqueceu!

No minuto seguinte, Materena soluçava de tanto chorar sobre a preciosa caixinha de joias e não parava de falar que nem acreditava que Tamatoa se lembrava da história. Nessa hora, Tamatoa estava em pé, empertigado, e parecendo muito orgulhoso dele mesmo.

– Tudo que você diz para mim, mamie – disse, olhando para o pai com ar triunfante –, fica na minha cabeça.

Até Pito ficou emocionado. Mas olhando para o filho agora, ali no sofá (onde mais?), mamando aquela garrafa de cerveja quase vazia, Pito tem vontade de sacudi-lo. Pito bebe mais um gole de Hinano para relaxar e procura manter os olhos fixos na TV. Se estivesse sozinho, curtiria o filme daquela noite sobre o mestre de kung fu, Bruce Lee, o próprio. Mas o coração de Pito está muito agitado, por isso ele se levanta.

– Papi – diz Tamatoa. – Dá para pegar outra cerveja para mim?

– Pegue você a sua cerveja *putain*. – Essa é a resposta que soa na cabeça de Pito, mas em voz alta ele apenas grunhe e vai para a cozinha. Ora, Pito, ele pensa, não seja assim, ele é seu filho, sangue do seu sangue. Ele acabou de voltar para casa, e ele faz a filha rir. É melhor do que nada. Pare de se comparar com ele. Pito suspira, abre a geladeira e destampa uma cerveja para o filho.

– Toma.

– *Merci*, papi.

– Hum.

Pito volta para a cozinha. Senta à mesa e pensa que talvez devesse ir se encontrar com seus *copains*. Não os vê há muito tempo. Esta noite seria a oportunidade perfeita para dizer: "Eh, *copains*! Há quanto tempo, quais são as novas?" Mas Pito não confia em Tamatoa sozinho em casa para cuidar de Tiare. Um dos companheiros *dele* de copo pode aparecer e convidá-lo para ir a uma boate dançar, e Tamatoa é capaz de ir na mesma hora, deixar a filha abandonada, porque ele é um cabeça de coco, aí a casa pode pegar fogo e então...

Eh, Pito resolve ouvir o programa de Materena, por falta do que fazer. Já escutou o programa algumas vezes, ficou logo entediado ou irritado, mas talvez esta noite tenha alguma coisa interessante.

– Ouça, Materena – dizia uma mulher –, espero que não se importe que eu desvie um pouco do assunto, mas gostaria de fazer algumas observações.

– Tudo bem, pode falar – diz Materena com sua voz quente e adorável.

– O que eu queria dizer é que antigamente, bem antigamente mesmo, os homens eram os provedores. Eles pescavam para alimentar suas mulheres e filhos. Caçavam porcos do mato, subiam

nos coqueiros, era a sobrevivência dos mais aptos. Então as coisas começaram a mudar. A bomba surgiu na Polinésia francesa... estou falando dos testes nucleares em Moruroa. Legionários chegaram aos milhares, o que significou mais lojas, mais restaurantes, mais hotéis, mais empregos, e as mulheres saíram de casa para trabalhar.
– A mulher recupera o fôlego rapidamente. – Não estou dizendo que isso foi ruim, *non*, é muito importante as mulheres conquistarem independência financeira, mas os homens perderam seu lugar na sociedade. Deixaram de ser os provedores. Perderam seu poder, perderam sua voz, e é por isso que são tão indefesos hoje em dia. Hoje os homens são os maiores alvos do desemprego, segundo as estatísticas. Sentam na rua bebendo cerveja com seus supostos amigos e esperam que os empregos caiam do céu.

A ouvinte ao telefone, que Pito está achando muito interessante, continua falando sobre o prejuízo que esses homens dão aos recursos da família porque, diferente da França, não há *chomage* no Taiti. Não há dinheiro do governo para bancar a alimentação, mas esses homens ainda precisam comer, e quem vai alimentá-los? As esposas, as mães, os pais, as irmãs deles... Bem, diz a ouvinte, isso tem de acabar. A nossa sociedade está retrocedendo.

Pito esfrega o queixo e pensa, hum, muito interessante. O que será que a próxima ouvinte vai dizer?

– *Aue*, isso é só blá-blá-blá! – É isso que a próxima ouvinte tem a dizer. – Disciplina é a solução, 1, 2, 3! Vamos pôr nossos rapazes para praticar esportes porque o esporte é a melhor maneira de aprender disciplina, e disciplina é a solução, 1, 2, 3!

Ela insiste que não está falando apenas de esportes como futebol ou luta de boxe, mas todos os tipos de atividades, podendo até incluir tocar um instrumento musical ou dança, desde que haja treino e prática. Mas por outro lado, ela diz, ter um emprego é a melhor maneira dos nossos rapazes poderem avançar e ser responsáveis.

– Quando não trabalha por muito tempo, a pessoa acaba se tornando uma inútil.

Pito concorda 100% com isso. É o que acontece com ele. Quando não fazemos nada, acordamos cada dia mais tarde e tudo, desde levantar da cama, passa a ser um sacrifício.

Ah oui, Pito se lembra daqueles dias distantes em que dormia até meio-dia porque não tinha motivo para levantar da cama. Acabara de voltar para casa depois de prestar o serviço militar na França, onde tudo era organizado, horário para isso, horário para aquilo, o ajudante de ordens aos berros no ouvido dele sem necessidade. Então Pito voltou para casa e para a mãe que ficou tão aliviada de vê-lo vivo e com boa saúde que o estragou de tanto mimo, cozinhando seus pratos preferidos e dando sempre uns trocados para ele comprar cerveja. Pito aproveitou esse tratamento especial.

Mas não demorou muito e sua mãe começou a ficar agitada.

– Arrume um emprego – dizia. – Saia da cama. Faça alguma coisa da sua vida, estou implorando, Pito.

Mas Pito sentia-se muito bem não fazendo nada. Quanto mais dormia, mais vontade tinha de dormir. A energia dele era igual a *zéro*. Até levar o lixo para fora para ajudar a mãe era um esforço muito grande. Quando estava acordado, ele só fazia beber, e quando não estava bebendo, queria dormir. E nos intervalos brincava com aquela menina de Faa'a, Materena Mahi.

Só que Pito tornou-se pai e as coisas mudaram *assim*, de um dia para o outro. Um dos tios apareceu e disse que ele agora era um homem.

– O menino não se torna homem quando é circuncisado – disse o tio. – O menino vira homem quando se torna pai.

O tio ordenou que Pito se levantasse da cama, tomasse um banho e se vestisse, como se estivesse indo para o trabalho. A mãe de Pito correu para passar a ferro o terno de casamento e enterro do filho, mas o tio disse que falava de roupa de trabalho mesmo, aquelas que não faz mal sujar.

No dia seguinte, graças às ligações daquele tio, Pito estava empregado. E continua no mesmo emprego até hoje.

– Preciso arrumar um emprego para o meu menino! – exclamou Pito para ele mesmo.

E não eram apenas palavras ao vento. Era um compromisso que Pito estava assumindo.

❦

Na manhã seguinte, um emprego cai do céu, e bem onde Pito trabalha! Heifara se demite, ele se mandou com a nova mulher e os três filhos dela de volta para a ilha dela, Huahine. Os colegas ficaram chocados, lembrando toda a lamentação que Heifara andava exibindo ultimamente.

Acabaram descobrindo que a ex-mulher dele tinha um amante, mas Heifara se preocupava mais com o fato de a ex dificultar as visitas dele às filhas. Ele não conseguia se adaptar às regras dela. "Você pode ficar com as crianças este fim de semana, mas só se prometer não alimentá-las com porcarias das lanchonetes... Você pode ficar com as meninas este fim de semana, mas só se prometer levá-las para nadar... Você pode ficar com as crianças este fim de semana, mas só se prometer não deixar que elas assistam à TV o dia inteiro." Et cetera et cetera, e agora Heifara se manda para ser pai em tempo integral dos filhos de outro homem. Que espanto!

Bem, Pito admite que é triste para as filhas de Heifara, mas o que realmente ocupa a cabeça de Pito neste momento é que há uma vaga lá, pronta para ser ocupada pela primeira pessoa que pedir. Pito imagina se deve ir diretamente ao patrão em vez de falar com a secretária dele. Existe um ditado que diz se você quer pedir alguma coisa, vá direto a Deus, não ligue para os anjos... mas às vezes é bom falar com a recepcionista.

Então lá está Pito, na sala da recepção, exibindo um sorriso e bastante nervoso.

— *Oui* Pito – a recepcionista, Josephine, diz, parecendo surpresa de vê-lo, pois hoje não é dia de pagamento.

Pito gostaria de ter conversado um pouco mais com Josephine naqueles anos todos, algo além do costumeiro oi e até logo que troca com ela quando vai pegar o pagamento. Gostaria de ter feito algumas perguntas para ela sobre a sua família e tudo o mais, pois assim Josephine hoje seria como uma amiga e Pito se sentiria um pouco

mais à vontade para fazer aquele pedido. Ele não sabe nada sobre Josephine, a não ser que ela tem um marido, um filho e uma secretária eletrônica.
– Pito? – Josephine chama outra vez. – O que foi? Eu preciso trabalhar.
Pito não pode perguntar sobre a família dela hoje, é tarde demais, por isso ele vai direto ao assunto.
– Você vai pôr anúncio nos jornais da vaga de Heifara?
– Ainda não foi decidido.
– Ah.
– Por quê?
– Porque o meu filho mais velho...
– Tamatoa?
– Você conhece o meu filho? – Pito tem uma agradável surpresa.
– Quando Materena costumava vir pegar o seu pagamento, nós sempre conversávamos sobre nossos filhos.
Então, suspirando, ela acrescenta.
– Gostaria que ela ainda viesse pegar seus pagamentos, sinto saudade de Materena... *Enfin*, você quer a vaga para o seu filho?
– Bem, se...
Josephine não deixa Pito terminar a frase que perguntaria se a empresa não se importaria, se estaria tudo bem, se seria possível ela fazer alguma coisa... Ela diz para ele que vai ver o que pode fazer.
– Ele tem um CV? – pergunta.
– Um o quê?
– Curriculum vitae.
Josephine explica que hoje em dia o que fazem é isso, os candidatos a emprego deixam na empresa um curriculum vitae.
– É como uma história que trata dos empregos que a pessoa teve, suas experiências, suas qualidades, seu conhecimento... é uma coisa nova.
Pito não sabe se o filho tem um desses, mas vai providenciar para que tenha um, e Tamatoa deixará lá no escritório, digamos, amanhã?
– Está bem, mas tem de ser datilografado. O patrão não gosta de currículos escritos à mão.

– Datilografado? Numa máquina de escrever? – pergunta Pito, meio confuso.
– *Oui* – Josephine faz que sim com a cabeça.
Pito não conhece ninguém que tenha uma máquina de escrever.
– Será que não dá para eu simplesmente trazer meu filho aqui para ele conversar com o patrão, para ver como ele é e tudo e...
– O chefe quer um CV, sinto muito, Pito. – Josephine pega um arquivo de cima da mesa, indicando o fim da conversa. – Quer mais alguma coisa? – Alguma coisa como um adiantamento.
– *Non*, tudo bem. *Maururu* pela sua ajuda.
Que ajuda? Pito se pergunta quando sai do escritório. Como é que Tamatoa vai conseguir apresentar um CV datilografado amanhã? E que diabos o filho vai incluir no seu CV? Que experiências? Que conhecimento? Terá apenas duas linhas. Uma linha: serviço militar. Uma linha: dançar a coreografia estúpida das discotecas nas boates em Paris. Quem é que vai empregar alguém assim?
Pito podia pedir para o irmão Frank. Ele conhece muita gente. Mas Pito não está exatamente encantado com a ideia do filho dele se misturar com as conexões de Frank.
Aue... *eh*, talvez Materena pudesse usar suas conexões, ela conhece mais gente do que Pito. Ou então Pito pode pedir ajuda para o seu amigo Ati. Ele também conhece muita gente.
Pronto, resolvido. Pito assume seu lugar atrás da cortadeira. Uma coisa é certa: seu filho terá um emprego até o fim do mês. Bate na madeira, mangalô três vezes, obrigado Jesus Cristo.

※

Pito desce da picape no posto de gasolina depois de um dia árduo no trabalho e cumprimenta, com um lento aceno de cabeça, um dos seus parentes por afinidade que segue na direção da loja chinesa, querendo dizer *Iaorana*, como vai você? A mulher acena freneticamente e dá um sorriso simpático. Ele aperta a mão de Mori no caminho ao passar pela mangueira, troca alguns comentários sobre isso, sobre aquilo, sobre o tempo e depois continua andando.

E lá está aquela linda princesinha, sentada fora de casa numa esteira, esperando o avô chegar do trabalho.
— *Grandpère!* — Tiare corre para o avô de braços abertos.
— Eh, princesa, *e aha te huru?*
— *Maitai.*
Um grande abraço, bem apertado, e Tiare monta nas costas do avô.
— Papa está em casa? — pergunta.
— *Oui.*
— Está dormindo?
— *Aita.*
— O que ele está fazendo?
— Ele está com a *grandmère.*
— O que eles estão fazendo?
— *Parau-parau.*
— *E aha te parau-parau?*
— *Aita vou e ite.*
Pito entra em casa e vai direto para a cozinha. Lá está Tamatoa e lá está Materena, ambos sentados à mesa da cozinha, com uma garrafa fechada de champanhe e quatro copos, um já cheio de água.
— Ah, você chegou! — exclama Materena, e beija o marido no rosto. — O nosso filho tem uma notícia maravilhosa para nós — diz, com aquela voz de "está vendo, eu disse para você não se estressar com isso".
— Qual é a notícia maravilhosa? — pergunta Pito.
— Primeiro eu vou abrir o champanhe — diz Tamatoa.
— Está bom, então, abre o seu champanhe... — que foi sua mãe que pagou, Pito acrescenta mentalmente.
E *pop*! Tamatoa enche o copo do pai, o copo da mãe, o copo dele e finge encher o copo da filha. Vamos todos levantar os copos juntos, por favor. E vamos fazer um brinde. Quanto à notícia, é o seguinte. *Mesdames et messieurs*, eu lhes apresento o novo membro do grupo de dança do Club 707.
— Eh! — Champanhe voa para fora da boca de Pito. — O quê?
Os olhos de Materena também estão saindo das órbitas.

– Você não tem de ser um *raerae* para dançar lá? – ela pergunta.

Sua prima por afinidade, Georgette, é dançarina do Club 707 e é *raerae*, ela faz movimentos sensuais três noites por semana para uma plateia composta principalmente de mulheres. E velhos solitários que ficam sentados no escuro.

– As pessoas vão pensar que você é um *raerae* – diz Pito.

Pito não gostaria que isso acontecesse com ele. Que as pessoas o confundissem com um *raerae*. Já imaginou?

– Bem, *eu* sei que não sou um *raerae*. – Tamatoa dá risada. – *Eu* sei que adoro mulheres. – Então ele balança os quadris e grita: – Tudo que eu quero é dançar!

Sorte três vezes

A primeira vez que Materena foi a uma boate foi a Zizou Bar com o primo Mori. A segunda vez que foi a uma boate foi a Kikiriri com a prima Lily. Esta noite, a terceira experiência de Materena numa boate será na Club 707 para ver seu filho dançar, e ela pede a Pito para ir junto porque Tamatoa é filho dele também, sem contar que Tamatoa convidou pessoalmente a mãe e o pai.

– Nós vamos nos divertir muito, *chéri*. – Materena já pediu para a mãe dela cuidar de Tiare e comprou para ela um vestido vermelho muito bonito para essa ocasião especial. – *Hein, chéri?* Nós nunca fomos a uma boate juntos... *Allez.*

Está bem, *oui*, mas Pito não está especialmente interessado em ver seu filho fantasiado de *raerae*. Não é o que os pais mais querem ver, o filho dando aquele show na pista de dança, vestido de mulher. Na verdade, os pais não querem ver o filho dando aquele show na pista de dança, ponto final. Eles querem ver o filho marcar o gol da vitória numa partida de futebol (aliás, qualquer gol serve), coisas assim.

Mas seria bom sair com sua mulher... ela está muito animada com a coisa toda. Está animada porque o filho dela está animado. A dança parece que está no seu sangue, ele disse. Materena também está excitada por ser uma convidada VIP e fazer um programa desses, pela primeira vez na vida, nos braços do seu marido bonitão.

– Ah, então está bem.

Como Pito poderia resistir? E agora está feliz de ter resolvido ir. Ao ver a mulher com aquele vestido vermelho de alças finas, que chega perigosamente logo acima dos joelhos, e o cabelo caindo

solto e livre nas costas, Pito está achando Materena muito apetitosa e muito bronzeada também.
— Você andou cozinhando ao sol? — pergunta.
— Cozinhando ao sol? — Materena dá risada e aplica mais uma mão de batom.
— É que você está muito bronzeada — diz Pito.
— Pito, essa é a minha cor natural. Sou uma mulher morena. — Materena dá uma piscadela e sussurra: — Por inteiro.
Pito ri, agarra a mulher pela cintura, mas ela dá uns tapinhas de brincadeira nas mãos dele. A mãe dela está na cozinha lendo a Bíblia, por isso nada de safadezas, por favor.
Allez, é hora de ir! Até logo, mamie, e mais uma vez obrigada. Loana abaixa os óculos de leitura no nariz e deseja uma noite agradável ao casal de meia-idade, juntamente com mil recomendações.
— Materena, nem pense em dirigir *taero*, se acabar matando um inocente, juro que nunca mais vou olhar para a sua cara. E você, Pito, não se faça de idiota, se os homens quiserem dançar com a sua mulher, *aita pea pea*, nenhum problema, nunca esqueça que é você que vai voltar para casa com a minha filha. Controle-se, não perca a conta das doses que bebe e cuidado com o que fala. Existe hora e lugar para dizer *merde*, e não é na frente de outras pessoas. E dê a minha bênção ao meu neto pelo seu novo emprego.
Loana não sabe que o trabalho do neto será dançar vestido de mulher. Tudo que sabe é que ele está trabalhando atrás do bar e, mesmo assim, não ficou muito contente com isso, mas não deixa de ser um emprego, um ponto de partida.
— *Au revoir*, mamie — diz Materena.
Ela dá mais um beijo na mãe, um rápido em Tiare que dorme profundamente, apertando a sua colcha predileta, que pertencia ao pai dela quando era bebê. E parte para Papeete, para a Club 707.
Quando chegam lá, a fila já está enorme. Pito se aborrece. Odeia filas de qualquer tipo, mesmo uma fila composta de mulheres com seus melhores vestidos, com aparência muito apetitosa. Ele olha em volta, para aqui e ali para admirar (muito rapidamente) um par de *titis* que transbordam de uma roupa muito apertada. Ah, acabou

de ver outro homem. Ótimo. Pito odiaria ser o único homem de verdade naquela boate. E há um outro homem ali também, mas ele é velho e decrépito.

Pito vira a cabeça para o outro lado e dá de cara com o olhar de desaprovação de uma mulher que passa por ali. Desde que a Club 707 abriu suas portas, a ilha se dividiu. O primeiro grupo acha que os *raeraes* são inofensivos e divertidos, sabem como ninguém fazer uma mulher se sentir especial... e são profundos também, um pouco como filósofos. O outro grupo acha que *raeraes* são bizarros e vão contra a natureza, são a vergonha do país religioso deles.

O que Pito pensa a respeito disso? Nada, não pergunte para ele. Tudo que importa para ele é passar despercebido. Por isso afunda a cabeça entre os ombros e mantém o olhar fixo nos seus sapatos de ir para a igreja.

Na porta, Pito ouve Materena dizer para o leão de chácara (e com voz nada discreta):

— Somos convidados do nosso filho Tamatoa, ele vai dançar esta noite. Nossos nomes são Materena e Pito Tehana.

O leão de chácara, que parece mais com o sr. Hulk, verifica a situação, gritando mais alto que o jazz que está tocando dentro da boate.

— Materena e Pito Tehana!

— *Oui!* Deixe entrar!

Já lá dentro, os convidados VIP são levados até uma mesa perto da pista de dança por outro Hulk, que puxa a cadeira para a madame. Pito puxa a cadeira dele, mas Hulk II o impede a tempo. Ali os convidados VIP são reis. Eles não precisam puxar a própria cadeira e também não precisam entrar na fila do bar junto com as futuras mulheres histéricas, porque ali está uma garrafa de um bom vinho tinto.

Hulk II serve o copo de Pito até a metade.

Pito cheira a bebida como viu fazerem na televisão, depois meneia a cabeça.

— Monsieur, madame. Apreciem o vinho e aproveitem o show.

Quando está quase na hora de o show começar, já não há mais vinho na garrafa. Materena está um pouco alta, e Pito, bem, ele está menos constrangido de estar ali. Bem no momento em que ele resolve ir até o bar, aparece outra garrafa de vinho, também com os cumprimentos da casa. E por falar em tratamento especial! É como se houvesse uma conspiração para pregar uma peça em Pito e Materena. Talvez seja para atenuar o choque, porque eles estão prestes a ver o filho de uniforme de enfermeira.

A música vai parando e é substituída pela vibração de tambores, a luz fica mais fraca e o barulho das palmas e dos gritos das mulheres enche a boate. Assustado, Pito vira para trás para ver centenas de mulheres enlouquecidas. Meu Deus, ele nunca viu mulheres agindo daquela maneira. É como se o papa estivesse pronto para entrar ali, ou alguém igualmente famoso, como... bem, como o filho de Pito.

E lá está ele, completamente despido, a não ser por uma tanga que esconde suas partes íntimas, parado como um coqueiro para a plateia admirar seu corpo untado com óleo, bronzeado e musculoso. A multidão se alvoroça mais ainda, e Materena não fica muito atrás, batendo palmas freneticamente.

– Oro – diz uma voz macia que sai pelos alto-falantes. – Oro, deus da guerra, está entediado...

Os tambores voltam a tocar e os holofotes agora iluminam a prima de Materena, Georgette, vestida de princesa índia, só que de salto alto e tranças postiças. A turba fica mais alvoroçada ainda quando Georgette dança os seus famosos movimentos sensuais, ondulando a barriga, balançando os ombros para Oro, deus da guerra, beijando-lhe os pés, jogando seu corpo para cá, para lá. Mas Oro empurra a mulher índia, que cai encolhida no chão.

Os tambores param de tocar.

– Mas Oro, deus da guerra, empurra sua primeira mulher para fora do céu e continua entediado.

Os tambores soam novamente e dessa vez a multidão tem o prazer de ver uma dançarina de can-can completa, com meias arrastão e tudo... só que ela também é empurrada para fora do céu.

A terceira mulher é Cleópatra. Ela é empurrada para fora do céu.
A quarta mulher é uma enfermeira ninfomaníaca. Empurrada para fora do céu.
A quinta mulher é uma bailarina clássica, que tem o mesmo destino.

É muito difícil agradar a esse Oro, mas Pito fica pensando se seu filho vai fazer alguma coisa, ou se vai ficar lá parado a noite inteira, só empurrando as esposas.

– Parece que Oro está caçando outra vez – continua a voz suave. – Oro... está vendo alguém na multidão que mereça sua atenção?

Oro olha em volta, agora exibindo seus dentes brancos e o bando de mulheres bêbadas ficam histéricas.

– Moi! Moi!

Pito cobre as orelhas com as mãos, já está ficando surdo, mas aquilo é só o começo. A multidão está prestes a perder o controle porque o deus da guerra logo exibirá a verdadeira dança.

Os tambores soam cada vez mais alto, e é isso que Oro quer dizer com dança de verdade. Ele se refere a energia, passos coreografados, saltos no ar, pulos em cima das mesas, suor, ritmo e sedução para a plateia. Ele abre o zíper do vestido de uma mulher e ela grita de prazer, muito honrada de ter sido notada pelo deus da guerra. Um beijo aqui, uma piscadela ali, um carinho suave, mais ginástica e pulos por toda parte.

Pito não fazia ideia de que seu filho fosse tal máquina de dança. Fica imaginando quanto tempo mais Tamatoa manterá aquele ritmo de dança, dos tambores, das tietes histéricas; elas deixam que ele faça qualquer coisa que goste, já que o têm na conta de um *raerae*, um homem inofensivo. Bem, Tamatoa vai continuar com isso até Oro encontrar a próxima esposa. E então, quem será a deusa consorte esta noite?

– Você. – Oro está ajoelhado diante de Materena.

– Moi? Non. – Materena faz um gesto para afastar Tamatoa, mas ele insiste. – Tamatoa – diz Materena com os dentes semicerrados. – Eu bebi.

– *Allez*. – Pito cutuca a mulher para ela ir.

A multidão também pede para a sexta mulher de Oro ficar de pé.
— *Debout! Debout!* — cantarolam.

Todos os olhos se voltam para Materena agora, que experimenta passos de dança tímidos e hesitantes. Mas não é à toa que ela é taitiana. Os tambores, ela conhece isso muito bem. E o ritmo também. Está no sangue, faz parte da sua criação, anos na infância balançando os quadris e movendo a cintura da direita para a esquerda ao ritmo das canções taitianas cantadas pelas tias-avós. A dança de Materena numa boate pode ser muito limitada, mas a dança dela nas cozinhas da mãe e das tias é elaboradíssima.

Logo, logo, Materena se desfaz dos sapatos confortáveis e os chuta para um lado da pista de dança, fecha os olhos e ergue os braços. E pensa: vocês ainda não viram nada, pessoal. E ela se solta, dança como uma mulher que passou a vida inteira numa pista de dança.

Dizer que Pito está hipnotizado é faltar com a verdade. Ele nunca mais vai deixar sua mulher sair sozinha outra vez, de jeito nenhum, pois pode não ter tanta sorte na terceira vez. *Ah oui*, a partir de agora, quando Materena sair para dançar, ele vai junto.

Gritos e aplausos agradecem a Materena quando ela retorna para a sua mesa, rindo com a cabeça jogada para trás. Mas lá está Pito (para enorme surpresa do filho dele) que se levanta.

— *Mademoiselle* — ele diz, pisca, segura a mão de Materena com uma das mãos e põe a outra na cintura dela.

Naquele momento a música muda e um bando de mulheres ocupa a pista de dança ao som de "Dancing Queen" do grupo Abba que se esgoela pelos alto-falantes. Mas sem se intimidar com isso, Pito repete:

— *Mademoiselle*, está preparada para dançar um samba?

— Madame. — Ela sorri e põe a mão no ombro do marido.

Em torno deles, dançarinas bem mais jovens gesticulam e pulam loucamente com os saltos altos enquanto o casal de meia-idade, com os corpos bem colados um ao outro, começa a dançar.

Horas depois, um casal taitiano de meia-idade, completamente embevecido e apaixonado, caminha de mãos dadas por uma rua escura de Papeete depois de uma noite de namoro, de dança incluindo seis músicas com o filho deles e de bebida (que beberam juntos). E não há nenhum táxi à vista.

Por sorte, há um hotel não muito longe dali. Há sempre um hotel na vizinhança das boates, os amantes com algum dinheiro jamais têm de namorar nas ruas. O hotel é decadente, mas todos são naquela parte da cidade. Só que ninguém morreu naquele hotel, e isso é bom.

– Vão querer um ou dois quartos? – pergunta com educação o recepcionista completamente desperto do hotel.

Naquele negócio é melhor nunca pressupor nada.

Sementes preciosas

Se Pito e Materena desmaiaram na cama do hotel (depois de um rápido namoro enquanto subiam a escada), Tamatoa passou horas e horas namorando. E a menina deve ter ficado muito impressionada com o desempenho do amante porque ela o convidou para jantar no restaurante aquela noite.

No momento, o sr. Grande Amante está muito ocupado pondo perfume na nuca. O pai dele bebe sentado à mesa da cozinha e observa.

– Você tem dinheiro? – pergunta a mãe e já pega sua carteira porque sabe qual vai ser a resposta.

– É ela que vai pagar – Tamatoa diz com um sorriso malicioso.

– Você disse para ela que tem uma filha? – pergunta Materena.

– Mamie!

Com essa exclamação, Tamatoa quis dizer: por que eu diria para ela que tenho uma filha, eh? Ela não precisa saber da minha vida.

Tamatoa senta à mesa da cozinha com o pai, mas não bebe nada. Tamatoa nunca bebe antes de um encontro romântico. Essa é a lei e o regulamento, que até ali provou ser a receita do sucesso.

– Você está tomando cuidado com as suas sementes? – Dessa vez é o pai que faz as perguntas.

– O que quer dizer com isso?

– Quero dizer cuidado com as suas sementes. Não estou falando em código Morse com você. Está tomando cuidado com as suas sementes?

Tamatoa dá de ombros. Não vai responder a essa pergunta.

— Eu não quero que uma menina chegue batendo à nossa porta, à sua procura, daqui a nove meses — diz Pito. — E desse jeito. — Com a linguagem de sinais Pito mostra um barrigão. — *Alors?* Tem tomado cuidado com as suas sementes?

— *Oui!* — Tamatoa diz irritado, e fica de pé em um pulo. — *Oui*, eu tomo cuidado, está bem?

— Eh — Pito retruca. — Se fizer filhos, cuide deles, esta casa não é uma *garderie*.

Pito manda o filho sentar e acrescenta que ama a neta Tiare, adora a menina, ela é um raio de sol e tudo o mais, mas isso não quer dizer que deseja um repeteco.

— Você está me entendendo? — pergunta Pito. — Se você engravidar outra menina, o bebê será problema seu, entendeu?

Materena resolve entrar na conversa.

— Eu acho mesmo que você deveria contar para ela sobre a *bébé*. Como é o nome dessa moça?

— É só uma garota!

Tamatoa está evidentemente exasperado.

— Nós vamos jantar e depois nos divertir um pouco, é só isso.

— Mas vocês vão conversar no restaurante — insiste Materena.

— As pessoas sempre conversam nos restaurantes, não ficam só comendo.

Materena pôs a mão sobre a mão do filho como se dissesse: olha, não estou querendo dizer como deve viver sua vida, mas escute a minha opinião, estou falando com toda sinceridade para o meu filho.

— Essa menina pode ficar zangada se descobrir que Tiare existe daqui a duas semanas, e não esta noite.

— E quem disse que eu ainda vou estar com ela daqui a duas semanas? — Tamatoa diz e se levanta de novo.

— Mas e se...

— Ela é casada. — Pronto, isso resolveu de uma vez por todas, calou a boca do pai e da mãe. — Ela usa uma aliança no dedo, tem a corda no pescoço, é uma dona de casa entediada e não há restau-

rante nenhum na história. Eu vou para a casa dela, e não é para conversar.
– Ah – diz Pito, imensamente aliviado. Uma mulher casada entediada à procura de um pouco de diversão é mais segura do que uma mulher sem compromisso à procura de um marido, pai dos seus futuros filhos.
– Bom, então tenha uma boa noite.
– *Merci*, papi.
Pai e filho apertam as mãos um do outro com firmeza.
– Vejo você amanhã de manhã – cantarola Tamatoa, já de saída. – Bem cedo.

❀

Tamatoa realmente volta para casa cedo, de manhã... só que três dias depois.
– Ela tem um marido cego, ou o quê? – Pito pergunta, sentado à mesa da cozinha, passando manteiga no pão para dar à neta.
– O que você está fazendo de pé tão cedo? – Tamatoa parece não acreditar que o pai esteja acordado às quinze para as seis. – Você caiu da cama?
– Alguns de nós temos de dar café da manhã para Tiare e trabalhar cinco dias por semana – responde Pito. – Você vai dizer *Iaorana* para a sua filha? Ela não é invisível, sabe?
Tamatoa sorri para a filha, que molha o pão com manteiga na caneca de leite com chocolate Milo, e dá um beijo rápido na testa da pequena. Ele foi em casa para pegar algumas roupas, como diz, e avisa que ficará fora outros cinco dias.
– Não se preocupe – apressa-se a responder ao olhar inquiridor do pai. – Conheço meus deveres, ela vai me levar de carro para o trabalho.
E, para esclarecer melhor as coisas, Tamatoa explica a situação, que, na verdade, é bastante simples. O marido está fora, em viagem com os filhos, por uma semana.
– E *bébê?* – pergunta Pito. – Ela faz parte dos seus planos também? Não paguei sua passagem de avião para você brincar de Romeu.

— *Eh hia*.

Tamatoa dispensa o pai acenando com as costas da mão, bebe um copo de água na pia e vai para o quarto dele fazer a mala.

— Fique aqui sentada, *chérie* – diz Pito para Tiare quando se levanta. — Eu volto.

Agora, no quarto do filho, com a porta fechada.

— Tamatoa — Pito começa a falar naquele tom de vamos nos unir. — Eu só quero abrir um pouco seus olhos.

— O que é? — Tamatoa joga as roupas numa mala e fica logo na defensiva. — Não veio falar de novo sobre a passagem de avião, veio? Eu vou pagar tudo.

— E eu pedi meu dinheiro de volta? — diz Pito, elevando a voz.

— Mesmo assim, eu vou pagar.

— Passe mais tempo com a sua filha, isso é para você.

— Só estou fazendo o que você costumava fazer. — Tamatoa passa pelo pai atônito e elabora essa afirmação. — Você nunca estava em casa.

Ele abre a porta e sai. E Pito, ali parado como um coqueiro, pálido e emudecido, ouve seu filho dizer para a filha dele, e ainda por cima com voz de pai.

— Não ponha os cotovelos na mesa, é falta de educação.

❁

Mais tarde, à noite, no escuro do quarto naquela noite úmida com uma chuva suave tamborilando o telhado de zinco...

— Materena?

— *Oui*.

— Eu fui um bom pai?

— O que quer dizer com "fui"? Você continua sendo pai, um bom pai.

— Eu quase não parava em casa, como faço agora.

— É verdade, mas os meninos sabiam bem quem você era, mesmo assim.

E para refrescar a memória de Pito, Materena segura a mão do marido e fala do dia em que o filho mais velho deles descobriu a verdade sobre as prisões.

❁

Um policial estaciona seu carro na frente da casa deles e Materena, que pendura as roupas no varal, pensa: o que será que esse policial estará fazendo aqui na minha casa? Quando Tamatoa sai do carro, Materena grita em pensamento, ora! O que o meu filho está fazendo no carro de um policial? Esquece as roupas e corre para o policial que segura seu filho pelo braço.

– Bom-dia, monsieur.

Materena olha para o filho que está de cabeça baixa, concentrado nos próprios pés. O policial vê os pregadores pendurados na camiseta vários tamanhos maior que Materena.

– A senhora é a mãe desse jovem? – pergunta.

– *Oui*, monsieur.

Materena age de modo muito respeitoso e ansioso. Os policiais não dão carona por sentirem pena de alguém que caminha pela estrada. É preciso fazer alguma coisa para um policial dar carona, alguma coisa contra a lei. A ideia que surge na cabeça de Materena é que Tamatoa andou furtando em alguma loja. Espera que não tenha sido na loja chinesa, onde sempre faz suas compras.

– O seu filho foi pego em um furto – diz o policial, olhando bem nos olhos de Materena com aquele ar de superioridade.

– O que ele furtou? – A voz de Materena treme um pouco. – Pirulitos?

O policial dirige a Materena aquele olhar fixo e gélido que os policiais usam quando acham que as pessoas estão bancando as engraçadinhas, e a risada de Tamatoa só piora as coisas. O homem grita.

– Não faça com que eu me arrependa da minha leniência, madame!

Materena leva um susto, pede profusamente desculpas e agradece ao policial pela sua leniência, embora não saiba ao certo o que significa aquela palavra. O policial se acalma um pouco e informa à mãe por que aquele jovem ladrão está ali hoje.

Parece que Tamatoa e um amigo estavam passeando no aeroporto, perto do cais onde as pessoas apoitavam suas voadeiras. E suas canoas. A maior parte das canoas estava acorrentada a um poste, mas uma delas não estava, então o que fizeram Tamatoa e o amigo? Empurraram a canoa para a água. E, como havia remos naquela canoa específica, eles começaram a remar para longe. De modo que lá estavam os dois meninos remando e, nessa hora, o proprietário da canoa chegou para ir pescar e descobriu que sua canoa fora roubada. Entrou em contato com a *gendarmerie*, e aquele policial foi enviado para elaborar um relatório completo. Mas, a caminho do aeroporto, ele avistou dois meninos empurrando uma canoa na praia.

O policial ordenou que os dois meninos carregassem a canoa de volta para o lugar onde a tinham encontrado e os apresentou ao proprietário da canoa que felizmente não quis apresentar queixa.

Materena olha para o filho, que continua olhando para os pés, e realmente tem vontade de lhe dar um tapa na cabeça, mas fará isso mais tarde. Enquanto isso, apenas olha para ele com expressão furiosa.

Para Leilani e Moana, que espiam por trás das cortinas, ela também dirige um olhar furioso.

O policial, que agora fala diretamente com Tamatoa, diz:

– Da próxima vez não serei mais leniente, meu jovem. Você está me entendendo?

Tamatoa assente com a cabeça, e Materena gostaria que ele levantasse a cabeça.

– Da próxima vez – continua o policial –, vamos pegar as impressões digitais.

E dizendo isso, ele pede licença e vai embora.

Materena espera até o carro sumir de vista para começar a castigar Tamatoa, mas o menino desapareceu.

– Tamatoa! – Ela está ainda mais furiosa agora. – Venha aqui agora!

– Eu não ia roubar aquela canoa velha e podre, de qualquer maneira! – A voz de Tamatoa vem de dentro da casa. – Só peguei emprestada!

– Quando você pega uma coisa emprestada de outra pessoa, não sabe que isso se chama roubo? – Materena vai marchando determinada para casa. – Tamatoa?

– *Ouais*, o que é?

Ele está na cozinha, passando manteiga num pedaço de pão. Olha para a mãe como se dissesse: não está vendo que estou ocupado? *Ouh*... Materena vai pegar a colher de pau e dar uma lição naquele menino! Mas ela não consegue encontrar a colher de pau, e ela quer aquela colher de pau. A frigideira voa, pratos se quebram, onde é que está aquela colher?

Tamatoa agora passa uma camada grossa de pasta de amendoim no pão. Materena pega sua frigideira, e a luz que pisca em seus olhos não pode ser confundida com o brilho da alegria. Tamatoa, agarrado firmemente ao sanduíche, parte em disparada da cozinha como um raio. A mãe o persegue, brandindo a frigideira e ameaçando o menino com ela.

A caçada continua pela sala de estar. Materena agora tem dois ajudantes, os traiçoeiros irmão e irmã, mas Tamatoa ginga para cá, ginga para lá, pula por cima do sofá, passa por baixo da mesa. Leilani quase consegue agarrá-lo três vezes. Materena agora já sente vontade de rir, mas lembra a seriedade da situação. Ela simplesmente não vai tolerar que nenhum dos seus filhos volte para casa num carro de polícia!

Moana consegue agarrar a perna do irmão.

– Peguei ele, mamie!

Mas Tamatoa sacode a perna e chuta o ombro de Moana, e agora ela começa a chorar. Tamatoa se debruça sobre ele para ver se o irmão está bem, mas lá vem a mamie com aquela frigideira.

Ele escapa voando pela janela e trepa rapidamente na árvore de fruta-pão como um macaco. Materena nem acredita na audácia de Tamatoa... e que agilidade! Não sabia que ele subia em árvores assim tão bem. Ela descarta a frigideira e sobe na árvore também, resmungando.

– Espere só até eu te pegar!

Mas agora Materena já está ficando um pouco preocupada. Tamatoa continua subindo. E se ele cair?
– Tamatoa! – chama com sua voz normal, para não assustá-lo ainda mais.
– Quando eu contar para o papi, ele vai pegar o cinto dele e dar uma surra em você.
Ela não precisa dizer mais nada. Tamatoa para e olha para baixo.
– Você vai contar para o papi?
– Bom, vou ter de contar sim – responde Materena.
– *Non*, por favor, não conte. – Tamatoa implora do fundo da alma, de todo o coração.
Ah... Materena bem que queria ter o poder que Pito tem sobre os filhos. A única coisa que ele precisa fazer para obter respeito e obediência é tossir. Ou, então, dar um berro de apenas um segundo. Ela pode ficar berrando horas e nada acontece. Especialmente quando está berrando com Tamatoa.
– Você pegou ele, mamie? – perguntam Leilani e Moana da janela.
– *Oui* – grita Materena. – Vocês dois podem pegar os biscoitos de chocolate.
– Biscoito de *chocolate*? – dizem as crianças com enorme prazer.
Para Tamatoa, Materena diz que ele não merece os biscoitos de chocolate, e para os outros filhos ela revela o esconderijo.
– E agora – diz Materena para Tamatoa –, nós vamos ter uma conversinha.
Ela se acomoda confortavelmente em um galho, mas antes verifica se é bastante forte para suportar seu peso.
Materena fala com muita seriedade e diz para o filho que quando a polícia pega nossas impressões digitais, significa que nós temos uma ficha criminal; e quando nós temos ficha na polícia, isso quer dizer que somos criminosos; e quando somos criminosos, podemos ir para a prisão.
Ela prossegue falando da inconveniência de ter ficha na polícia: sempre que acontece um arrombamento ou uma briga, as primeiras pessoas de quem os policiais desconfiam são as que têm ficha criminal, e isso ocorreu com o primo Mori algumas vezes. Por isso, Mori

precisa sempre estar acompanhado, para ter uma testemunha que afirme onde ele estava. E quando ele está sozinho, bebendo, por exemplo, ele só pode beber embaixo de uma árvore, ao lado da estrada, para todo mundo poder ver onde ele está.

– O seu tio Mori – diz Materena, olhando para o filho mais acima, sentado a dois galhos de distância dela – está condenado a viver sempre à vista do público.

Outra inconveniência de ter uma ficha policial, Materena continua, é que você não consegue um emprego porque nenhum patrão quer um empregado com ficha na polícia trabalhando na empresa dele. Você pode fazer uma entrevista sensacional, o patrão pode dizer para você: "O emprego é seu, bem-vindo a bordo!", mas, quando ele descobre que você é fichado na polícia, ele envia uma carta dizendo que você não conseguiu o emprego. Isso aconteceu com Mori. Ele tentou conseguir um emprego dezessete vezes (Materena exagera um pouco nisso), e dezessete vezes o patrão disse para ele "Bem-vindo a bordo!", mas três dias depois ele recebeu uma carta de recusa por causa da sua ficha na polícia e das visitas que fez ao presídio de Nuutania.

Tamatoa meneia a cabeça concordando enfaticamente, e Materena sabe que ele só está fazendo isso para ela não contar a história da canoa para o pai dele. Mas talvez esteja prestando atenção.

Materena prossegue em seu discurso sobre prisões e explica que, segundo seu primo Mori, que esteve nelas algumas vezes, são lugares horríveis. A comida é horrível, as camas não são nada confortáveis. As camas na prisão são camas especiais, feitas para serem desconfortáveis, para castigar os prisioneiros. O presídio, apesar dos taitianos chamarem de hotel cinco estrelas, *não é*, de maneira nenhuma, um hotel.

– Mas, mamie – diz Tamatoa –, era apenas uma canoa, e estava podre. Nós quase afundamos, por isso paramos de remar.

Ah hia hia, Materena está muito aborrecida. O filho não entendeu nada do que ela disse.

– Eh – diz ela zangada. – Você já ouviu aquele ditado: *Qui vole un oeuf vole un boeuf?*

– *Qui vole un oeuf vole un boeuf?* – Era óbvio que Tamatoa nunca tinha ouvido falar.
– Você entende o que quer dizer esse sábio ditado?
Tamatoa balança a cabeça. Não, esse ditado não significa absolutamente nada para ele.
– Hoje você furta um ovo – diz Materena –, e amanhã furta uma vaca. Hoje você furta uma canoa, amanhã furta um aparelho de som.
– Mas eu não furtei nada!
Ouh, Materena está começando a perder a paciência e já vai rosnar alguma coisa para o filho quando, sem mais nem menos, Pito aparece. Ele está parado embaixo da árvore, comendo um biscoito e olhando para Tamatoa lá no alto.
– O bairro inteiro está comentando que você chegou em casa num carro da polícia. Que história é essa?
– Pito – Materena se apressa em interromper, amaldiçoando seus parentes falastrões –, eu já bati nele com a frigideira e estou só...
– Estou falando com o meu filho, Materena. Que história foi essa?
Tamatoa conta a história para o pai e, quando termina, parece prestes a chorar.
– Você foi pego! – diz Pito. – Isso foi muita burrice.
– Tamatoa teve sorte porque o policial não colheu as impressões digitais dele. – Materena está meio decepcionada com o comentário suave de Pito. Não vamos nos afastar da seriedade da situação. – Quando pegam as impressões digitais, há a ficha policial e depois a prisão.
– Você sabe o que acontece na prisão? – pergunta Pito para Tamatoa.
– A gente come uma comida horrível? – responde Tamatoa.
– Comida! – exclama Pito, pondo o último pedaço do biscoito na boca. – Os prisioneiros não se importam com a comida. Sabe com o que eles realmente se importam?
– *Non*, papi, eu não sei.

Pito engole o biscoito e informa ao filho que o mais importante para os presidiários, acima de tudo, é preservar a virgindade deles, porque na prisão não há mulheres, e, quando não há mulheres, os homens têm de virar mulheres. Às vezes por querer, mas em geral não. Pito fala tranquilamente de jovens pegos pela polícia furtando televisores que são mandados para a prisão e acabam no hospital da prisão para costurar o rabo.

— Você está entendendo o que eu estou dizendo, Tamatoa?

Tamatoa faz que sim com a cabeça. Ele está muito pálido, abatido, e Materena também.

Mais tarde ela pergunta para Pito se ele acha que aquilo aconteceu com seu primo Mori. Mas tudo que Pito diz é que os policiais não devem ter mais nada para fazer mesmo, se precisam tocar a sirene porque pegaram emprestada uma canoa podre. Que tal pegar os verdadeiros criminosos para variar?

❀

Bem, de qualquer modo, essa é a história que Materena quis contar a Pito para tranquilizá-lo e mostrar que ele era um ótimo pai. Pito fica um pouquinho mais calmo, porém está mais preocupado com a ideia que acabou de surgir em sua cabeça.

— Materena?

— Pito... Agora eu estou tentando dormir.

Para provar o que diz, Materena dá um bocejo bem cansado.

— Foi difícil para você viver sem um pai por perto? — Pito respeita o desejo de dormir dos outros, mas gostaria de saber a opinião dela.

— Ah, eu tinha meus tios e meu padrinho também.

— Eu acho mesmo que você deveria procurar o seu pai.

— Ainda não estou pronta para isso.

— Você nunca estará pronta.

Um longo silêncio.

— Materena?

Ela deve estar dormindo profundamente, ou então não quer conversar sobre esse assunto esta noite. Pito abraça a mulher e começa a pensar em duas primas dele, nascidas de pais desconhecidos. Elas nunca se sentiram inferiores às crianças que conheciam os pais. Não é grande coisa no Taiti ter Pai Desconhecido escrito na certidão de nascimento. Ninguém é rejeitado por isso. Algumas crianças sabem quem é o pai, outras não sabem, é simples. Às vezes o pai é mesmo desconhecido, como o caso de uma das primas, mas em outras o pai é conhecido, só que não pode reconhecer o filho porque é casado, como é o caso da outra prima de Pito.

As primas hoje estão muito bem, têm marido, filhos, emprego... sem problema nenhum. Mas Pito pensa que, também é verdade, quando elas duas se juntam e bebem um pouco demais, elas falam dos pais e de como aqueles homens as abandonaram.

❀

No correio, na tarde seguinte, Pito está com um caderno de notas no bolso, uma caneta presa na orelha e seis listas telefônicas bem grossas da França espalhadas pelo chão.

– D-a – ele diz baixinho para ninguém escutar, enquanto folheia as páginas brancas e finas. – D-a-c... D-a-d... D-a-v... D-e-b... Delors!

Remexer numa história antiga

Estranho, pensa Materena, ela ter sonhado com o pai na noite anterior. Na verdade, foi esta manhã, porque quando Materena abriu os olhos, já era dia. No sonho, ela devia ter uns nove anos e estava numa barca, de mão dada com um homem muito alto. Talvez tivesse, de fato, nove anos no sonho, porque tinha nove quando leu pela primeira vez sua certidão de nascimento onde estava escrito Pai Desconhecido.

Materena, passando uma das boas *chemises* que o seu querido marido usa na missa e em outros eventos importantes, como batizados, lembra-se pela primeira vez daquele dia em que leu sua certidão de nascimento. E se lembra de ter dito para a mãe dela:

– Você não sabe quem é o meu pai?

Loana ficou zangada.

– Eh! O quê? Você pensa que eu abriria as minhas pernas para homens que não conheço? É claro que sei quem foi o homem que plantou você dentro de mim.

– Quem é ele? – perguntou Materena.

Mas sua mãe só estava preparada para revelar a nacionalidade do homem.

– Ele é francês, isso é tudo que você precisa saber no momento.

Por que Materena foi sonhar com o pai dela naquela manhã? Nunca sonhara com ele antes, apesar de pensar muito nele. O que isso poderia significar, pensa Materena, pendurando carinhosamente a *chemise* recém-passada. Seria sinal de alguma coisa?

No sonho, o pai dela usava um casaco longo e parecia muito triste.

– Eh, papa, eh – sussurra Materena, com lágrimas nos olhos. – Espero que você esteja bem.

Ela começa a achar que realmente deveria procurar o pai o mais depressa possível. Se esperar muito mais, ele poderá estar morto quando finalmente encontrá-lo. *Eh hia...* e o remorso vai persegui-la até o dia da *sua* morte. Materena visualiza ela mesma à beira do túmulo do pai. Está ajoelhada, lendo o que escreveram na cruz. *Tom Delors... Nascido... Falecido.* Materena desliga o ferro de passar roupa e procura tirar aquela imagem negativa da cabeça. Não é bom ter pensamentos negativos, eles podem se tornar realidade. Materena se apressa em imaginar o pai jogando golfe.

Mais tarde, a caminho da loja chinesa para fazer compras, Materena para, como sempre, na mangueira perto do posto de gasolina para cumprimentar o primo Mori com seu eterno acordeom (que no momento está no chão; Mori deve estar num intervalo musical).

– *Iaorana*, primo.

Os primos trocam beijinhos no rosto e Materena imediatamente sente que alguma coisa preocupa o primo Mori aquele dia. Ele parece meio estranho, e onde está seu eterno acordeom?

– Primo? Você está bem?

Mori balança suas tranças.

– Podemos conversar um pouco?

Ele se levanta e aponta para a pedra onde estava sentado, querendo dizer: por favor, sente-se. Materena senta na pedra e Mori senta no cimento, de pernas cruzadas, de frente para a prima.

– Eu quero encontrar o meu pai – ele finalmente diz.

– É mesmo? – exclama Materena e pensa: o que será que está acontecendo no universo hoje?

Com voz triste, Mori explica que sua vida seria diferente hoje se tivesse conhecido o pai. Para começo de conversa, ele não seria um inútil.

– Mori... – Materena pega a mão de Mori e aperta um pouco.
– Você não é um inútil. Você é o meu primo mais gentil, e está sempre ajudando as pessoas. Para mim, isso não parece nada inútil.

– *Maururu*, prima. Sempre posso contar com você para falar coisas boas a meu respeito.

— Só estou dizendo a verdade, primo.
— Eu realmente quero encontrar o meu pai — continua Mori —, mas mama se recusa a dizer o nome dele, e não se pode procurar alguém que não tem um nome.

Materena concorda.

— Quando pergunto para mama o nome do meu pai, ela diz "Ah, me deixa em paz com essa velha história. Eu não sei o nome do seu pai" e "seu pai sou eu".

Mori olha bem nos olhos de Materena.

— Prima, você sabe que eu toco acordeom muito bem?

— Você toca maravilhosamente bem o seu acordeom, Mori, como um profissional.

Mori dá uma risadinha e exibe sua expressão sou tímido.

— Não quero me gabar, mas você sabe que eu tenho um ouvido musical...

— Você tem um ouvido maravilhoso para música — concorda Materena. — Basta ouvir uma música uma única vez e você já toca perfeitamente. Pito costumava dizer que desejava ter um ouvido para música igual ao seu.

— *Ah, oui.* — Mori balança a cabeça, confirmando várias vezes. — Dá para tocar sem ter ouvido para música, mas é melhor ter ouvido para música e... — Mori faz uma pausa. — Você sabe que eu nunca tive aula de música. Ninguém jamais me ensinou a tocar o acordeom. Um dia, eu encontrei esse acordeom e, no dia seguinte, já estava tocando como se tivesse o acordeom há anos. Você não acha isso estranho?

— *Oui* — admite Materena. — É meio estranho, sim.

— É estranho porque eu nasci com esse ouvido para música.

— *Oui,* pode ser.

— E já nasci acordeonista.

Materena olha para Mori, depois para o acordeom, e não fala nada.

— Eu nasci acordeonista porque meu pai é acordeonista, e acho que ele é jamaicano.

— Por que você acha isso?

– Ora, por causa do meu cabelo, prima! Os taitianos não têm dreads!

Materena está prestes a fazer um comentário, mas nessa hora Mori chama Loana que está do outro lado da rua.

– Tia Loana! – Mori acena freneticamente. – Pode vir até aqui? Preciso perguntar uma coisa!

Ela atravessa a rua e pergunta, depois de beijar o sobrinho e a filha:

– O que está acontecendo?

Materena se levanta e Mori aponta a pedra para a tia, como se dissesse: por favor, sente-se.

– Não vou sentar nessa porcaria de pedra. E estou com pressa, Mori. O que você quer me perguntar?

Mori comenta com a tia sobre seu estranho ouvido para música.

– Eh, Mori – diz Loana. – Você ia à missa com a sua mama todo domingo, desde quando tinha três dias de vida, até completar quinze anos. Ouvindo aquele coro da igreja todo domingo, é claro que você ia desenvolver o ouvido para música!

Mori passa a falar do seu estranho dom para tocar acordeom.

– Mori, você toca esse acordeom todos os dias há mais de vinte anos. Quando se faz uma coisa por tanto tempo assim, é claro que se acaba sendo bom nisso!

– Tia, a história do acordeom é que um dia eu achei o acordeom e, no dia seguinte, já tocava como se tocasse há anos!

Loana dá risada.

– Pelo que eu lembro, não tocava não. Nos seus primeiros meses com aquela coisa, o som era horrível. Não lembra a sua mama ameaçando jogar aquele acordeom na lata de lixo?

Materena fica olhando fixo para o chão de cimento.

– Bem, eu acho que o meu pai é acordeonista – diz Mori.

– Ah, você sabe, ele poderia ser qualquer coisa.

– E ele é da Jamaica.

– Ah, você sabe, ele poderia ser de qualquer lugar.

– Eu quero procurá-lo, mas mama não quer dizer o nome dele. Ela diz que não sabe.
– Talvez seja verdade.
– Como é que uma mulher pode não saber o nome do homem com quem está fazendo um bebê?
– Mori, querido, e você, sabe? Quando você leva uma mulher para a casa da sua mama ou quando vai para a casa da mulher, você sempre sabe o nome dessa mulher? – agora Loana semicerra os olhos para olhar para Mori.
– Essa é a primeira coisa que eu pergunto! – Mori parece angustiado. – Quando vejo uma mulher que me agrada, eu vou até ela e digo: *Iaorana*, meu nome é Mori, qual é o seu nome, linda princesa?

Dessa vez Materena não conseguiu conter o riso, e logo Mori ria junto com ela, mas Loana não acha a frase de apresentação de Mori engraçada.

– Existe um motivo para a sua mama se recusar a contar o nome do seu pai. Talvez ela não queira remexer numa história antiga, mas pode resolver revelar tudo no seu leito de morte. Você só precisa ter paciência.

– Ah, porque tem uma história então? – pergunta Mori, surpreso.

Loana dá um meio sorriso.

– Mori, meu sobrinho, quando se trata de concepção, tem sempre uma história.

E com essa observação, Loana prossegue em sua missão para a loja, com Materena logo atrás. Ela adoraria conversar com Mori mais um pouco, mas Pito e Tiare logo estarão em casa. Foram visitar mama Roti, e Materena lhes prometeu uma surpresa quando voltassem. Uma surpresa como bolo de banana, o bolo favorito de Pito e Tiare.

E na loja chinesa, bem lá no fundo, atrás da torre de rolos de papel higiênico, Loana conta para Materena a história da concepção de Mori. Fica subentendido que Materena levará aquela história para a cova.

Eis a história...

Quando Reva, mama de Mori, tinha dezessete anos, apaixonou-se loucamente por um garoto, e ele também era apaixonado por ela. O nome do garoto era Emmanuel. Ele tinha uma vespa e passava sempre creme Pento no cabelo crespo para deixá-lo mais liso e fácil de pentear.

Uma noite, Emmanuel marcou um encontro com Reva no hotel Tahiti, e Reva percorreu os cinco quilômetros até lá a pé. Quando chegou ao hotel, havia uma banda tocando e ponche grátis sendo servido. Reva ficou num canto ao lado de um vaso de planta, ouvindo a música, olhando em volta à procura de Emmanuel e de qualquer parente de que precisasse se esconder.

Passou uma hora inteira assim, e Reva começou a desconfiar que seu amante esquecera completamente o encontro. Serviu-se de um copo de ponche e correu de volta para seu posto. Esperou, bebeu e foi pegar outro copo de ponche. Esperou mais e lágrimas começaram a escorrer de seus olhos. A música de repente pareceu muito triste.

Ela bebeu mais um copo de ponche, e mais outro, até que sentiu vontade de ir ao banheiro. Foi até o toalete, mas havia uma fila enorme de mulheres bem-vestidas que a examinavam de alto a baixo, por isso ela correu para o jardim e aliviou-se atrás de uma árvore. E então caiu em pranto. Um minuto depois ouviu passos, sentiu o cheiro de creme Pento e disse, vestindo-se o mais rápido possível:

– Emmanuel, é você?

A resposta foi um sussurro.

– *Oui*, sou eu *chérie*.

Reva ficou tão contente com a chegada de seu amor que pulou em cima dele, beijou-o apaixonadamente e declarou seu amor por ele. Em poucos minutos, os dois estavam deitados na grama fazendo amor e Reva entregou-se ao amante com todo o coração, de corpo e alma. Depois do sexo, Reva abraçou seu amante e murmurou carinhosamente o nome dele:

Uma voz disse.

– Eu menti. Não sou quem você pensa que eu sou.

Então o homem ficou de pé em um pulo e saiu correndo. Essa é a história da concepção de Mori, e Materena diz que o homem era Emmanuel com certeza, e ele mentiu porque... porque... Materena busca um motivo plausível. Porque...
– Emmanuel morreu a caminho do hotel – diz Loana. – Um caminhão passou por cima da sua vespa.

❀

A única pessoa que não chora no concerto de despedida de Mori é a mãe dele. Para Reva, Deus finalmente atendeu às suas preces. No entanto, para os parentes reunidos ali hoje, será muito estranho não ver mais Mori tocar seu acordeom eterno sob a mangueira perto do posto de gasolina, mais ainda para Materena, que mora bem atrás do posto. Apesar disso, ela está muito feliz porque o primo Mori resolveu fazer algo de construtivo com a vida dele. Tocar acordeom embaixo de uma árvore é bom quando se é criança, mas quando se chega perto dos trinta e cinco, pode parecer um pouco triste.

Não é por causa da idade que Mori está dando adeus para a música diária e o hábito de beber, pois ele jamais se importou com a idade. Digamos apenas que, depois de passar anos insistindo para que a mãe dissesse o nome do pai dele, ela finalmente cedeu àquela pressão e contou toda a bizarra história da concepção do filho.

Mori, como era de se esperar, chorou a mais não poder quando foi visitar o túmulo do homem que teria sido (sem dúvida nenhuma) seu pai. Lá, ele sentiu uma ligação imediata com Emmanuel Mori Manutahia, tirado abruptamente do meio de nós. Mori explicou sua situação complicada ao morto. Ele fora concebido com Emmanuel na cabeça, no corpo e na alma de Reva, portanto era seu filho, sem dúvida nenhuma quanto a isso. Mori ficou ao lado do túmulo do pai algum tempo. Contou um pouco da sua vida e partiu prometendo mudar.

E isso quer dizer que a partir de hoje Mori não vai mais tocar o acordeom embaixo da mangueira perto do posto de gasolina, porque uma promessa feita para um morto é sagrada.

Duas maneiras de plantar uma semente

À mesa da cozinha, onde muitas coisas importantes são discutidas nos lares taitianos, Materena pede ao marido que feche os olhos um momento.

Tudo bem, fechados.

Agora Pito tem de fingir que recebe um telefonema da França, de uma mulher que ele não conhece, e ela diz a ele que é sua filha. Fruto de uma relação dele durante seus dois anos de serviço militar. Como ele se sente? Ficaria desapontado se a filha fosse, digamos, uma faxineira profissional? E sentiria orgulho se a filha tivesse, digamos, um programa de rádio só dela? De qualquer modo, qual seria a reação de Pito?

Materena molha o pão com manteiga na caneca de café, sorri para o marido que lança aquele olhar de você e as suas ideias, dá uma mordida no pão dela e aguarda uma resposta.

– Procure imaginar – diz Materena.

– E você? O que você faria?

– Eu vou convidar a sua filha para vir nos visitar! – Materena nem teve de pensar para responder. – Mas estou perguntando para você.

– Estou perguntando para você! – exclama Tiare, acenando com um pedaço de pão.

Os avós se espantam e explodem em risos. Tinham esquecido que a menininha estava à mesa também.

Então, falando depressa, Pito diz a Materena que, para ele, era impossível ter sido pai de alguma criança na França porque sempre tomava muito cuidado. A última coisa que ele queria na vida era engravidar uma menina e ficar preso na França para sempre. De fato, esclarece Pito, ele era paranoico quanto às suas preciosas sementes, com as meninas francesas e com as taitianas também. Tomava todo o cuidado, sempre.

Os olhos de Materena estão quase pulando das órbitas de tão arregalados. Pito *cuidadoso*? Ela nem imaginava que ele conhecesse esse método de contracepção. Com toda certeza, ele nunca aplicou isso com ela quando se encontravam embaixo de uma árvore, numa esteira, no escuro. Não eram nem namorados oficialmente na época. Ela era apenas uma menina que ele conhecia, a menina que era louca por ele. Embaixo daquela árvore, naquela esteira e no escuro, Pito engravidou Materena de Tamatoa.

– Você, cuidadoso? – Materena dá risada. – Você nunca foi cuidadoso comigo.

Sorrindo maliciosamente, Pito diz a Materena que talvez não quisesse ser cauteloso com ela, será que nunca imaginou isso, eh?

– O que está me dizendo? Que me en... – Materena olha para a neta que desfaz o pão em pequenos pedaços e joga na caneca de leite com chocolate. Ela faz uma mímica da palavra "engravidou" e completa a frase – embaixo de uma árvore de propósito?

Pito dá de ombros.

– Talvez sim, talvez não.

– Pito...

Materena não acredita nessa quase confissão de Pito. Como se ele tivesse tanto medo de perdê-la para outro homem que resolveu engravidá-la para marcar seu território.

– Pito...

Mas Pito tem de se arrumar para ir trabalhar. Mesmo assim, ele aceita com prazer os beijos apaixonados que Materena dá na sua boca, no rosto e na cabeça.

– Alguém me ama – diz rindo.

E para a neta, que agora recolhe os pedaços de pão encharcados com uma colher, Pito acrescenta:

– *Parahi, bébé.*

A menina olha para o avô e se pendura no pescoço dele. Materena fica pensativa.

Mais tarde, naquele dia, Materena vai visitar a mãe.

Mãe e filha se abraçam como se não se vissem há semanas. A última vez que estiveram juntas foi um dia antes, sob a mangueira perto do posto de gasolina, para o último concerto de Mori. Tiare recebe o beijo da bisavó e corre em direção aos fundos da casa para pegar seu regador. Esse é o ritual. Quando vai lá, ela rega as flores da bisavó. Ela sabe onde fica o regador e também sabe onde fica a torneira. Mas, acima de tudo, Tiare sabe quais são as flores que pode regar.

– Como vai a saúde, mamie? – pergunta Materena carinhosamente.

– Oh, minhas pernas estão sempre enferrujadas quando levanto da cama de manhã, mas, fora isso, está tudo bem, menina.

– Ah, é melhor ter as pernas enferrujadas do que outra coisa mais séria.

Loana dá risada e concorda.

– Seu jardim está muito lindo, mamie – Materena continua falando com voz açucarada.

– *Oui*, eu adoro o meu jardim, é... – ela interrompe a frase para orientar a pequena, toda entusiasmada com a irrigação das plantas. – *Vauti*, Tiare! Agora vai regar as orquídeas, meu amor.

Com um enorme sorriso, Tiare olha para a bisavó e grita:

– Eu ajudo vovó Loana! Eu sou boazinha!

E sai correndo para encher o regador.

– Ela me lembra muito você – diz Loana. – Demais... você era assim mesmo na idade dela, sempre sorrindo, sempre disposta a ajudar.

Segue um silêncio em que Materena espia a mãe com o canto do olho e respira fundo diversas vezes.

– O que foi? – pergunta Loana. – Você está matutando alguma coisa.

– Mamie, preciso pedir sua permissão.

Loana vira de frente para Materena.

– A minha permissão? – Ri. – Você não pede a minha permissão para nada há anos! Loana faz a filha lembrar que nunca pediu permissão para sair furtivamente de casa pela janela, à noite, para ir ao encontro do seu Romeu à espera dela embaixo da árvore. Não pediu permissão quando engravidou, quando se casou et cetera et cetera.

– E agora você precisa da minha permissão?

E então, com uma voz muito séria e preocupada, Loana pergunta para Materena se a permissão tem algo a ver com uma mudança de religião, ou pior, com a venda de terra.

– Mamie. – Materena ri. – De onde foi que tirou essas ideias malucas? Estou feliz sendo católica e não sou do tipo de vender a minha terra.

– Ah. – Loana parece muito aliviada. – Bem, você tem a minha permissão.

– Eu ainda nem disse para o que é...

– Se não é sobre religião, se não é para vender terra, então tem a minha permissão.

– Então você não vai se importar se eu procurar meu pai? – diz Materena, e rapidamente complementa que quer fazer isso há anos, mas nunca se sentiu bastante segura. – Você deve perceber que estou mais segura agora, mamie – diz Materena.

– Isso é verdade, e fico muito feliz por você. É muito bom sentir essa segurança quando se é mulher, mas... – Loana parece não encontrar as palavras.

É como se ela realmente quisesse dizer alguma coisa, mas não soubesse como juntar as palavras.

– Mamie – diz Materena, segurando a mão da mãe entre as dela –, eu vou respeitar a sua decisão. Entendo se você não quiser que eu vá procurar meu pai. Foi você que pôs comida na minha barriga e tudo o mais, e pode querer que eu espere até depois de você morrer, mas e se ele já...

– Não espere nada, menina – pronto, Loana falou. – Quando você é jovem, pensa que está apaixonada, mas depois você fica velha e descobre que era apenas uma espécie de jogo.

Na opinião de Loana, Tom Delors é bem capaz de dizer: "Loana? Loana de quê?"

– Ele não se preveniu com você, mamie – diz Materena num tom leve. – Parece que não se importava de você engravidar porque você era muito especial para ele.

– Especial – repete Loana dando risada –, menina, você está aqui hoje porque sua mãe nunca pediu para o seu pai parar!

Loana dá um suspiro e começa a falar daquele francês que era muito engraçado, muito cheio de vida, e que ela desejava ter conhecido em outro lugar, não no Zizou Bar.

Conhecer alguém em um bar soa muito mal... não é *joli* escutar isso dito assim. Quando você diz para as pessoas "Ah, nós nos conhecemos num bar", elas pensam automaticamente: "Num bar! Não admira que ela tenha um filho com Pai Desconhecido escrito na certidão de nascimento! O que ela estava fazendo num bar? Não se conhecem maridos nos bares!"

Mas onde mais Loana Mahi poderia ter conhecido Tom Delors? Ele não frequentava a igreja, não conhecia ninguém que ela conhecia, ela não conhecia ninguém que ele conhecia, o bar era o único lugar para o rapaz francês e a moça taitiana toparem um com o outro.

Bem, de qualquer forma, isso é passado, e se Materena quer procurar o pai, pode ir, sua mãe está lhe dando permissão. Mas é melhor Materena não esperar nada, e não contar para ninguém que resolveu fazer essa busca (nem para o marido dela), para o caso de Tom não ter interesse em conhecer a filha. A última coisa que Loana deseja é que a história de Materena se transforme em política. Já existem histórias demais sobre franceses arrogantes nas redondezas, no Taiti, na Polinésia francesa... no mundo inteiro.

– Não espere nada, menina – repete Loana para se certificar de que esse conselho fique gravado na cabeça da filha. – Se o seu pai quiser te conhecer, será maravilhoso. Se não quiser, bem, estou avisando agora... você vai se machucar, vai ficar magoada. – Loana dá um suspiro e acrescenta: – Você conhece a minha história com o meu pai, o quanto eu sofri.

Oh *oui*, Materena conhece. Ela conhece a história inteira do seu avô, Apoto, que largou a mulher grávida, Kika, e a filha de cinco anos por outra mulher (que não sabia cozinhar), não sem antes avisar a toda a aldeia que a criança na barriga da mulher dele não era dele, que o chinês tinha plantado lá.

Quando a criança veio ao mundo com a cara do pai, nem isso foi prova suficiente para Apoto. Na cabeça dele, só tinha uma filha e roubou-a de Kika (por meio da lei) logo depois de abandoná-la, para criá-la junto com sua amante professora estéril. Quanto à menina recém-nascida, era puro desprezo – ela era de Kika, que ficasse com ela. E foi exatamente isso que Kika fez.

Quando Kika morreu no Taiti, longe de sua própria ilha, Loana estava com catorze anos. Tímida, ela falava um francês aceitável (mas nada comparável ao francês da irmã), ficou perdida sem a mãe. E mesmo assim, Apoto não reconheceu a menina que viera de suas sementes e deixou a responsabilidade para seus familiares.

A menina tornou-se faxineira, depois mãe solteira de dois filhos, passando de parente para parente, de amante para amante, há muito resignada a nunca ser suficientemente boa para seu pai, dono de um posto de gasolina, filho de um chefe, um homem que era proprietário de vários hectares de terra.

Mas, em seu leito de morte, Apoto pediu para falar com ela.

– Loana – ele gemeu –, Loana, minha filha. Perdoe-me.

E ela perdoou. Naquele instante não existiu hesitação alguma.

– Eu o perdoo, papa – disse chorando, beijando fervorosamente a mão dele. – Pode morrer em paz.

Sem aquela filha que o amava tanto, Apoto Mahi estaria sufocando nas ervas daninhas até hoje.

Do Taiti para a França

Muito bem, Materena está pronta para começar. Ela já tem uma relação de cinquenta e dois números das listas telefônicas da agência do correio e resolveu como irá fazer. Vai começar discando o último número e seguir em ordem até o primeiro. Pronto, está resolvido. Ela está preparada, isto é, emocionalmente. Materena vê a situação do seguinte modo: ela não tem nada a perder. Se o seu pai disser "Claro que quero conhecê-la", ótimo. Se ele disser "E daí que você é minha filha?", então ele pode sufocar nas ervas daninhas.

São mais ou menos oito horas da manhã, o que significa que devem ser mais ou menos oito horas da noite por lá, mas Materena resolve esperar mais meia hora, caso as pessoas ainda estejam jantando. Ela senta no chão e espera, ensaia mentalmente sua frase de apresentação inúmeras vezes, respirando fundo, com as mãos trêmulas. Boa-noite, monsieur, ela dirá (se for um homem que atender, e madame se for mulher), meu nome é Materena e estou ligando do Taiti. Procuro Tom Delors, que prestou o serviço militar no Taiti quarenta e três anos atrás... O resto da apresentação vai depender da reação da pessoa do outro lado da linha.

Ela está apavorada. Apavorada, petrificada, pronta para começar a chorar, desejando ter partilhado essa angústia com Pito, mas é melhor que ele não saiba de nada mesmo. Faltam mais cinco minutos... respire fundo, Materena, e respire devagar. Relaxe, é apenas um telefonema. Mas agora ela já está pensando que talvez fosse melhor contratar aquele detetive de quem ouviu falar por uma das ouvintes da rádio, para obter alguma informação sobre Tom Delors primeiro. Em que ele trabalha e tudo, se ele é malvado, se tem filhos.

Mais dois minutos... vamos lá, Materena, ânimo, chega de procrastinação. Tiare está com a bisavó Loana, e não é sempre que você tem a casa inteira só para você algumas horas.

Trinta segundos... um segundo, você está no ar, Materena! Boa sorte, menina!

E Materena pega o fone, começa a discar e grita em pensamento: "*En avant!*"

Uma mulher atende a ligação logo depois do primeiro toque.

– *Allo, oui?* – Parece muito animada de alguém estar telefonando para ela.

Materena, que esperava o telefone tocar pelo menos três vezes, foi pega de surpresa e despreparada. Depois do *euh* e do *ah* que pessoas envergonhadas costumam dizer, Materena finalmente conseguiu soltar a frase de apresentação.

– Boa-noite, madame, meu nome é Materena, estou telefonando do Taiti e...

– Taiti! – A mulher não deixa Materena terminar. – Eu estive no Taiti, querida. Foi há muito tempo, bem... deixe-me pensar. Eu tinha dezessete anos... Estou com oitenta e seis agora.

A mulher, que Materena não imaginava ser tão velha, continua falando das férias que passou no Taiti, em viagem com os pais. Ela adorou cada minuto, cada segundo da sua aventura taitiana. Lembra as cercas de hibiscos vermelhos, as galinhas nas árvores, as meninas passeando, algumas com bisnagas de pão na mão, outras carregando bebês, crianças descalças, mulheres reunidas do lado de fora da loja para conversar e dar boas risadas. Ela se lembra de ter conhecido muita gente, e todos eram muito simpáticos. Sempre sorridentes.

– As pessoas ainda sorriem muito no Taiti? – pergunta a mulher.

– *Oui*, madame, quando estão contentes.

– Ah, isso é muito bom.

E a mulher dispara a falar de novo, lembrando a única viagem de férias que teve na vida. Ela se casou pouco tempo depois da expedição para o Taiti, explica. Tornou-se esposa e depois mãe... veio a guerra, é claro, e então ela se tornou avó, e agora é bisavó. Morou na mesma cidade, na mesma rua e na mesma casa durante mais de sessenta e cinco anos.

Agora ela quer que Materena diga uma coisa.

– Estou ouvindo, madame – diz Materena.

Antes de mais nada, a senhora faz Materena lembrar o costume daquela época, as pessoas que iam sair do Taiti para jogar uma coroa de flores no mar.

– Isso ainda é costume aí? – pergunta.

Materena confirma que é, quando as pessoas partem de navio.

– E o que aconteceu com a sua coroa?

– Ela voltou para a praia, querida.

– Quer dizer que a senhora vai voltar para cá, madame.

– Você acredita mesmo nisso? Mas quando será? Já estou com oitenta e seis anos, querida.

Materena diz para a carinhosa senhora que, na verdade, ela nunca deixou o Taiti, já que ainda se lembra do lugar e do povo, e Materena não tem dúvida de que as pessoas taitianas que ela conheceu ainda se lembram dela também.

– A senhora sabe, madame, que os taitianos nunca esquecem as pessoas simpáticas como a senhora. Tenho certeza de que as pessoas que a senhora conheceu falaram da senhora para os filhos, e os filhos delas falaram sobre a senhora para seus filhos, e assim por diante. Por isso, de certa forma, a senhora continua conosco.

– Ah, você é mesmo um amor, querida.

A velha senhora conta suas histórias taitianas e, dessa vez, dá pequenos detalhes para Materena, revela que, num dia chuvoso, um rapaz muito simpático cortou uma folha de bananeira para ela usar como guarda-chuva. Ela não para de falar e Materena, sorrindo, agora olha para o relógio que faz tique-taque, tique-taque. Mas uma senhora idosa que relata suas lembranças não pode ser interrompida. Seria falta de educação, e, além do mais, Materena sente muita pena da velha senhora. Pobrezinha, ela pensa, aquela senhora não deve ter ninguém com quem conversar.

Uma hora inteira passa, e só então a mulher fica sem história para contar, e agora está pronta para perguntar por que Materena ligou para ela.

Materena aproveita o momento para explicar sua situação delicada.

– Tom Delors – sussurra a mulher. – Deixe-me pensar, querida... *Non*, não conheço nenhum Tom Delors, meu nome é Tess Delors, mas meu nome de solteira é Tess Many. Sinto muito, querida. Os Delors são uma grande família, é bem possível que ele seja primo do meu falecido marido, mas nunca me dei muito com a família Delors, querida, estava sempre com a minha família mesmo, deixe-me pensar...

Quinze minutos depois, Tess Delors sente dizer que jamais ouviu falar de nenhum Tom Delors, mas deseja tudo de bom para Materena, agradece a ligação e convida Materena para visitá-la da próxima vez que for à França.

Em seguida, Materena fala com um homem que também diz nunca ter ouvido falar de um Tom Delors, mas gostaria de aproveitar a oportunidade de ter uma taitiana na linha para discutir os testes nucleares em Mururoa. Ele está escrevendo um ensaio sobre o assunto. Infelizmente Materena não pode ajudá-lo nesse assunto importantíssimo, mas deseja boa sorte para ele.

A próxima pessoa que atende o telefone é uma criança que diz para Materena que não pode conversar com estranhos quando a mãe não está em casa, assim como não pode abrir a porta para ninguém.

Agora Materena fala com uma mulher que a acusa de ser a amante taitiana do marido.

– Como ousa telefonar para este número para falar com o meu marido? – berra ao telefone.

– Não sou a amante taitiana do seu marido, eu nem conheço o seu marido! – A negação de Materena só faz com que a mulher grite ainda mais alto.

– Estou reconhecendo seu sotaque de analfabeta, sua vadia!

Por fim, Materena tem de desligar na cara da mulher traída, pedindo desculpas porque jamais desligou o telefone na cara de ninguém em toda a sua vida (exceto uma única vez, na cara de Tamatoa). Só que tampouco foi insultada daquele jeito.

Abalada, Materena resolve retomar as ligações na semana seguinte. Na verdade, talvez espere duas semanas. É muito desgastante emocionalmente fazer aquelas ligações, sem saber quem vai atender – um desconhecido, a mulher do pai dela, a outra filha do pai dela.

Ou até mesmo seu próprio pai, e se ele dirá algo como "Sim, conheço seu pai muito bem, ligue para este número para falar com ele", e então ele dá o número do depósito de lixo da cidade. Foi isso que aconteceu com uma das ouvintes de Materena, ela jurou que sua vontade de conhecer o pai acabou pelo resto da vida.

Como nasce uma amizade

Olhando para a lista de cinquenta e dois números de telefone (e esperando que um deles seja o de Tom Delors), Pito se questiona se realmente foi um bom pai como Materena tão gentilmente insinuou. Quase nunca estava em casa. Um bom pai é o pai que deseja estar com sua família, *n'est-ce pas*? Um bom pai não desaparece três noites por semana com seus *copains* de copo e costuma ficar em casa nos fins de semana para passar um tempo com os filhos que mal viu durante a semana.

Pito fazia o contrário. Era como se estivesse fugindo.

Ele nem pode culpar a esposa, ela nunca foi um dragão, nem nada parecido, não gritava com ele assim que ele chegava em casa do trabalho. Os famosos olhares zangados de Materena eram utilizados quando Pito chegava em casa bêbado, fazendo barulho e de mãos vazias depois de um suposto fim de semana de pescaria. Fora isso, Pito sempre recebia a expressão bem-vindo-à-casa-na-volta-do-trabalho, menos, é claro, quando Materena estava *fiu* com ele por algum motivo, mas dias assim eram extremamente raros.

Por falar em sorte, eh?, Pito conhece muitos homens que voltam do trabalho para casa para encontrar uma megera de mulher, aquela mulher de mãos na cintura, com palavras furiosas dardejando de sua boca mal-humorada feito diarreia. Seus dois irmãos Tama e Viri, por exemplo.

Pito põe a folha de papel de novo ao lado do telefone com todo cuidado. E agora folheia o álbum de fotografia, com a esperança de ver alguma imagem dele com os filhos, mas vê apenas fotos e mais fotos de Materena com a tribo.

Aqui ela está grávida de Moana, com Leilani nos braços e Tamatoa agarrado ao seu sarongue. Sorrindo, como se vivesse o melhor dia de sua vida.

Na foto seguinte, a expressão é de cansaço. Não é fácil enfrentar três filhos exigindo a sua atenção antes da missa... Ah, eis uma foto de Pito dando um sorriso cheio de dentes, com o polegar para cima. Ele está com Ati, equipamento de pesca ao fundo, e eles estão bêbados. Naquele tempo em que Ati era normal... antes de se associar ao plano de saúde e fazer a sagrada promessa a Deus de parar de beber.

Aqui está Materena de novo, posando no jardim da casa da mãe dela, de tranças, uma flor de hibisco vermelha presa na orelha direita, e seus três filhos bem penteados reunidos perto dela... Pito e Ati sorrindo, de porre... Pito e Ati (não estão de porre nessa) posando diante da igreja no batizado de Leilani, o padrinho Ati exibindo um sorriso de orgulho e Pito com expressão de um certo tédio.

Pito olha para a neta brincando ali perto com uma caneta, fazendo-a voar como se fosse um avião, emitindo sons de *vrum vrum*, e a alegria dispara em suas veias, vai direto para o seu coração.

Volta para o álbum de fotografias. Mais fotos de Pito com cara de que gostaria de estar em outro lugar. Qual é dessa cara de sofrimento? Pito diz para ele mesmo mais novo nas fotos: acorde, seu idiota! Ele fecha o álbum e tira o cor-de-rosa da estante, o álbum com fotos de Tiare. Ah, melhorou muito. Pelo menos agora, Pito exibe um pouco mais seus dentes, desfez-se daquele olhar entediado, é a imagem de um homem satisfeito com seu quinhão na vida. *Oui*, Pito meneia a cabeça aprovando, agora sim.

Não está afirmando que quando era mais jovem, não estava satisfeito com sua vida, *non*, mas... eh, talvez eu fosse apenas jovem, só isso. Pito guarda o álbum cor-de-rosa, fica observando a neta em silêncio por um tempo, ela continua brincando com a caneta-avião. Tiare olha para o avô e corre para ele fazendo seu avião voar.

– Não corra segurando a caneta, você pode se machucar.

A menina abraça a perna do avô, aperta e fica um pouco assim, depois volta a brincar.

Pito abre outro álbum de família, apesar de saber que isso só vai provocar mais sofrimento. *Oui*, mais fotos dele parecendo aborrecido, mais fotos em que ele não aparece... e foto após foto do seu filho mais novo com cara de quem está prestes a cair no choro. Aqui está ele, lábios trêmulos e olhos marejados, olhando para o pai (milagre! Pito está na foto!), que olha para ele com expressão de censura. Por ser um bebê chorão, sem dúvida. Pito volta e meia repreendia o filho mais novo por ser bebê chorão.

– Pare de agir como uma menina!

Sentia mais orgulho de Tamatoa. Tamatoa era durão, nunca chorava, já era um homem aos oito anos de idade. Ou melhor dizendo, Pito resmunga, tão homem quanto ele é agora. *Conneries!* Por que desejamos que nossos filhos cresçam tão depressa?

No minuto seguinte, Pito está discando o número de telefone de Moana. Simplesmente sentiu vontade de conversar com seu filho mais novo, e por que não? Os pais não precisam de motivos para conversar com os filhos. É manhã de sábado e Pito não trabalha hoje. Esse é um bom motivo.

Moana atende o telefone depois de cinco toques.

– *Oui?*

– Moana, é o papi.

– Papi! – Moana parece bastante surpreso, depois preocupado. – Está tudo bem com a mamie?

– *Oui, oui*, ela está com sua avó Loana... Eu liguei para saber como você está, como vão as coisas por aí.

Um momento de hesitação.

– *Euh*, eu estou bem.

– Ah, que bom.

Pito pensa: o que mais posso dizer? Eh, pode perguntar como vai a namorada de Moana. Pito nunca levou em conta aquela menina. Quando Moana e Vahine oficializaram o namoro, Pito ficou chocado. Ele lembra que disse para Moana:

– Há tantas meninas por aí, por que ela? A ex-namorada do seu irmão mais velho? É como comer as sobras! E, além do mais, ela é magra demais!

Mas, desde o episódio do bolo, Pito passou a gostar muito da sua nora. Talvez já não seja tarde para demonstrar isso.

– E como está Vahine? – pergunta Pito.

Mais uns minutos de hesitação.

– Ela está bem.

– Ah, que ótimo... – A voz de Pito falha um pouco. – Estou muito contente por vocês dois.

– E Tiare? – É a vez de Moana fazer perguntas. – Ela está bem?

– Ah, aquela lá é a número um. – Pito dá risada e conta para Moana que Tiare fica muito bonitinha quando põe o lenço sobre a boca para tossir. Ela passou a véspera tossindo só para poder usar o lenço que a bisavó Loana comprou para ela, mas já desistiu dessa brincadeira. Agora está entretida com canetas voadoras.

Pai e filho riem alto, risadas meio forçadas que vão diminuindo até chegar a hora de terminar a conversa. Pito não tem mais histórias para contar e Moana não pergunta mais nada, pois terá todas as informações da mãe dele mais tarde, quando vão conversar por meia hora, no mínimo. Não dá para ligar para seu filho uma primeira vez e esperar que ele se abra só porque você quer.

– *Allez* – diz Pito num tom despreocupado, embora esteja tremendo por dentro. – Então até logo.

– Obrigado por ligar, papi – Moana também parece emocionado.

– Ah – Pito indica que não é nada, acenando com as costas da mão para o filho bebê chorão. – Tudo bem, volte para o seu fogão.

Então ele senta no sofá e apoia a cabeça nas mãos.

Quando o telefone toca, Pito atende imediatamente, pensando que é Moana ligando de volta para dizer mais alguma coisa.

– *Allo?*

– Pito, *e aha te huru?* – diz Ati.

– *Eh, copain!* – exclama Pito, pensando que é estranho Ati telefonar para ele num sábado.

Ati nunca telefona quando está com o filho, e ficou combinado que Pito o deixaria em paz para ele poder ser um papa.
– O que você está fazendo? – pergunta Ati.
– Estou com a Tiare, Materena está na casa da mãe dela, estão fazendo uma árvore genealógica ou algo parecido.
– Quer vir passear comigo no cais?
– Passear?
– *Oui*... com as crianças. E o Tamatoa? Ele está em casa também?
– O que, ele? – Pito debocha, de mau humor. – Ele tem a cabeça no meio das pernas. Só volta na terça... está com outra mulher casada.
– Ah, mulheres casadas – Ati suspira com saudade.

❀

Ati pega o filho no carro e o carrega do jeito taitiano, quer dizer, como um feixe de taro, mas com um pouco mais de sensibilidade, a sensibilidade que muitas vezes se nota nos avós. Bem, Ati poderia, de fato, se fazer passar por um avô. Ele tem idade demais, pelo menos de acordo com os padrões taitianos, para ser pai de primeira viagem.
– E o carrinho? – pergunta Pito. – Lily não vai...
– Lily faz as coisas do jeito dela – retruca Ati irritado –, e eu faço as minhas coisas do meu jeito.
Ih, pensa Pito, aí tem coisa...
– Ela é uma *conne* – explica Ati, mas nem precisa, porque Pito já entendeu.
Os amigos de infância vão andando, se misturam com os turistas que passeiam por lá, admirando os iates ancorados no cais, junto com os *paquebots*.
– Tonton – diz uma vozinha –, olha os meus sapatos.
– São lindos os seus sapatos, *chérie* – diz Tonton Ati.
– Eu gosto dos meus sapatos. Eles são VERMELHOS!
Pito aperta carinhosamente a mãozinha da neta e olha para o amigo, aquele homem que conhece há mais de trinta e sete anos, que é mais um irmão para ele do que um amigo.

Conheceram-se na escola. Onde mais dois garotos que não eram parentes e não moravam no mesmo bairro poderiam se conhecer? Tinham sete anos. Ati era o menino novo na escola, recém-chegado das ilhas de fora e, dá para acreditar?, muito tímido. Em dois dias já era vítima dos valentões, até que Pito, o garoto que tinha três irmãos maiores, entrou na história e salvou Ati da humilhação.

A partir daquele dia, Pito Tehana e Ati Ramatui viraram uma dupla que perseguia as meninas no pátio da escola, roubava pirulitos na loja chinesa, enrolava cigarros malfeitos, perdia os pais no mesmo ano, depois a virgindade; por fim, se viram amarrados um ao outro por centenas de lembranças doces e tristes. Amigos para a vida toda.

– Você está bem, Ati? – pergunta Pito, sentindo que há encrenca no ar.

– Preciso ver meu filho mais de três dias por semana. – Ati beija docemente o topo da cabeça do filho. – Se Lily queria um pai para o filho dela que só aparecesse três dias por semana, deveria ter arrumado um marinheiro... Ou um homem casado.

Ati continua a falar sobre a sua batalha, uma batalha feroz, para fazer parte da vida do filho sete dias por semana. Não quero ser pai temporário, diz ele. De acordo com Ati, não há sentido em ter filhos se você só vai aparecer na vida deles às quartas, às quintas, às sextas e sábado sim, sábado não.

– É melhor do que nada, *copain* – diz Pito.

– *Non*, é frustrante, quero que a Lily seja *enculée*.

– *Eh, copain* – diz Pito dando um tapinha no ombro do amigo –, não fale assim da mãe do seu filho.

– Eu quero mesmo ser um bom pai, Pito – diz Ati.

– Você é melhor pai do que eu fui.

Admitir isso é a morte para Pito, mas às vezes temos de ser sinceros. Então ele dá risada e acrescenta, sem amargura nenhuma:

– Desde que seu filho nasceu, eu raramente o vejo. Eu deveria...

– Eh, Pito – sussurra Ati, indicando com a cabeça dois velhos sentados num banco e falando de...

Bem, pelos gestos entusiasmados, poderiam estar falando do tamanho de um peixe muito grande, ou da largura de uma casa muito grande, ou talvez sobre o tamanho da bunda muito grande de uma mulher.

– Somos nós daqui a trinta anos.

O que Pito queria dizer, antes de Ati interromper, era isso: eu deveria ter sido como você quando meus filhos nasceram.

Mas agora ele não vai dizer nada disso, vai apenas parar um momento para secar aquela lágrima que despontou no seu olho esquerdo.

Diagnóstico de Leilani

O passeio com Ati provocou uma sensação muito estranha em Pito. Talvez seja apenas cansaço. Ele nunca andara tanto antes, quarenta e cinco minutos. Poderia tirar uma soneca como Tiare. Pensando bem, talvez deva ligar para a filha.
Um jovem atende o telefone.
– Posso falar com a minha filha? – pergunta Pito e pensa: quem diabos é você?
– Eh, Pito! Aqui é Hotu, o namorado de Leilani. *E aha te huru?*
– Eh, Hotu, *maitai* – diz Pito e mentalmente: você está aí de novo? Não esteve há apenas dois meses?
– Leilani! – Pito ouve Hotu chamar.
– *Oui chéri!* – Pito ouve a filha dele responder.
– Seu papa no telefone!
– Estou indo, *chéri*!
– Quer um café, *chérie*?
– *Oui*, obrigada, *chéri*.
Chéri para lá, *chérie* para cá, e Pito pensa: por que vocês dois não moram juntos?
– Papi? – Essa é uma mulher adulta, independente, inteligente falando, a primeira futura mulher doutora taitiana, que continua soando como uma garotinha para o pai dela.
– *Oui* – isso é tudo que Pito consegue dizer concretamente naquele momento.
Merde, o que está acontecendo com ele?
– Tudo bem com você? – diz Leilani, depois se dirige ao namorado que levou café para ela. – *Merci, chéri*. – Ela toma um gole. – Papi?

— *Oui* — isso ainda é tudo que Pito consegue dizer concretamente naquele momento.
— Pai, tem certeza de que você está bem?
— Bem, se quer mesmo saber — admite Pito, forçando uma risadinha —, hoje o seu velho está se sentindo meio estranho.
— O que quer dizer com estranho?
O que Pito quer dizer com estranho? Que pergunta estranha é essa que a filha dele está fazendo? Ele está se sentindo estranho, só isso. Não dá para explicar esse estranho. Estranho significa o que significa mesmo, não é? Significa estranho.
— Você está tendo mudanças de humor? — pergunta Leilani.
— Eh?
— Num minuto você se sente feliz e no minuto seguinte se sente triste?
Pito hesita alguns segundos antes de responder.
— Hoje, *oui*.
— E você anda muito cansado ultimamente? — Leilani continua a fazer perguntas.
— Hoje, *oui*, estou cansado.
— Seu cabelo está caindo? — prossegue.
Pito esfrega suas melenas de cabelo preto e grisalho com orgulho.
— *Non*, não estou perdendo cabelo.
— Papi, vou fazer uma pergunta, mas, por favor, não se ofenda. Não estou falando agora como sua filha, está bem? Estou falando como estudante de medicina... Agora, você tem sentido que seu desejo sexual está diminuindo?
— O quê?
Ora! As perguntas que essa menina faz! Pito grita mentalmente. Não ligou para a filha para ser interrogado... e sobre aquele assunto! Não é assunto para tratar com a filha, nem mesmo com os amigos, nem com o seu médico! E ele só telefonou para dizer *Iaorana*.
— Então, está tudo bem?

— Tudo bem. — A filha sente que ofendeu o pai, por isso muda rapidamente de assunto. — E como vai a minha linda sobrinha?

— Ela está 100%, aquela menininha.

Pito dá uma risadinha e passa a contar a última de Tiare. Bem, quando a senhorita se levanta (do sofá, da cadeira, da mesa, do chão), ela diz "*Parahi*", querendo dizer fique sentada. Esse é o jeito taitiano de dizer até logo, mais taitiano do que a palavra *nana* que todos usam.

Leilani também ri.

— Logo, logo, Tiare vai estar me ensinando a falar taitiano!

— São as conhecidas dela, só pode ser isso, as velhas da creche de mama Teta.

— As tias-bisavós dela, podemos chamá-las assim.

— Podemos — concorda Pito. — Quanto tempo Hotu vai ficar aí com você?

— Dez dias.

— Ah, isso é bom, melhor do que da última vez, foi o que, só cinco dias?

— Papi, você está passando pela andropausa — interrompe Leilani, falando depressa, sem dar chance de o pai protestar. — É como a menopausa feminina, e acontece por causa de uma queda nos níveis de hormônios. É normal, milhões de homens passam por isso no mundo...

Pito está sem fala, por isso Leilani continua e pede para o pai não entrar em pânico. Ele tem de ficar calmo, está bem? Não deve apelar para coisas irracionais como largar a mãe dela por uma mulher mais jovem. É normal, insiste ela, que ele se sinta perdido e acredite que não realizou grande coisa na vida, mas isso não é verdade. Ele pode não ganhar muito dinheiro, mas é uma pessoa maravilhosa, maravilhosa. É verdade que tem defeitos. Muitos defeitos... mas ninguém é perfeito.

Uma mulher mais jovem não é cura nenhuma, assim como jogo também não é, nem criar galos de briga, essas coisas. E não adianta ficar se atormentando com o passado, todas as coisas que ele fez e deveria ter feito. Isso é passado, acabou, já era, ficou para trás. A única coisa que conta é o amanhã.

O outro conselho que Leilani dá ao seu paciente atônito é que ele aumente a atividade física. Isso significa ficar menos tempo sentado no sofá, talvez mais caminhadas. Caminhadas sérias, não passeios.

– Vá a pé para o trabalho, papi – diz Leilani, depois de respirar fundo.

– Ir a pé para o trabalho?

– *Oui*, por que não? São só dez quilômetros. Acorde mais cedo e vá andando em vez de pegar a picape. Nós não andamos bastante no Taiti. Vamos de A para B a pé, mas só se a distância for menor do que vinte e cinco metros, e deveríamos caminhar pelo menos três quilômetros por dia. É bom para o coração e para a cabeça também. Papi, por favor, prometa que você vai fazer algum exercício... E procure beber menos também.

Lá vamos nós de novo, pensa Pito. É muito fácil para Leilani e Hotu pedir para os bebedores beberem menos. Aqueles dois são alérgicos ao álcool. Pessoas normais não têm essa sorte.

– Não estou pedindo para você parar completamente – continua a filha –, mas para beber menos, só isso. Beba dois copos de água para cada copo de cerveja... Papi?

– Hum.

– Você não pode morrer antes de eu ter filhos.

E Pito, com a mão no coração, sorri.

❀

Vou começar o meu programa de exercícios. Pito não está sendo o monsieur Segunda-Feira nesse caso, muita gente resolve iniciar programas na segunda-feira, mas o problema é que, quando chega a segunda-feira, essa nova decisão evapora, até a próxima segunda-feira. Mas Pito está falando sério.

Segunda-feira vou a pé para o trabalho, vou entrar em forma! Vou perder essa barriga. Pito canta esse novo hino muitas e muitas vezes. Engole dois copos de água, dá um soco no ar simbolizando a vitória e se presenteia com alguns goles de cerveja, que já está morna. É esse o problema quando não bebemos a nossa cerveja de uma vez só. Ela fica quente, especialmente num dia calorento como aquele.

Ele começa a pular, um pé em cima do sofá... agora o outro, alterna, continua pulando... respira, bem, ele tenta...

Purée, como está quente hoje, o suor escorre profusamente pelas têmporas de Pito. Senta no sofá para se recuperar um pouco, respira direito algumas vezes e para de bufar.

A porta da frente se abre. É Tamatoa, molhado de suor, todo vermelho, com a mochila pendurada nas costas.

– Eh? – Pito se mostra agradavelmente surpreso. – Pensei que tinha dito que só voltava para casa na terça-feira.

– O marido dela é policial, não vou brincar com a mulher de um policial, *non, merci*. Assim que descobri, corri para casa. – Então ele notou que o pai estava ofegante e perguntou: – O que houve com você?

Pito estende os braços no encosto do sofá.

– Sua irmã disse que preciso começar a fazer exercício, e estou tentando, *copain*, estou tentando. Vou a pé para o trabalho segunda-feira.

– A pé? – Tamatoa dá um largo sorriso. Seu pai nunca o chamara de companheiro. – Correr é melhor.

– Para vocês, *oui*, mas para nós, velhos... – Pito sacode os ombros e ri.

– Você não é velho, papi. – Tamatoa senta ao lado do pai. – Posso correr com você... se você quiser.

Pito avalia a oferta.

– Não vou constranger você? Estou avisando, não corro como o vento.

– Eh – diz Tamatoa dando um tapa de amigo na perna do pai. – Desde que você não se arraste, *c'est le principal*.

Uma chance caída do céu

Há muitas coisas que um pai pode aprender quando corre com o filho. Bem, primeiro ele aprende *como* correr: como controlar o ritmo, respirar direito, como manter os braços erguidos para não ficarem pendurados, drenando energia. Mas o mais importante é que ele aprende a confiar no filho.

Pito realmente pensava que Tamatoa iria abandoná-lo no meio do trajeto da corrida, já que Tamatoa corria duas vezes mais rápido que ele, se não três vezes. Mas Tamatoa permanecia ao lado do pai, correndo em círculos em volta dele e sempre com palavras de estímulo, como: "Imagine que você está representando o Taiti nas Olimpíadas!" Pito tinha de parar algumas vezes para rir e recuperar o fôlego.

Mesmo assim, ele não esperava que Tamatoa corresse com ele de volta para casa, depois do trabalho, como Tamatoa havia prometido. Quando Pito viu seu filho no portão, pensou *"Eishh!"*. Esperava poder pegar a picape e pedir para saltar a uns cem metros de casa, para então continuar na corrida. Mas, lá no fundo, Pito sentia muito orgulho de Tamatoa ter cumprido a promessa. Talvez seu filho estivesse se tornando finalmente uma pessoa confiável, responsável.

E foi por isso que, uma semana depois, Pito propôs à sua linda mulher, deitada ao lado dele, que fossem acampar por uma noite.

Materena pondera um pouco antes de aceitar aquele convite incomum. Nunca acampei em toda a minha vida, pensa ela. Bem, e por que não experimentar algo novo?

Materena nem se preocupa em pedir informação a Pito sobre o equipamento necessário para acampar, não dispara mil perguntas sobre onde ele vai arrumar a barraca et cetera. Ela simplesmente beija sua boca, diz que vai ser muito romântico e já consegue visualizar os três sentados em volta de uma fogueira, Pito contando histórias para a neta deles e...

Pito se apressa em avisar que a pequenina ficará em casa com o pai dela.

– Eh? – Materena para de beijar Pito. – Deixar Tiare com Tamatoa? – A expressão sorridente desaparece. – Pito, você está falando sério? – Ela começa a falar sobre a incapacidade do filho de cuidar dele mesmo, que dirá da filha. – Ele não sabe nem cozinhar arroz!

– E daí, se ele não sabe cozinhar arroz, isso não é o fim do mundo.

– Pito... e se Tamatoa deixar a *bébé* em casa e sair para danças... e então acontecer alguma coisa...

– Ele não vai fazer isso! Confie nele.

– Pito!

Agora Materena está zangada. Ela sai da cama e declara que ele pode ir acampar se quiser, mas ela não vai.

– Materena...

– A minha resposta é *non*. – Materena está irredutível. – Você vai acampar e eu vou ficar bem aqui onde estou, nós podemos ter romance aqui, não precisamos acampar nada, e, além disso, eu não gosto de acampar.

– Como pode saber? – pergunta Pito. – Você nunca acampou em toda a sua vida.

– Eu sei. Vi num filme uma vez, e não parece nada confortável.

– Podemos ficar numa *pension*, se for mais confortável para você.

– *Non*, eu prefiro a minha casa mesmo.

Com essa declaração e muito decidida, Materena afofa o travesseiro. Resolve dormir.

– Materena, escute o que eu vou dizer, está bem? Preste atenção.

– Estou prestando.

E Pito dispara. Não se importa se nunca for acampar com Materena, ele diz, porque é verdade, ninguém precisa acampar para ter um momento romântico. Podemos ter momentos românticos no leito matrimonial. Podemos ter momentos românticos na cozinha, no banheiro, em qualquer lugar, porque está tudo na cabeça da gente.

O verdadeiro motivo por trás dessa ideia de ficar fora um dia inteiro e uma noite inteira é dar uma chance ao filho deles para estar sozinho com a filha.

– Eu...

– Materena, deixe eu falar, ainda não terminei.

Como Pito estava dizendo, ele gostaria de dar a Tamatoa uma chance de ficar com a filha dele, sozinho, uma oportunidade para ver o que ele pode fazer. Pito não teve uma chance para descobrir do que era capaz até dois anos atrás, quando a neta entrou na sua vida e Materena confiou nele. Foi muito difícil para Pito se adaptar àquele novo papel de avô, guardião e padrinho, mas ele aprendeu bem depressa, e todos sobreviveram.

Pito encara a situação assim, ele nunca teve chance de provar do que era capaz, as mulheres sempre tomavam a iniciativa. Por exemplo, quando Pito era menino, a mãe dele sempre servia seu jantar para ele não espalhar arroz por todo canto, só que talvez ela deveria ter deixado que ele se servisse sozinho, deveria ter deixado Pito espalhar alguns grãos de arroz pelo chão.

Mais tarde, Materena sempre levantava da cama quando um bebê chorava, mas talvez ela deveria ter fingido que dormia profundamente. Pito teria levantado depois de um tempo porque o som de um bebê chorando iria deixá-lo nervoso. Mas, *non*, os anos foram passando e Pito continuou sendo um menininho na cabeça dele.

Bem, diz Pito, isso não vai acontecer com o filho dele, *non*, de jeito nenhum... mas Tamatoa obviamente cometerá os mesmos erros que seu pai cometeu, se não tomarem alguma providência agora.

– Vocês, mulheres – diz Pito –, vocês fazem esse drama lacrimoso de cinema porque os homens não ajudam com os filhos e, ao mesmo tempo, não nos dão a chance de descobrir que cuidar das crianças não é nenhum vodu! Vocês nos fazem acreditar que as crianças precisam de um toque especial e mágico porque são muito delicadas, são como bonecas de porcelana. Tudo isso não passa de *conneries*. Acordem, mulheres!

Bem, segundo Pito, o que as mulheres deveriam fazer era ir embora um fim de semana inteiro de vez em quando. Viajar, deixar as crianças com o pai delas, desaparecer, mas sem dizer para o pai o que ele deve fazer, o que ele não deve fazer. Simplesmente sair de casa e fechar a porta. Como Materena fez com Pito, como Lily está fazendo com Ati.

Materena não tinha a menor ideia de que Pito se sentia assim. Ela pega a mão dele e aperta com força.

– Então, está bem. Podemos ir acampar.

❁

– Este fim de semana?

Tamatoa, todo suado por causa do ensaio de dança, não parece nada feliz com isso. Mas Pito está satisfeito porque pelo menos não é o fato de ter de cuidar de Tiare que deixa seu filho infeliz, é o fato de ter de fazer isso *neste* fim de semana. Pito imaginava que teria de dar um longo sermão sobre a paternidade para o filho.

– Não posso, papi, este sábado não.
– Por quê? O que vai acontecer este sábado?
– Vou sair com uma garota.
– Você gosta dela?

Tamatoa dá de ombros.

– Ela tem um umbigo sexy.
– E ela não pode esperar até o próximo sábado, ela e seu umbigo sexy?

Antes de Tamatoa dar ao pai sua resposta, Pito diz que a mãe dele teve de esperar mais de vinte e cinco anos para ter uma noite romântica com o marido. E, é claro, quem quer que seja essa garota não vai morrer por causa de mais sete dias.

Tamatoa dá risada.

– Você tem razão, papi.

Pito também fica tentado a prosseguir com um sermão sobre a paternidade, dizendo que ser pai não é deixar a filha em casa sozinha, não é deixar de alimentá-la um dia inteiro e uma noite inteira... Mas, às vezes, um pai tem de confiar no filho.

E agora, nesta manhã de sábado, quase sete e meia, os avós se despedem, felizes de ver que Tiare está reagindo muito bem a despedida, embora esteja muito interessada no que o pai está misturando num pote.

– *E aha te ra?*
– Panqueca.
– Panqueca? *E aha te ra?*
– É gostoso.
– É gostoso? *Mona, mona?*
Tamatoa sorri.
– Ela fala muito taitiano. – Ele vira para a filha. – *Oui, é mona, mona.*

Ah, é muito bom ver os dois assim, e Materena lembra o filho de certificar-se de fechar o bujão de gás à noite porque...

– *Allez*, mama – interrompe Pito –, vamos logo, para não perder a barca.

O carro, carregado com o equipamento para acampar que Pito pegou emprestado com Ati, está pronto para partir numa pequena aventura em Moorea, a uma hora de barca do Taiti.

– *Eh hia* – suspira Materena, quando dá partida no carro –, espero que...

– Tudo vai ficar bem.

Pito interrompe Materena antes que ela se encha de preocupações. Mas parece que faz parte da natureza das mulheres essa preocupação toda, porque Materena só faz se preocupar. Com isso, com aquilo, se Tamatoa vai lembrar de fechar o bujão de gás, se Tamatoa vai lembrar que Tiare não gosta do arroz papa, se isso, se aquilo. As preocupações jorram sem parar da boca de Materena, no caminho para Papeete, em todo o trajeto da barca, na amurada agarrada a Pito como se tivesse medo de que ele caísse no profundo mar azul, ou coisa parecida.

Materena só começa a relaxar na praia Temae, o local escolhido para o acampamento, a única praia sem uma placa com a palavra TABU escrita, presa numa árvore. Ela até consegue dar gargalhadas quando ajuda Pito a montar a barraca.

– Estou muito tranquila! – diz quando os dois saem para passear catando conchas e pedrinhas com formas diferentes e, mais tarde, quando brincam no mar.

Materena também está se sentindo muito relaxada depois do amor apaixonado que fizeram na barraca (a primeira experiência de fazer amor numa barraca que ela teve e foi maravilhosa, apesar de sacrificar um pouco as costas), quando acendem a fogueira para assar a fruta-pão e aquecer a carne curada para comemorar o primeiro sábado do casal longe de casa.

Chega a noite, as estrelas aparecem, e lá, bem diante dos amantes, ao longe, está a magnífica ilha do Taiti, toda iluminada como uma árvore de Natal. Milhares de luzes, para cá, para lá, subindo as montanhas na praia. Aquela imagem nos faz pensar...

Naqueles telefonemas caros para a França que não deram em nada. Até aquele momento, Materena já ligara para vinte e uma pessoas da sua lista de cinquenta e dois números de telefone, e ninguém conhece Tom Delors que fez o serviço militar no Taiti. Mas uma mulher disse para Materena que o nome Delors é muito comum na França.

– Estou muito tranquila! – Materena exagera a exclamação.

– Eu também! – Pito também não parece muito convincente.

Se um desconhecido passasse por eles e visse aquele casal sentado perto da fogueira, pensaria que era estranho estarem tão tristes numa noite tão romântica. Por que as caras de enterro? Muito esquisito. O desconhecido provavelmente atribuiria isso a alguma briga de namorados, mas depois concluiria que não pode ser, já que o casal sentado ao pé do fogo não parece zangado. Eles parecem apenas... tristes, mesmo. Meio sem ânimo. Uma separação amigável, talvez? A última noite antes do fim... *Ah, oui*, que coisa trágica.

— Estou preocupada — pronto, Materena resolveu dizer a verdade.

— Está certo, eu também estou.

Naquele instante uma estrela cadente risca o céu na direção do mar, viajando muito depressa, dando às pessoas, que acreditam que uma estrela cadente é uma oportunidade do céu, apenas dois a quatro segundos para fazer um pedido do fundo do coração. Muitas vezes as pessoas são pegas desprevenidas e entram em pânico, acabam fazendo um pedido só depois que a estrela cadente já desapareceu. Nesse caso, o desejo não conta, porque é preciso fazê-lo bem na hora em que a estrela surge. Como Materena e Pito desejavam a mesma coisa o dia inteiro, não tiveram problema algum em fazer o pedido em um segundo.

❦

Enquanto isso, lá em Faa'a, um jovem pai está pondo a filha na cama e nota que ela é muito pequenina, parece muito frágil, indefesa. À porta do quarto, os novos amigos dele observam.

— Tamatoa *mon bijou* — diz Brigitte com sua voz de mulher fatal muito ensaiada —, é isso aí, trate de cuidar para que sua filha cresça em segurança. O mundo é um lugar muito perigoso.

Esta *raerae extraordinaire* sabe do que está falando. Ela nasceu menino, filho caçula da família, e foi criado como menina pela mãe. Brigitte já viu todo tipo de coisa como mulher.

— Cuide bem dela, Tamatoa — ela diz. — Não desmereça a confiança que a sua filha tem em você.

A criação de filhas

Tamatoa diz ao pai que quando sua filha crescer... aliás, assim que completar seis anos, talvez até antes... ele vai matriculá-la num curso de kung fu. Pai e filho estão tomando uma cerveja à mesa da cozinha, intercalando com os obrigatórios copos de água.
— Kung fu? — Pito dá risada. — Por quê? Quer que sua filha seja a próxima Bruce Lee?
— Ei, e por que não, eh?
Tamatoa não vê motivo para estabelecer limites para aquela menininha. Mas por enquanto, *non*, Tamatoa não tem intenção nenhuma de que a filha se torne uma especialista em artes marciais. Ele apenas deseja que ela seja capaz de se defender dos idiotas. Ele admite que isso o está preocupando um pouco, o fato de ter uma filha, uma filha bonita, por isso é melhor que ela saiba alguns golpes de defesa pessoal.
— Há idiotas demais por aí, que estão atrás de uma coisa só — ele diz.
— Como você? — provoca Pito.
— Eu nunca usei força com nenhuma mulher — Tamatoa diz muito sério, para mostrar ao pai que tipo de homem ele é. — Se a garota não está a fim, não é o fim do mundo para mim.
— Ainda bem.
— Mas conquisto garotas com facilidade.
Tamatoa não está se vangloriando disso, apenas dizendo a verdade. Ele tem os olhos que as garotas (e as mulheres) adoram olhar, o corpo que as garotas (e as mulheres) sempre querem mais e uma lábia suave que sempre leva todo mundo na conversa.

– E os garotos que não conseguem conquistar as meninas com facilidade? – Tamatoa continua. – É com esses garotos que eu me preocupo, eles nem sempre aceitam um não, esses animais. Se um deles vier atrás da minha filha, eu vou dizer uma coisa, papi, sou capaz de cortar a garganta dele. Sou capaz de *taparahi* o cara até ele morrer, até ele engasgar no próprio sangue e vomitar...
Pito bebe um gole de água.
– A minha filha não vai ser uma vítima. Ela não será uma estatística porque vai saber como se defender.
A filha dele não vai precisar pedir socorro, continua Tamatoa, e também não vai precisar rezar, não vai entrar em pânico e não vai chorar pedindo misericórdia, *non*.
Tiare vai surpreender o atacante com um poderoso soco na barriga e um chute forte nos *couilles*, depois ela sairá correndo, sem olhar para trás. O atacante vai correr atrás dela xingando Deus e o mundo, mas não vai alcançá-la porque ela vai correr como o vento.
Oui, é por isso que Tiare vai entrar para um clube de atletismo assim que completar cinco anos. Tamatoa acabou de decidir isso. Sua filha será uma *gazelle* taitiana e terá punhos de ferro também. Ninguém vai brincar com ela, *ah-ha*, não mesmo.
– Lembro-me de uma menina – diz Tamatoa – que devia ter nove anos quando eu tinha dez na escola. Ela estava com um pacote de Twisties na mão e eu disse para ela: "Dê-me os Twisties, senão vou *taparahi* você." Ela começou a chorar e me deu os Twisties. Isso não vai acontecer com a minha filha. Se alguém tentar fazer isso com ela, vai dar risada e dizer: "Você quer dois olhos roxos?"
Bem, talvez Tiare não tenha de fazer isso, elabora Tamatoa, porque já terá uma reputação, será conhecida como aquela menina que não aceita *merde* de ninguém, nem dos garotos metidos que roubam Twisties. Ela terá braços musculosos e olhos que nada temem. Jamais vai chorar porque um menino roubou todas as suas bolinhas de gude. Ninguém vai pôr a mão nas bolinhas de gude dela, é simples.
Ela não vai cortar um cacho do seu cabelo para dar a um menino que nem sequer gosta dela, e NÃO vai junto com um menino

ao banheiro da escola para mostrar suas partes íntimas a ele só porque ele quer ver, e ela pensa que ele vai gostar dela depois que fizer o que ele quer. Se um menino um dia pedir para Tiare mostrar suas partes íntimas para ele, vai dar risada e dizer: "Ah, você quer ver minhas partes íntimas, eh? Bem, aqui estão minhas parte íntimas." E pumba, ela arranca fora os dentes do garoto idiota.

Pito já começa a imaginar quanto daquilo vem da experiência pessoal de Tamatoa, mas o filho ainda não terminou seu discurso.

Tiare, ele anuncia, não vai perder tempo fazendo o dever de casa de algum menino só porque ele disse: "Você é muito linda, pode fazer o meu dever de casa?". Ela vai fazer o próprio dever de casa e tirar boas notas como sua tia Leilani. E será forte como a tia Leilani também. E dirá o que a tia Leilani costumava dizer aos meninos, "Não sou uma serva na minha casa, por que seria na sua?"

Então o plano de Tamatoa é o seguinte. Ele nunca pedirá que a filha pegue uma cerveja na geladeira para não transformá-la numa serva. Jamais dirá à filha que ela é feia, como o pai de uma menina que ele conhecia, aos dezessete anos estava disposta a fazer qualquer coisa (e quando diz qualquer coisa, Tamatoa quer dizer *qualquer coisa mesmo*) que os meninos pedissem, em troca de um pequeno elogio. Ele jamais dirá para a filha que ela não pode fazer isso, que não pode fazer aquilo porque é menina...

Resumindo, Tamatoa continua:

– Vou criar a minha filha como você criou a minha irmã.

– Eh?

Até onde Pito sabe, Materena é responsável pela criação de Leilani. Ele fez muito pouca coisa pela filha. Nunca levou Leilani a uma partida de futebol. Nunca levou a menina para pescar. Leilani estava sempre presa em casa com a mãe.

– Como eu criei sua irmã? – ele diz.

– Você nunca tratou Leilani como se ela fosse sua serva. E nunca disse que ela não podia fazer isso, que não podia fazer aquilo, só porque era menina, e olhe só para Leilani agora. Ela é forte e não aceita *merde* de ninguém.

E, antes de Pito poder dizer olha, eu agradeço esse elogio, mas você deveria estar cumprimentando sua mãe, nesse caso, Tamatoa fala.

– Eu tive um fim de semana muito bom com a minha filha, papi... Obrigado por abrir meus olhos.

Ele continua a falar sobre as meninas que conheceu e cresceram sem pai, como eram inseguras.

– Papi, havia uma menina que era louca, mas, meu Deus, como era linda, um *canon*!

Tamatoa adorava passear com a menina em público. Todos olhavam para ela, e Tamatoa zombava em pensamento "Pior para vocês! Ela está comigo!". Mas ela fazia perguntas idiotas.

– Você ainda me acharia bonita se eu não tivesse os dedos dos pés?

– *Oui* – Tamatoa respondia.

– Você ainda me acharia bonita se eu só tivesse um olho?

– *Oui.*

– Um braço só?

– *Oui.*

– Se não tivesse os dedos das mãos?

Oui, oui, oui, cale a boca e tire a roupa.

– Então uma noite estávamos num restaurante, já íamos pedir, e ela disse: "O mundo vai acabar e você só pode beijar mais uma vez. Quem você vai beijar?" E eu disse: "Isabelle Adjani."

Esse nome saiu da boca de Tamatoa antes que ele pudesse pensar, porque... bem, porque ele não acharia nada ruim beijar Isabelle Adjani antes de morrer. Seria a glória! Ela é mais do que um *canon*, é uma deusa! De qualquer modo, assim que Tamatoa deu essa resposta, a namorada louca jogou o copo de água nele, levantou-se, olhou bem para Tamatoa e disse: "Como você poderia ser pai dos meus filhos?" E foi embora, assim, sem mais nem menos!

– Você não foi atrás dela? – pergunta Pito.

– Você teria ido atrás dela?

Pito pensa um pouco.

– Eu acho que nem estaria com ela para começo de conversa.

Tamatoa balança a cabeça e diz, rindo um pouco:

– Eu não sei por que atraio garotas que não têm pai. Devo ter uma tatuagem na testa, ou algo assim.

A conclusão de Tamatoa aquele dia foi que as filhas precisam de um pai, e ele está convencido de que Miri é maluca porque foi criada sem pai.

– Tem a infância dela também – Pito faz Tamatoa lembrar.

Ele não quer se estender sobre a infância de Miri... bem, sobre o pouco que ele sabe (e adivinha) pelas curtas cartas de Miri, cheias de autopiedade.

– *Ah, oui* – admite Tamatoa. – Ela teve mesmo uma infância... animada. – Ele quer dizer repleta de dramas.

– E no momento você está tendo cuidado com as suas sementes? – pergunta Pito.

– Papi, não se preocupe, agora eu ando *paranoico* com as minhas sementes.

– Tome cuidado – repete Pito.

– Não esqueço, papi. O que eu menos quero na vida é que uma garota apareça daqui a vinte anos e diga "*Bonjour*, você se lembra da minha mãe?". Uma filha basta para mim. Não preciso de mais responsabilidades. – Então ele dá um suspiro e murmura baixinho: – Mas eu realmente sinto muita pena das filhas que não conhecem o pai... Isso é triste.

E no momento em que Tamatoa diz isso, Pito descobre exatamente o que precisa fazer.

A contribuição de Pito

Mama Roti não está em casa, ela saiu para jogar bingo com sua cunhada Rarahu, então Pito (que tirou o dia de folga) resolveu usar o telefone dela por algumas horas.
    Ora, e por falar em sorte! O primeiro número da lista e... bingo!
    – Um segundo, monsieur – disse a mulher gentil que atendeu o telefone, e depois: – Papa! Telefone!
    – Quem é? – Uma voz mal-humorada ao fundo.
    – Eu não sei, ele pediu para falar com você.
    – *Oui?* – A voz é de alguém bastante irritado.
    – É Tom Delors que está falando?
    – Quem quer saber?
    – Eu.
    – Eu quem? E como descobriu que eu estava aqui?
    – Eu apenas liguei para o número da lista.
    – Que lista? Quem é você, porra? Como é que ousa me ligar pelo telefone da minha filha?
    – Eu não sabia que era o telefone da sua filha, apenas liguei para o número da lista.
    Purée, pensa Pito. É por isso que eu não suporto os franceses. Porcos arrogantes.
    – Que porra de lista? – Tom Delors pergunta novamente com aquela voz de valentão que os policiais usam nos filmes para intimidar as pessoas.
    – A porra da lista das porras das listas telefônicas. – Aquele homem não vai intimidar Pito de jeito nenhum.
    – Que porra é essa? – Agora Tom Delors parece confuso.

— Oh, papa. — A filha dele já não aguenta mais, Pito escuta a voz dela ao fundo. — Pare de dizer palavrão!
— Você fez seu serviço militar no Taiti quarenta e quatro anos atrás?
Pito dispara logo a pergunta. Não há necessidade de falar sobre mais nada com aquele homem se ele não for o Tom que Pito está procurando.
— Quem quer saber?
— Dê a resposta primeiro e aí eu digo quem quer saber. Não vou dar informação nenhuma a você se não for o Tom Delors que estou procurando. A história da minha mulher não é para qualquer um. *Alors?* Você fez o serviço militar no Taiti quarenta e quatro anos atrás, ou não fez?
— E por que eu deveria responder à sua pergunta?
Pito rilha os dentes. Mas é capaz de entender o ponto de vista daquele homem. Se um dia ele recebesse um telefonema de alguém perguntando se ele tinha feito o serviço militar na França, ficaria imediatamente na defensiva. Ele era só um garoto naquela época, não tinha nem dezenove anos e, de fato, cometeu muitas *conneries*. Pito não está se referindo aqui às transas (sempre com todo o cuidado) que teve por lá. Está se referindo ao roubo de um carro, a usá-lo por uns dois dias e depois abandoná-lo no meio da rua quando a gasolina acabou. Pito tem mais histórias como essa, e todas de feitos contra a lei.
— Você conhece Loana?
Pronto, que tal essa pergunta? Talvez seja mais fácil para Tom responder.
— Loana Mahi?
Bingo.

❁

Há duas filas no aeroporto internacional de Faa'a, uma para os estrangeiros e outra para os cidadãos franceses. Tom Delors, viajando com a filha Térèse, se encaminha para a fila dos cidadãos franceses, ele na frente, abrindo caminho; ela atrás, atrapalhada com duas bagagens de mão. No balcão, um taitiano simpático, agente da alfândega, carimba o passaporte do francês e pergunta o que ele está indo fazer no Taiti.

– Assunto meu.

Tom não foi sempre assim, rude, lacônico, impaciente. Porém, quarenta anos como policial, colocando vagabundo atrás das grades, operaram essa mudança nele e o transformaram num indivíduo tenso e introvertido, desconfiado e por vezes, sem pensar, intolerante. De qualquer modo, ele nunca teve papas na língua mesmo.

– *Bonjour*, monsieur!

Térèse é exatamente o oposto dele. Simpática, até demais, tão simpática que qualquer pessoa que conversa com ela acaba imediatamente vítima do seu encanto.

– Vocês vieram passar férias aqui? – pergunta educadamente o fiscal da alfândega, carimbando o passaporte da *jolie mademoiselle*.

– Visita à família.

– *Ah oui?* Vocês têm família aqui no Taiti?

– Minha irmã mais velha mora aqui.

– E ela é bonita como a senhorita?

– Não sei dizer, monsieur, nunca a vi, é que...

Mas o pai dela está esperando e poderia levar muito tempo para contar a história toda, por isso Térèse agradece profusamente ao agente da alfândega – Térèse só agradece assim, profusamente – e segue em frente.

– Você precisa ficar de papo com todo mundo? – reclama o pai, já indo pegar sua bagagem.

– Oh, papa. – Térèse dá risada. – Você realmente perde a linha quando está nervoso.

– Eu não estou nervoso – corrige Tom –, mas minha paciência tem limites.

Ela encosta o ombro no ombro dele, ele encosta o ombro no dela, ela dá uma cotovelada de leve nele, ele dá uma cotovelada de leve nela, e Tom cai na risada... ruidosamente, como sempre faz. Cabeças viram para ver aquele casal incomum, o homem alto e forte, com ar ameaçador e nariz quebrado, que deve estar com... o quê?, seus cinquenta e poucos anos? E a loura alta e aparentemente dispendiosa, com vinte, talvez vinte e dois anos. Só para constar, ele tem sessenta e ela, trinta.

Ele levou duas malas, ela, quatro; ele vai ficar seis dias, ela, três meses. Ele viajou para conhecer rapidamente sua outra filha, ela foi para o Taiti para estar próxima de sua única irmã. Ele se aposentou dois meses atrás, ela não tira férias há quase dez anos. A propósito, ela está planejando essas férias de três meses durante os últimos quatro anos. Simplesmente trocou o destino da Córsega para o Taiti.

Térèse olha para os tacos de golfe do pai e suspira em sinal de desaprovação. Já tinha pensado nisso quando eles chegaram no aeroporto Charles de Gaulle. E continuava acreditando firmemente que o pai deveria ter deixado os tacos de golfe em casa. Ele não está no Taiti para jogar golfe. Foi para conhecer a filha.

– Papa – diz Térèse –, você não veio aqui para...

– Eles têm o melhor campo de golfe aqui no Taiti! – Tom adivinha imediatamente o que a filha, sempre crítica, está criticando.

– Um jogo, só um jogo.

Eles passam pela porta, ele empurrando o carrinho com a bagagem, ela carinhosamente afastando o cabelo da testa do pai. Centenas de pessoas estão ali para receber os entes queridos (algumas já estão chorando); duas mamas, agarradas a grinaldas de flores, ansiosamente aguardam...

Tom e Térèse desviam para a direita para evitar aquela massa de emoções humanas. Ela foi a primeira a notar o taitiano com a flor branca pregada na camisa.

– Ah, esse deve ser o Pito – ela diz, acenando.

Pito corre até eles, seguido de perto por Ati, o melhor amigo e, pelo menos hoje, o motorista do grupo. Apertam-se as mãos, fazem as apresentações, a jovem e bela mulher recebe seus beijos (apenas dois no Taiti, não quatro como fazem na França... opa, desculpe, diz Térèse dando risada). Mas bem-vindos ao Taiti e, por favor, aceitem essas grinaldas de flores, e como vão vocês, como foi a viagem et cetera et cetera. O carro está lá, não é muito longe, venham conosco.

O sogro e o genro lideram a procissão sem dizer uma só palavra, mas lançando de vez em quando uma olhadela furtiva um para o outro e trocando sorrisos sem graça. Deve ser observado aqui que Pito jamais teve de interagir com um sogro antes, portanto ele realmente não conhece o protocolo. Ele não teve de pedir a mão da filha para aquele homem. Não teve de passar pela prova do pai. No momento, tudo que Pito pode fazer é ser educado. Tom sente a mesma coisa. Educado e calmo, definitivamente aquela não é a hora de ficar irritado porque o carro está estacionado tão longe, e aquele maldito carrinho tem rodas que guincham.

Atrás deles, porém, uma conversa muito animada se desenvolve com perguntas e respostas sendo disparadas de lá para cá entre a inquisitiva e sorridente francesa e o taitiano que assumiu como missão de vida desprezar o povo francês (aqueles *popa'a* perversos, aqueles invasores, gatunos, frescos e arrogantes et cetera). Naquele momento, entretanto, Ati, galantemente carregando a bagagem de mão de Térèse, sorri um sorriso hã-hã meio sexy que ele usa quando está com uma mulher que lhe agrada. A cada passo que dá, ele mais gosta da companhia dela, de cada palavra que ela diz, sente-se atraído por ela por nenhum outro motivo a não ser pura química. E talvez também pelo fato de Térèse ser irmã de Materena.

O percurso do aeroporto até o Hotel Maeva Beach onde Tom e Térèse ficarão hospedados por uma semana passa num segundo. São três quilômetros apenas.

– *Bon* – diz Tom com sua voz séria, esfregando as mãos. – *Merci... alors*, nós nos vemos no almoço, *oui?*

– Você também vem? – Térèse pergunta para Ati.

– *Euh...*

Ati não foi convidado.

Um sorriso.

– Eu o convido.

❀

Pito leva sua mulher para almoçar no restaurante do Hotel Maeva Beach, e Materena nem pergunta o motivo desse inesperado convite para comer fora. Quando Pito anuncia "*Chérie*, eu a convido para ir a um restaurante", Materena exclama: "*Eeeh*! Isso é ótimo, *chéri*."

Com um vestido lindo, maquiada, sapatos novos e com flores no seu impecável *chignon*, Materena dá marcha a ré no carro com muita segurança. Pito fica só olhando, pensando se fez a coisa certa interferindo daquele jeito. Talvez devesse dar a notícia para Materena agora. Assim, ela teria algum tempo para se preparar mentalmente.

E de uma vez por todas deveria saber que o pai dela é um feixe de nervos, antes de conhecê-lo. Grosseiro também, boca suja, rude... um policial aposentado, afinal o que se podia esperar? Mas Pito não está reclamando do fato do sogro ter sido policial. É um trabalho útil, esse de botar imprestáveis atrás das grades. Talvez Tom pudesse conversar com o neto dele, Tamatoa, sobre isso.

Tom recusou o convite de Pito para ficar na casa dele porque, bem, porque não gosta de ficar na casa de ninguém, e também insistiu para o encontro se dar em território neutro. Mas Tom, mantendo secreta a sua identidade, foi até aquela livraria em Paris onde a neta trabalha, comprou um livro que ela recomendou ("muito, monsieur") e comprou uma passagem de avião para o Taiti horas depois. Isso prova que ele se importa um pouco, *non*? E a irmã é muito simpática. Ati já está louco por ela.

Materena para o carro no posto de gasolina e acena para a prima Loma que segue para a loja chinesa.

— *Iaorana*, prima! — chama Materena, sorrindo.

— *Iaorana*, prima! — Loma responde, muito feliz porque Materena está acenando para ela daquele jeito simpático. — Para onde vocês estão indo?

— Pito me convidou para ir a um restaurante!

— Ah, isso é bom.

Muito bem, já que a notícia foi dada, Materena pode seguir dirigindo seu carro. A prima Loma vai garantir, para a família, a divulgação da notícia de que Pito fez esse doce convite para levá-la a um restaurante. Materena não se incomoda que toda a população fique sabendo disso.

Agora eles estão no hotel e Materena estaciona o carro, assobiando uma música alegre. Ela desliga o motor e vira para o marido, está parado e calado. Ele parece meio nauseado.

– Você está bem?

– *Oui* – Pito se apressa em tranquilizar Materena.

– Você tem dinheiro suficiente para pagar?

– *Oui*, não se preocupe com isso. – Pito desce do carro com um sorriso forçado.

– O que foi? – Materena não vai se deixar enganar pelo sorriso falso do marido. – Escute aqui, se você não quiser comer no restaurante, por mim tudo bem.

Ela conhece muito bem o medo ridículo de Pito, de que o cozinheiro vá cuspir ou tossir em cima da comida dele.

Pito lança um daqueles olhares compridos para Materena e a toma nos braços, bem ali no estacionamento, na frente das pessoas que passam a pé ou de carro.

– Pito... – Materena ri –, você está meio esquisito hoje.

Pito se afasta gentilmente, pega a mão de Materena e começa a andar.

– Eh, esse é o carro do Ati – diz Materena, notando o Suzuki preto com a placa ATI. – Ele nunca sossega. – Materena conclui automaticamente que ele deve estar namorando alguma menina num quarto do hotel.

Os dois entram no saguão.

– Você reservou a mesa? – Materena pergunta só para confirmar. Pito não tem experiência de comer em restaurantes. – Muita gente vem comer aqui e, se você não reservar a mesa, não terá garantia de...

– Tem alguém aqui que quer conhecer você. – Pronto, Pito deu com a língua nos dentes.

– Alguém? – Materena pergunta despreocupada, andando mais devagar. – Quem?

– Na verdade, são duas pessoas que querem conhecer você.

– Duas? Quem? Eu as conheço?

– Não posso dizer que você as conhece, mas já ouviu falar delas, ou melhor, de uma delas.

Materena para de andar e encara Pito.
– Quem são essas pessoas?
– É o seu pai.
Materena fica branca.
– Pito, não brinca com a minha cabeça.
– E a sua irmã.
– O quê? – Materena põe a mão na boca. – Pito, isso não tem graça nenhuma. – Os olhos dela se enchem de lágrimas.
– Eles chegaram hoje de manhã.
– Pito, estou avisando, se for uma piada...
– Eles estão com Ati, ele gosta da sua irmã e estão à sua espera no restaurante.
E assim Materena, aos prantos, corre para o restaurante.

❀

Bem lentamente e afastando pensamentos perturbadores da cabeça, Pito mastiga o pedaço de *steak grillé*, concentra-se nos maravilhosos sabores, no molho picante, na maciez da carne. E fica mastigando enquanto se esforça, mas se esforça muito mesmo, sejamos francos aqui, para afastar as imagens do chef tossindo exatamente naquele bife.

Tenta engolir duas vezes a carne que agora já se converteu, e ele consegue visualizar, em uma massa cinza de uma coisa sem sabor, que simplesmente não desce. Ah, pronto, foi, Pito forçou a coisa goela abaixo.

Próximo pedaço do bife... e o pesadelo continua. Mais uma vez Pito afasta os pensamentos ruins da cabeça, mastigando mais tempo do que seria necessário.

Ninguém à mesa parece estar notando aquele dilema de Pito. Palavras voam sem parar entre Ati e Térèse, Materena e Térèse, Tom e Materena, Tom e Térèse... palavras, risos, exatamente uma família comum curtindo a comida e a companhia uns dos outros. De vez em quando, mãos se aproximam umas das outras e se tocam, um toque mágico, um aperto carinhoso. E por baixo da mesa, o pé de Materena carinhosamente alisa o pé do marido.

Três dias depois

Como era esperado, a notícia de que o pai e a irmã de Materena estavam no Taiti voou pelo Rádio Coco muito rápido. Isso explica a reunião de centenas de parentes de Materena na sua casa de fibra vegetal atrás do posto de gasolina, não muito longe da igreja, do cemitério, do aeroporto internacional e da loja chinesa.

O pobre Tom Delors parece aturdido. Ele foi lá para conhecer a filha... não a tribo inteira! Mas, como dizem no Taiti, isso é família.

A última vez que Tom esteve no Taiti, ele não recebeu muita atenção. De fato, a última vez que ele esteve ali, o povo taitiano só olhava para ele muito rapidamente. Às vezes os olhares eram de desprezo, outras vezes de raiva... especialmente quando ele estava acompanhado por sua linda namorada taitiana, Loana. Naquela época, porém, ele era apenas um joão-ninguém, um *popa'a, farani taioro* no Taiti em serviço militar, dando má reputação para as mulheres do lugar.

Agora ele é o pai de Materena, metade do motivo para ela estar nesta terra hoje. Ele é avô de Tamatoa, de Leilani e de Moana. Ele é o bisavô de Tiare. Ele é *alguém*.

Agora a tribo de Materena quer tocar em Tom, beijá-lo, abraçá-lo com força, fazer com que sinta-se bem-vindo, olhar bem nos olhos dele e lembrar dele até ele morrer, e mesmo anos depois. Na verdade, para sempre.

Quanto à filha mais nova de Tom, Térèse, ela é irmã de Materena. Não existe meia-irmã na história porque lá no Taiti irmãos são irmãos e ponto final. Eles não são metades. E é claro que todos os presentes concordam que Térèse é linda. Ela é linda porque sorri muito, beija as crianças com carinho e segura as mãos dos idosos com respeito.

Tom é um pouco mais reservado, deu meio passo para trás quando mama Teta o abraçou como se o conhecesse muito bem. Mas era só dar a Tom mais alguns dias para ele abraçar mama Teta como uma amiga que não via há muito tempo, porque dali a alguns dias ele irá conhecê-la bem. Ela já terá contado toda a história de como ela perdeu o marido muito jovem e criou seus quatro meninos sozinha, como nenhum dos seus meninos jamais cumpriu pena no Hotel Cinco Estrelas.

Infelizmente a mãe de Pito, presente hoje representando a tribo Tehana, não pode dizer a mesma coisa, mas não é por isso que mama Roti deixa de abraçar o pai francês da sua nora. Por algum motivo, mama Roti, que jamais foi tímida em toda a sua vida, ficou um pouco constrangida diante do francês alto e bonitão. Ela lhe deu dois beijos acanhados e depois foi correndo para a cozinha ajudar Moana no preparo da comida.

A próxima da fila para conhecer o famoso Tom Delors é a prima preferida de Materena, Rita.

Depois que Rita cumprimentou o pai de Materena, ela o apresentou à sua prima muito grávida (como sempre) Giselle. Bem, Tom não conseguiu esconder a expressão de horror quando Rita disse que ela e seu homem Coco iam adotar o novo bebê de Giselle porque não podiam ter filhos, enquanto Deus dava a Giselle um filho por ano.

– O que foi? – Rita perguntou ao ver a expressão de Tom.

Então era bom quando o povo dele ia ao Taiti para adotar os bebês taitianos, mas era chocante pessoas taitianas oferecerem para outras seus filhos? Ah, se Tom ficasse mais tempo, acabaria compreendendo que a dádiva de Giselle era de amor.

Porque Giselle não está se desfazendo do filho, *non*, ela está oferecendo o filho de todo o coração para que a vida da prima dela não continue vazia.

Giselle sabe que aquela criança na sua barriga está prestes a embarcar numa maravilhosa viagem como filho de Rita e Coco. E ela está cansada demais... E, como deve engravidar de novo no ano que vem, porque tudo o que precisa fazer para engravidar é olhar para o marido dois segundos, e como Rita e Coco querem dois filhos, então Giselle deve oferecer para eles o próximo filho também.

Se as pessoas vão ter dois filhos adotados, então eles podem muito bem ser irmãos. É essa a opinião de Giselle, de qualquer modo, conforme ela explicou para Tom.

Quando Tom apertou a mão de Loana, fez isso do jeito que *popa'a* fazem quando querem dizer: prazer em conhecê-la, como vai? Mas Loana também não se inclinou para oferecer o rosto para os dois beijinhos que dizem: é muito prazer vê-lo! E como vai você? Está bem, meu amigo?

Aqueles dois apenas se apertaram as mãos e sorriram timidamente. Ninguém poderia adivinhar que um dia tinham se visto nus e feito todas as coisas íntimas que os amantes fazem no turbilhão da paixão.

Mas se dermos algumas horas para Tom e Loana juntos, só os dois, quem sabe o que pode acontecer? Ou então, como comentam mama Teta e seu bando de *memes*, todas paramentadas com seus bonitos vestidos floridos... Tom Delors, elas dizem, é muito bom de se ver, e Loana também é. Ponham um e outro juntos e talvez a mágica aconteça novamente, como aconteceu há quarenta e cinco anos, na pista de dança da Zizou Bar.

E, mesmo se nenhuma mágica desse tipo acontecer, agora esses dois terão uma ligação muito forte, a ligação que um homem e uma mulher sentem cada vez que falam de um filho deles. E é claro que Tom vai rir das histórias que Loana contar sobre a filha, foi uma criança muito curiosa e perguntava para os casais na picape "Vocês são casados?". E ele certamente sentirá uma pontada de tristeza de não ter estado por perto para explicar à filha que minhocas não têm olhos, dois e dois somam quatro e a palavra *arbre* se escreve com a letra A.

Também pode ser que ele pergunte a Loana por que ela não falou da filha deles mais cedo, e ela sacudirá os ombros como fazem os taitianos, querendo dizer eu nem pensei em fazer isso, simplesmente segui a minha vida. Então ele talvez diga: mas eu poderia ter ajudado... financeiramente, e aí Loana com toda certeza colocaria as garras de fora. "O que você está dizendo?", ela rosnará. "A minha filha jamais passou fome! Ela nunca teve de andar pelada por aí!"

Será melhor para Tom se concentrar apenas no trabalho maravilhoso, excelente, que Loana fez da criação da filha deles.

Bem, de qualquer modo... por fim, já fizeram todas as apresentações dos clãs Mahi e Tehana, é hora de posar para Pito, nomeado fotógrafo da ocasião.

– Fotos? – pergunta Tom, parecendo surpreso. – Com toda essa gente?

Bem, *oui*, com toda essa gente. Por que você acha que estão todos envergando suas melhores roupas? Para dar um passeio?

– Como é que vamos caber todos? – pergunta Tom, ainda mais surpreso.

– Vamos nos revezar, por partes, apenas isso.

Muito bem, todos prontos?

Primeira sessão de fotografias, e Pito se esforça muito para focalizar as pessoas que está prestes a imortalizar... mas que coisa, o que está havendo com Loana agora? Sorria! Ela parece tensa demais. Mama Teta continua a exibir o famoso sorriso iluminado para a câmera. Sempre se pode contar com o sorriso de mama Teta, que é muito sincero, diferente do sorriso da mãe de Pito. Só que mama Roti talvez ainda esteja sentindo uma certa timidez. Mama tímida? Pito acha muita graça. Qual é a próxima coisa impossível? Galinhas com dentes?

Allez, é hora de seriedade... ah, Pito está tão feliz por sua mulher, e ela está tão linda, e olha o pai abraçado com ela, do mesmo jeito que ela abraça a outra filha dele, a filha que criou sozinho. E Ati *eh*, está na cara que ele gosta da irmãzinha de Materena... bem, boa sorte para ele!

Ao lado de Ati, estão Pito e o genro de Materena, Hotu, parecendo meio desolado, meio triste. *Eh bien*, Hotu acabou de voltar da França, onde esteve com a namorada, Leilani, e já deve estar com saudade dela. Muita gente sente saudade de Leilani, não apenas o namorado apaixonado, que pula no avião para a França a cada três meses para um breve encontro com aquela menina que ele não consegue tirar da cabeça.

Seria maravilhoso ter Leilani em casa, mas ela tem uma meta. Não voltará para casa antes de terminar seus estudos. Ela acha que, se voltar, não vai mais querer sair do Taiti... e se arrependerá a vida inteira. *Aue*, filhos *eh*?

Ah, e lá está o anjinho de Pito, seu raio de sol, a menina dos seus olhos, sua linda neta Tiare, morrendo de rir porque está sentada nos ombros do pai, e ele trota para lá e para cá... ela tem medo de cair, mas é muito divertido, papa! De novo!

E é ótimo ver Moana, aquele menino cresceu mesmo, agora é um homem e um homem feliz, pois a mulher que ele ama retribui esse amor com a mesma paixão. Os olhos de Pito voam de volta para sua mulher e ele pensa: sou um homem de sorte também.

– Prontos? – grita.
– *Oui!* – todos respondem.
– Muito bem, digam *fromage*!
– *Fromage!* – todos gritam rindo muito, inclusive Hotu.

Pito ergue a máquina fotográfica Canon caríssima que pegou emprestada de Ati, e o pensamento que lhe vem à cabeça naquele instante, naquele exato segundo, é que...

A vida não pode mesmo ser melhor do que isso.

Agradecimentos

Foi muito divertido escrever este livro sobre o relacionamento de um homem com a neta – sua redenção, a oportunidade caída do céu para se tornar um homem melhor.

Sou tia-avó, embora ainda não tenha nem quarenta anos. Ver meus primos se tornando avôs é simplesmente espantoso... Às vezes é difícil reconhecê-los, depois dos cabeças de coco que foram como namorados, maridos e até como pais. Disseram-me que essa maravilhosa transformação não é prerrogativa dos homens taitianos...

Minha eterna gratidão vai para minha grande amiga e agente-com-uma-missão, Louise Thurtell, pelo apoio imenso que dedicou aos meus escritos e a muitos outros aspectos da minha vida. Uma coisa é certa, Louise, nós vamos nos lembrar deste ano para sempre!

Agradeço especialmente à minha dedicada editora, Amanda Brett. Este é o nosso segundo livro juntas, e nós sobrevivemos! O relacionamento do escritor com o editor pode ser um grande desafio, já que escritores costumam ser muito sensíveis em relação ao seu trabalho. Amanda, você é uma profissional com enorme capacidade para o relacionamento humano. Eu trabalharia com você sempre, querida.

Minha publicitária, Gemma Rayner, a única e exclusiva, você é uma garota sensacional. Aquela viagem de táxi a Melbourne foi interessante demais!

Michael Heyward e toda a equipe da Text, muito obrigada a vocês por me lançarem no cenário internacional.

E como sempre, um grande MAURURU para a minha família e meus amigos pela atenção que dedicaram a mim sempre que eu falava sem parar, apaixonadamente, sobre meus personagens ficcionais, como se realmente existissem.

E finalizando, agradeço a uma menininha muito especial, Jenna Mack, que serviu de inspiração para a descrição que fiz de Tiare nestas páginas. Jenna, você ilumina a minha vida, meu amor!

Este livro foi impresso na Editora JPA Ltda.,
Av. Brasil, 10.600 – Rio de Janeiro – RJ,
para a Editora Rocco Ltda.